KB183606

미러하우스

미러하우스

이성민 미스터리 스릴러

아프로스
◎**미디어**

"물론 저는 그 주문에 걸렸고, 놀라운 점은 그때도 제가 그 주문에 걸렸다는 것을 완벽하게 알고 있었다는 것입니다."

- 헨리 제임스, 〈나사의 회전〉

프롤로그

이제 모든 것을 끝내야겠다.

그렇게 마음을 먹은 순간, 나는 예상치 못한 평온과 마주했다.

어제까지만 해도 혼란의 늪에 빠져 있었다. 정상적인 생활은 커녕 화장실에 가는 평범한 행위조차 불가능했다. 몸을 일으키기만 해도 토악질이 나면서 세상이 빙글빙글 돌았으니까. 한 걸음 떼기도 전에 헛구역질이 엄습했다.

그래, 어떻게든 극복하려고 노력도 해 봤다. 정신과 병원에 가서 처방해 준 약을 이것저것 먹어 봤지만 소용없었다. 알약 몇 개로 마음의 구멍을 틀어막기란 불가능했다. 약을 먹고 무너지는 멘탈을 가까스로 지탱한다 해도 나를 가만히 두지 않는 현실이 문제였다. 앞으로 펼쳐질 일을 과연 감당할 수 있을까. 아무리 생각해도 자신이 없다.

방에 틀어박혀 몇 날 며칠을 고민해 봤지만 도저히 답을 찾을 수 없었다.

아아…… 제발, 나를 이 지옥에서 꺼내 줘.

참을 수 없는 고통에 몸부림치던 어느 날, 답은 하나밖에 없다는 걸 깨달았다.

이 고통스런 상황에서 벗어날, 어쩌면 가장 단순한 해답.

그 누구도 이 고통을 끝내 주지 못한다면 내가 끝내 버리면 된다.

막연한 생각을 결심으로 바꾼 순간, 모든 고통이 사라졌다. 손가락을 부딪치듯 순식간에. 그동안 내가 지옥에서 허우적거렸다는 사실이 믿기지 않을 정도로.

지금, 나는 모든 준비를 마치고 차의 운전석에 앉아 있다.

……평화롭다.

지금 내 마음은 어떤 파문도 없는, 잔잔한 호수 같다.

눈을 감았다.

차창을 겨우 비집고 들어오는 쏴아아, 파도 소리가 귓가를 간지럽혔다.

내가 타고 있는 자동차는 바다를 접한 벼랑 위에 서 있다.

바다의 숨결에 이끌려 스르르 눈을 떴다. 핸드폰 화면 위에 있는 엄지손가락은 결정을 내린 듯 플레이 버튼을 눌렀다. 곧 톰 요크의 쓸쓸한 목소리가 차 안을 채웠다. 내 삶에 마침표를 찍기 전에 듣고 싶었던 곡. 라디오 헤드의 〈카르마 폴리스(Karma Police)〉가 차 안에 흘렀다.

Karma police, arrest this man
카르마 경관님, 이 남자를 체포해 주세요
He talks in maths
그는 수학으로 말을 하는데
He buzzes like a fridge
꼭 냉장고처럼 웅웅대면서 말을 하는 게
He's like a detuned radio
주파수를 잘못 맞춘 라디오 같아요

나는 심호흡했다. 이제 손을 뻗기만 하면 된다. 그 여자가 내 귀에 대고 속삭였던 것처럼.
"걱정할 거 없어. 뭔가를 느끼기도 전에 벌써 끝나 있을 거야."
들숨과 날숨.
정적.
따르르르릉.
갑작스런 전화벨 소리가 고요한 나의 의식을 산산조각 냈다.
신음을 흘리며 미간을 찌푸렸다. 뭐지? 전화벨이 울릴 리 없는데. 핸드폰은 아까 취침 모드로 설정해 두었으니까. 어떤 전화가 걸려 온들 모두 무음으로 변환될 터였다.

아니, 딱 한 명을 제외한다면…….

나는 손을 뻗어 통화 버튼을 누르려다, 허공에서 손가락을 멈췄다.

물론 그이의 목소리를 듣고 싶은 건 사실이었다. 하지만 이미 결단을 내린 지금, 전화를 받아 봤자 상황만 더 복잡하게 만드는 것 아닌가 하는 생각이 들었다. 결국 핸드폰의 전원을 꺼 뒷좌석에 집어 던진 후 다시 눈을 감았다.

그래, 됐다.

이제 때가 되었다.

나는 손을 뻗었다. 손끝에 서늘하고 묵직한 것이 잡혔다. 사이드 브레이크. 심호흡을 한 다음 그것을 쥐고 힘껏 당겨서 풀었다. 약간의 떨림은 있었지만 가속 페달을 밟은 다리에 힘이 들어갔다. 차는 땅바닥을 서서히 미끄러졌다.

차에 가속도가 붙는 동안, 톰 요크의 노래도 절정에 이르렀다.

This is what you'll get
이건 네 업보야
This is what you'll get
이건 네 업보야

This is what you'll get

이건 네 업보야

When you mess with us

네가 우리와 얽혀 든 업보

이제 됐다. 나는 몸의 힘을 완전히 빼고 운전석의 헤드레스트에 머리를 기댔다.

문득 그런 생각이 머리를 스쳤다. 이건 업보인지도 모른다.

애초에 내 잘못인지도.

애초에 그 저택에 발을 들이지 말았어야 했는지도.

아니, 적어도, 눈치를 채고 빨리 벗어났었다면…….

눈앞이 덜커덩 흔들렸다. 전진하던 차가 벼랑 끝을 넘긴 것 같았다. 허리가 급작스레 뻐근해졌다. 롤러코스터가 급강하할 때 으레 느꼈던 그 감각. 그것을 채 음미하기도 전에.

모든 것이.

폭력적으로

곤두박질쳤다.

차가 수면을 가르고 검푸른 바닷물이 눈앞을 가득 채웠다.

최후의 순간, 내 가슴을 가득 채운 것은 공포가 아니었다. 안도감이었다.

아아, 끝났다. 마침내.

모놀로그

7월 4일

솔직히 말도 안 되는 조건이라고 생각했다. 한 달 동안 간병 일을 하면 2천만 원을 준다고? 그것도 경력이나 자격증 제한 없이? 대체 누굴 간병해야 그런 돈을 준단 말인가.

대기업 회장? 전직 대통령? 일론 머스크?

그래서 처음 그 게시글을 봤을 때 사이트에서 실수로 오타를 낸 줄 알았다. 정신없는 사이트 관리자가 실수로 보수 란에 0의 개수를 잘못 입력한 게 아닐까.

같은 생각을 한 게 나뿐이 아니었는지, 누군가 댓글을 달았다.

죄송하지만 금액 란에 잘못 적으신 것 같은데용 ㅎㅎㅎ;;;

그로부터 한 시간 후, 사이트 관리자는 대댓글을 달았다.

방금 다시 확인했는데, 액수가 맞다고 하시네요!

맙소사.
공고문에 적힌 정확한 내용은 이랬다.

[간병인 구인]
바닷가에 위치한 저택에서 30일 동안 간병 업무를 해 주실 분을 찾습니다.
모집 인원 : 20~30대 초반 여성(경력 무관)
근무 기간 : 30일
주요 업무 : 환자 1명의 일상 생활 지원 및 간병 업무
근무 장소 : 바닷가에 위치한 저택(위치는 1차 당선자에게 전달)
급여 : 한 달간 근무 시 2,000만 원 지급
참가비 : 면접 참가자에게는 각 20만 원의 참가비가 지급

대체 누구를 어떻게 간병해야 되는지 디테일한 설명도 없이, 금액과 조건만 제시한 기이한 공고문이었다. 금액도 금액이었지만 자격 조건 역시 이상했다.

지원 자격 : 간병 경력 및 자격증은 필수가 아니며, 열성이 있는 분 환영

열성이라니. 코웃음이 절로 나왔다. 저 정도 금액이라면 없던 열성도 생기겠다. 그렇지만 솔직히 더 따지고 싶은 생각은 없었다. 그런 허술한 조건을 달아 준 덕분에 지금, 나 같은 허접이도 용기 내어 면접을 보러 온 거니까. 물론 내가 뽑힐 가능성은 제로에 가깝다. 그렇다면 왜 면접을 보러 왔냐고? 간단하다. 참가비! 목적은 오로지 그것뿐이었다. 고생스러운 물류 회사 아르바이트 일당보다 훨씬 많이 준다는데 마다할 이유가 있겠냐고. 그렇게 속는 셈치고 참가 신청을 넣어 봤는데…… 짜잔. 붙었다.

그리고 지금, 나는 면접 참가자들이 탄 버스를 타고 이동하고 있다. 나는 천장에 붙은 차량용 에어컨을 내 쪽으로 비틀었다. 이마에 흐른 비지땀이 시원하게 식어 갔다. 이제 좀 살겠네. 창문을 가린 커튼에 머리를 기댔다. 눈을 감고 온몸에 힘을 뺐다. 잠깐 눈이라도 붙일까…….

"깔깔깔깔."

아이씨…… 시끄러운 저 수다 소리 때문에 잠도 못 자겠네.

나는 입술을 잘근잘근 씹으며 부릅 눈을 떴다. 버스 안은 만석이었다. 전원 여자. 그들은 곁에 있는 사람과 쉬지 않고 떠들어 댔다. 서울에서 여기까지 오는 두 시간 동안, 논스톱으로! 각종 집안 사건부터 연예인 뒷담까지, 화제가 경이로울 만큼 끊이질

않았다. 다들 할 얘기가 참 많구나, 많아. 지치지도 않고…….

구시렁거리며 무의식적으로 들고 있던 핸드폰을 봤다. 검은 화면에 퀭한 내 얼굴이 비쳤다. 긴장해서 어젯밤에 잠을 제대로 못 잤다. 아무리 기대하지 않고 왔다지만 이래서야 뽑지 말라고 애원하는 꼴이 아닌가. 자조적인 헛웃음을 흘렸다.

나는 핸드폰을 주머니에 넣고 차창 밖으로 시선을 던졌다. 아까만 해도 빌딩과 도심의 도로들만 보였던 광경이 어느새 바뀌어 있었다. 물기를 꽉 머금은 듯 생명력 넘치는 나무들이, 그 윤곽을 다 파악하기도 전에 물 흐르듯 스쳐 지나갔다. 그러고 보니 면접 장소는 산간에 있다고 했지?

그때였다. 누군가 내 어깨를 툭툭, 두드렸다. 고개를 돌렸더니 어떤 여자와 눈이 마주쳤다. 그녀는 뒷좌석 위로 몸을 빼꼼하게 내밀고 있었다. 그리고 박스처럼 생긴 것을 손에 들고 내 쪽으로 향했다.

"네?"

내가 고개를 갸우뚱하며 물었다.

"스마트폰, 전자 기기, 여기 싹 다 넣으래요."

나는 여자가 내민 박스를 보았다. 안에는 핸드폰이 수두룩 쌓여 있었다.

"아, 네. 감사합니다."

나는 묵직한 박스를 받아 무릎 위에 올려놓았다. 핸드폰을 꺼내 전원을 끈 다음, 박스 안에 집어넣었다. 그런데 문득 불길한 생각이 들었다. 이걸 여기 넣는 순간, 나는 완벽하게 외부와 단절되는 거 아닌가. 버스가 갑자기 고장 나서 조난이라도 된다면, 그리고 서바이벌 영화 속 상황처럼 산중에 고립된다면, 나는 어떻게 되는 걸까. 연락이 안 된다고 위험에 처한 나를 구해 줄 사람이 있을까.

아무리 생각해도 떠오르는 사람이 없다. 가족과는 금전적인 갈등으로 연락을 안 한 지 꽤 되었다. 나는 독립해서 혼자 살고 있다. 전부 아빠 때문이다. 그놈의 빚보증, 엄마가 절대 서지 말라 그랬는데. 당시 겨우 중1이었던 나도 보증이 미친 짓이라는 것 정도는 알고 있었다. 그렇지만 아빠는 거절도 못 하고 결국 대가를 치렀다. 그렇게 우리 가족은 뿔뿔이 흩어지게 되었다.

엄마와는 간간이 연락은 하지만 요즘 들어 내 전화를 의도적으로 씹는 분위기다. 하긴, 이혼한 뒤 다른 남자와 새 가정 꾸리고 잘 살고 있는데 내 전화가 달가울 리가 없겠지. 나 같은 건 이물질로밖에 안 보일 테고. 행복한 새 삶을 위협하는 이물질.

학교에서 사귀던 남자 친구도 마찬가지다. 그냥 친구로 지내기로 했다지만, 녀석에게 결혼할 새 여친이 생긴 이후로 내 연락을 불편해하는 눈치다. 가장 최근 통화에서도 남친도 새로 만들지 않고 자기한테 연락하는 건 좀 이상하지 않냐며 내 성질을 건드렸다. "아니, 이상하긴 뭐가 이상해."라고 한마디 하려다가 겨우 참았다.

"모르겠다. 될 대로 되라 그래."

나는 핸드폰을 박스 안에 집어넣은 뒤 앞좌석으로 패스했다. 팔짱을 끼고 유리창에 다시 머리를 기대고 있었더니 갑자기 졸음이 쏟아졌다. 그러고 보니 이제 적응된 건지 귀를 거슬리게 하던 수다 소리들도 자장가처럼 편하게 들렸다. 그래, 지금이라면 모자란 잠을 채울 수 있겠다. 나는 자세를 바로잡고 다시 눈을 감았다.

그렇게 잠시 의식이 멀어지는 듯했는데 버스가 속도를 조금씩 늦추더니 딱 멈췄다.

아니, 벌써…….

"자, 도착했습니다. 모두 기상."

버스 기사의 쾌활한 목소리가 마이크를 통해 차내에 울렸다.

그럼 그렇지. 나는 한숨을 푹 내쉬고는 면접장에서 흘릴 억지 미소를 미리 연습했다.

* * *

버스에서 내린 다음, 나는 다른 여자들과 함께 걸음을 옮겼다.

버스 기사가 산길을 따라 10분 정도 걸으면 저택이 나올 거라고 했는데, 아무리 가도 저택은 코빼기도 보이지 않았다. 10분은 훨씬 지나는 동안 눈앞을 가득 채운 건 오로지 나무, 나무 그리고 나무뿐이었다.

"아아, 죽겠네, 진짜."

땀이 비 오듯 흘렀다. 아직 초여름이 아닌데도 불가마에 들어온 듯 후텁지근했다. 좀 쉬었다 가면 안 될까요, 하며 그 자리에 주저앉고 싶었지만 분위기상 그럴 수도 없었다. 동행하는 여자들은 놀랍게도 땀 한 방울 흘리지 않았다. 새된 목소리로 "어머, 왜 이렇게 더워."라는 말만 할 뿐 얼굴의 미소는 조금도 흐트러지지 않았다. 저 사람들, 나랑 같은 인간 맞나?

그렇게 한참을 걷다가 이어지던 나무가 뚝 끊기며 저택이 눈앞에 드러났다.

"어?"

나는 걸음을 우뚝 멈추고 멍하니 앞을 보았다. 눈앞에 펼쳐진 광경은 비현실적이었다. 유럽에나 있을 법한 신비스러운 고성이 떡 서 있었다. 영화 속에서 튀어나온 것 같은 대저택이었다. 최소 몇십 년은 된 듯 오래된 느낌의 집이 이런 숲속에 있으니 더욱 으스스했다. 저택 입구에는 동물인지 괴물인지 헷갈리는 석상까지 우뚝 서 있었는데 역시 유럽의 고성에서 그대로 가져온 느낌이었다.

"대박이네, 진짜."

얼이 빠진 나는 저택으로 불쑥 다가가 이리저리 살펴봤다. 저택 옆에 서 있는 큼직한 정원수들을 둘러보며 그 안에 놓인 석상을 구경했다. 그러다 문득 뭔가 이상하다는 걸 깨달았다. 같이 온 사람들이 전부 사라졌다. 나 혼자만 정신없이 단독 행동을 한 탓이다. 당황한 나머지 주위를 휘휘 둘러보는데 막연한 공포에 휩싸여 어쩔 줄 몰랐다. 이대로 홀로 남겨지는 건가?

"저기요!"

익숙한 목소리에 고개를 들었다. 저쪽에서 누군가가 손을 흔들고 있었다. 아까 그 운전기사였다. 그는 입에 담배를 문 채 이리 오라는 손짓을 했다. 나는 헐레벌떡 그리로 달려갔다.

"혹시 저랑 같이 온 사람들이 어디로 갔는지 아세요?"

"이미 저택 안으로 들어갔어요. 지금이라도 뛰면 안 늦을 거예요. 어서 가세요, 얼렁!"

서둘러 저택의 입구로 향했다. 입구엔 거대한 철문이 있었는데, 문은 사람 한 명이 간신히 지나갈 정도로 살짝 열려 있었다. 틈 너머로는 어두워서 안이 보이지 않았다. 입을 뻐끔 내민 심해어의 아가리처럼 나를 삼켜 버릴 것 같았다. 떨지 말자. 할 수 있어. 쿵덕거리는 심장을 간신히 억누르며 저택의 암흑 속으로 한 걸음 내디뎠다.

그런 나를 맞이한 것은, 저택의 외관보다 더욱 기이한 내부였다.

사방에 거울들이 있었다.

눈이 닿는 곳마다 거울로 도배되어 있었다.

각각의 거울별로 콘셉트도 다양했다. 동화에 나올 법한 거울부터 어디 경매에 내놓으면 비싸게 팔릴 것 같은 앤티크 거울까지. 저택 주인이 거울 컬렉터인 걸까? 아니면 엄청난 나르시스트? 순간 저택을 알몸으로 맴도는 여자의 이미지가 떠올랐다. 그녀는 밤마다 복도를 걸으며 거울에게 물어볼지 모른다.

"거울아, 거울아, 세상에서 누가 가장 예쁘니?"

갑자기 소름이 돋았다. 지금 무슨 이상한 상상을 하는 건가. 고개를 저었다. 정신 차리자. 나는 이곳에 면접을 보러 왔다. 스스로 자책하며 마음을 다잡은 나는 발걸음을 서둘렀다.

다행히 더 이상 길을 헤매진 않았다. 주욱 이어진 복도 끝에 있는 방의 문이 열려 있었다. 그 문의 안쪽에서 새어 나오는 불빛이 나에게 이리로 오라고 신호를 보내는 듯했다. 나는 빠른 걸음으로 복도를 가로질렀다. 문 앞에 도착하자 심호흡을 하고 문을 열었다.

그 순간, 강렬한 하얀빛이 눈앞을 가득 채웠다. 나는 반사적으로 눈을 질끈 감았다.

"앗!"

누군가 앞에서 플래시라도 터뜨린 건가 싶었지만, 아니었다. 눈을 비비고 꿈뻑여 봐도 하얀색은 사라지지 않았다. 당연했다. 방 자체가 완전히 하얗게 칠해져 있었으니까. 천장부터 바닥까지, 쨍한 하얀색으로 도배가 되어 있었다.

"여기예요."

나는 소리가 들린 쪽으로 고개를 돌렸다. 아까 전까지 같이 있던 여자들 중 한 사람이 나에게 손짓을 했다. 모두 일렬로 늘어선 의자에 앉아 있었는데, 방의 색깔이 착시 현상을 일으키는 바람에 그들이 허공에 붕 뜬 의자에 앉아 있는 것처럼 보였다. 그때 조금 전에 날 부른 여자가 또 손짓을 했다.

"저기 빈자리에 앉아요."

그녀가 가리킨 곳을 보았다. 맨 오른쪽에 놓인 의자 하나가 비어 있었다.

"감사합니다."

내가 눈인사를 하며 의자에 앉자마자 방구석에 있던 다른 문이 벌컥 열렸다.

검푸른 정장 차림을 한 밝은 은발의 여자가 들어왔다. 얼굴에는 자글자글한 주름이 있었지만, 그건 마치 훈장처럼 느껴졌다. 그만큼 기품과 위엄이 넘치는 분위기의 여자였다. 옆구리에 태블릿을 들고 자신감 넘치는 발걸음을 성큼성큼 내딛더니 면접 테이블 앞으로 이동하여 의자에 앉았다. 그리고 외모와 아주 잘 어울리는 기품있고 차분한 목소리로 말했다.

"안녕하세요, 저택의 관리를 맡고 있는 백선화라고 합니다. 이곳에서는 백 집사로 통합니다."

"안녕하세요."

백 집사가 인사하자 여자들도 일제히 고개를 숙이며 합창하듯 인사했다. 나 역시 엉거주춤 고개를 숙였다. 여자 집사라니, 왠지 카리스마가 느껴진다. 백 집사는 헛기침을 하더니 말을 이었다.

"면접을 시작하기 전에 먼저 드릴 말씀이 있습니다."

백 집사가 고개를 숙이고 잠시 뭔가를 뒤적거리더니 책상 밑에서 무언가를 꺼냈다. 카메라였다. 묵직한 렌즈가 달린 고가의 카메라. 백 집사는 삼각대를 세운 뒤 그 위에 카메라를 세팅했다. 능숙한 손길이었다. 그녀가 말을 이었다.

"다들 알고 오셨겠지만, 주인님이 몸이 좀 안 좋으셔서요. 그래서 이렇게 화상으로 심사를 하게 되었습니다. 양해 부탁드립니다."

솔직히 조금 실망했다. 이렇게 고생을 하며 면접장까지 왔는데 정작 누구를 간병해야 하는지 얼굴도 못 본다니 이게 말이 되는 건가. 속으로 혀를 찼지만, 여자들이 일제히 "네." 하고 대답하자 나 역시 무의식적으로 고개를 끄덕이고 말았다. 아, 진짜. 계속 정신 못 차릴래? 나는 내 얼굴을 살짝 꼬집었다.

"이해해 줘서 감사합니다."

딸깍.

백 집사는 카메라의 스위치를 눌렀다. 카메라에 붉은빛이 점등되었다. 빛은 일정한 간격으로 점멸하기를 반복했다. CCTV 카메라처럼 깜빡, 깜빡, 깜빡.

"그럼 슬슬 면접 시작해 볼까요? 오른쪽 끝에 있는 사람부터 자기소개랑 자신이 왜 뽑혀야 하는지 얘기해 주세요."

백 집사의 눈빛이 나와 마주쳤다.

"네? 아……."

내가 앉은 곳이 맨 오른쪽이라는 사실을 뒤늦게 깨달았다. 의자가 비어 있던 이유가 있었다. 저기 앉으라고 나에게 충고한 여자가 문득 얄미워졌다. 설마 알고 그런 걸까? 모두의 시선이 꽂힌 상황에서, 나는 침착하게 말을 이었다.

"어, 저는…… 서은주입니다. 나이는 스물넷이고요. 휴학 중인 대학생입니다. 간병 경험은…… 아픈 할머니 돌보면서 조금 있었구요, 이렇게 좋은 데서 높으신 분을 간병한 적은 아직 없습니다. 하지만 전공이 의학이라 의학적 지식이 도움이 될 것입니다. 시켜만 주신다면 그 어떤 일이든 열심히 할 자신이 있습니다."

정적이 흘렀다.

백 집사는 한쪽 눈썹을 슬쩍 들어 올렸다. 그 표정이 '더 할 말 없어요?' 하고 되묻는 것 같아 당황스러웠다. 허겁지겁 머릿속으로 준비했던 면접 코멘트를 되새기고 있는데 백 집사가 고개를 저으며 손짓했다.

"오케이, 다음."

나는 힘없이 자리에 주저앉았다. 동시에 내 바로 왼쪽에 앉은 여자가 벌떡 일어섰다.

"제 이름은 강지혜입니다. 스물여섯 살입니다. 간병 경력은 5년 정도 됐고요. 병원에서 여러 종류의 환자들을 간병한 경험이 있습니다. 최근에는 서울에 있는 을지대학 병원에서 일했는데요, 한 번에 세 명까지……."

목이 턱 막혔다. 자기소개가 다들 청산유수였다. 다음 여자도, 다다음 여자도 대부분 프로 간병인이었다. 경력이나 자격은 보지 않는다고 했는데 이 정도면 볼 필요도 없을 거 같다. 다른 여자들의 말을 들으며 나는 조용히 고개를 숙였다. 얼굴이 화끈거렸다.

애초에 승산이 없는 게임이었다. 아무리 참가비에 눈이 멀어서 왔다고 하지만 나 같은 어중이떠중이가 낄 자리가 아니었다. 혹시나 했는데 역시나다. 여기까지 오는 데 두 시간 넘게 걸렸는데 이럴 줄 알았으면 집에서 드라마나 볼걸. 아냐, 요행을 기대하긴 했지만 참가비라도 챙기는 걸로 만족하자. 입술을 잘근잘근 씹으며 흘긋 앞을 보았다. 카메라의 빨간 불빛을 보고 있으니 호기심이 발동했다.

저 검은 심연 너머에는 대체 누가 있는 걸까. 누가 있기는 한 걸까.

* * *

면접은 순식간에 끝났다. 결과를 정리할 동안 잠시 테라스에서 기다리고 있으라고 백 집사가 말했다. 여자들이 우르르 이동하기 시작하자 나는 그 무리에 은근슬쩍 끼어들어 자리를 옮겼다. 얼마나 걸었을까, 잠시 후 테라스에 도착했다.

"우와."

그림 같은 경치와 마주한 순간, 감탄사가 절로 튀어나왔다. 테라스 너머로 바다가 시원하게 뻗어 있었다. 뙤약볕 아래 반짝이는 물비늘이 넘실거렸고 밀려오는 파도는 절벽에 몸을 세차게 부딪치며 연신 포말을 토해 냈다. 보는 것만으로 속이 뻥 뚫리는 기분이었다. 나는 그제야 알 것 같았다. 왜 이런 오지까지 와서 저택을 세운 건지. 그림 같은 저택에서 보는 이런 기막힌 경관으로 전부 설명이 되었다.

나는 테라스에 기댄 채 주변을 둘러봤다. 어느새 여자들은 삼삼오오 모여 즐거운 표정으로 수다를 떨고 있었다. 홀로 서 있는 것은 나뿐이었다.

그러든지 말든지, 나는 바다를 멍하니 바라보았다. 외로움과 적적함이 몰려들어 괜히 손목의 팔찌를 만지작거렸다. 그러고 보니 수다다운 수다를 떨어 본 지가 언제였더라? 가족도 친구도 만나지 않고 지낸 지 오래라 그런지 누구랑 무슨 수다를 떨었는지 기억조차 나지 않았다. 아, 딱 한 사람 있었다. 하지만 그 사람의 기억은 왠지 아득하다.

경치 감상을 어느 정도 한 나는 다른 여자들이 즐겁게 대화를 나누는 모습을 흘끔거렸다. 어색함을 무릅쓰고 인사라도 해 볼까, 싶었지만 결국 포기했다. 됐다, 그만두자. 탈락이 가장 분명한 내가 뭐가 좋다고 저들과 어울린단 말인가. 다들 속으로 비웃고 있을 텐데. 또 볼 사람들도 아니잖아.

착잡한 마음으로 주머니에서 담배를 꺼내 물던 때였다. 등 뒤에서 갑자기 웃음소리가 들렸다. 뒤에 있던 여자들이 서로 머리를 맞댄 채 자기들끼리 조잘거리더니 내 쪽을 보고 다시 웃음을 터뜨렸다. 이제 대놓고 날 비웃는 건가?

살짝 욱하는 기분이 치밀었지만, 억눌렀다. 쓸데없는 데 에너지 낭비하기 싫었던 나는 가볍게 혀를 찼다. 그래, 실컷 놀리라지. 난 이미 글렀으니 내 멋대로 담배나 피울라니까.

지포 라이터를 들고 불을 붙였다.

칙. 칙. 칙. 칙. 칙. 칙.

"왜 이래?"

불이 붙지 않았다. 기름이 바닥났다.

"오늘 정말 완벽하네, 진짜."

한숨을 푹 쉬었다. 구시렁거리며 담배를 입에서 빼려는데 눈앞에 갑자기 불이 확 들어왔다. 뜨끈한 기운에 움찔 놀라며 몸을 뒤로 뺐다. 앞을 봤더니 누군가가 나를 향해 불붙은 라이터를 내밀고 있었다.

"제가 딱 맞췄죠, 언니?"

손에 담배를 든 여자가, 가지런한 이빨을 내보이며 배시시 웃었다.

갑자기 내 앞에 나타난 여자의 도움으로 담뱃불을 붙일 수 있었다. 한 모금을 빨고 허공에 길쭉한 연기를 후 뱉었다. 회색 연기가 바람에 의해 옅게 흩어지는 모습을 지켜본 후에야, 나는 말을 걸었다.

"고마워요. 구사일생했네, 진짜."

여자는 싱긋 웃었다. 나는 고개를 갸웃거렸다. 잠깐, 얼굴이 어딘가 익숙한데.

"잠깐만요, 우리 근데 아까……."

"그래, 언니. 아까 같이 면접 봤잖아, 면접장에서."

아~ 소리를 내며 고개를 끄덕였다. 그래, 그 여자였다. 이름이 뭔지 정확히 기억은 안 났지만 한 가지만큼은 확실하게 기억이 난다. 나에 이어 두 번째로 면접을 망친 여자였다. 그때는 말도 더듬고 그랬는데, 지금은 어떻게 이리 분위기가 딴판일까?

"난 수지라고 해요. 하이."

수지가 불쑥 손을 뻗어 악수를 청했다. 나는 어색하게 손을 잡고 흔들었다. 따뜻했다. 그러고 보니 타인의 살과 마지막으로 맞닿은 적이 언제였더라.

"네, 저도 반가워요. 전 서은주."

수지는 팔짱을 끼고 담배를 한 모금 빨더니 중얼거렸다.

"그래서 은주 언니, 면접 결과, 어떨 거 같아?"

미간을 살짝 찌푸렸다. 다짜고짜 언니라니, 그런데 언니라면서 초면에 갑자기 웬 반말?

"솔직하게 말하면, 붙을 거 같지는 않아요. 다른 사람들이 워낙에 쟁쟁해서."

"에이, 그래도 기대해 봐요. 혹시 모르는 거잖아."

수지는 싱긋 웃으며 옆구리를 툭 쳤다. 나는 뻔뻔한 수지의 얼굴을 보며 속으로 '이 여자 뭐지?' 했다.

"그럼, 그쪽은 어때요? 그쪽도, 기대하고 있어요?"

"전혀. 나는 오히려 붙으면 좀 곤란한 입장이라."

"곤란하다고요?"

"응. 어차피 목적은 이미 달성했거든. 사진도 여러 장 찍구."

무슨 소리지? 나는 담배를 피우던 자세 그대로 우뚝 굳었다. 수지는 "잠시만." 하고 속삭이더니 몸을 돌렸다. 사람들을 등진 자세로, 그녀는 가방을 슬쩍 열었다. 안에 자그만 물건이 들어 있었다. 핸드폰이었다. 버스에서 압수당했어야 할 물건이 왜 여기 있는 걸까.

"난요, 이 저택 자체를 조사하러 왔거든."

수지가 속삭였다. 나는 호기심이 일었다.

"이 집을요? 왜?"

수지가 막 입을 열려던 순간이었다. 저 멀리서 짝짝 소리가 들린다. 백 집사였다. 어느새 면접장에서 돌아온 그녀가 허리에 손을 얹은 채 소리쳤다.

"자, 여러분. 정리 방금 다 끝났으니까 다들 차에 타세요. 참가비는 송금될 것이고, 합격자는 3일 후에 본인에게 연락이 갈 겁니다."

그녀가 내 쪽을 노려보며 목청껏 외쳤다.

"그리고 거기 당신 둘, 담배 꺼! 여긴 금연 구역이야."

* * *

버스에 올라 좌석에 앉자마자 나는 진이 푹 빠졌다. 지금부터 또 두 시간을 여기 구겨져 있어야 한다니, 대체 어떻게 버티지? 이번에야말로 잘 수 있을까? 한숨을 쉬며 볼을 쓱쓱 문질렀다. 그나저나 아까 수지는 무슨 말을 하려고 한 걸까. 지금이라도 수지의 자리에 가서 물어볼까 싶었지만, 수지는 벌써 다른 여자들과 수다를 떨고 있었다.

"보기보다 인싸였네."

혼잣말을 중얼거리곤 창밖으로 눈을 돌렸다. 뭐, 됐다. 어차피 오늘이 지나면 다신 안 볼 사이일 테니까. 신경 끄고 잠이나 자자. 곧 차에 시동이 걸렸다. 마침내 출발이었다. 멍하니 턱을 괴고 차창 너머를 보던 나는, 미간 사이를 꽉 찌푸렸다.

"뭐야, 저건?"

무언가가, 빠른 속도로, 버스를 향해 달려오고 있었다. 뭐지? 동물? 아니면 사람?

순간 끼익 소리가 버스 안을 울렸다. 급정거다. 완전히 방심하고 있던 나는, 반동으로 인해 머리를 앞좌석에 쾅 찧었다. 하얀 불꽃이 눈앞에서 번쩍였다. 아, 따가워. 울상이 되어 얼얼해진 이마를 싹싹 비비던 그때, 버스의 문이 삐익 소리를 내며 열렸다.

나는 앞을 보고 벙찌고 말았다. 백 집사였다. 그녀는 날카로운 눈빛으로 버스 안을 주욱 살피다 나와 시선을 마주쳤다. 백 집사는 눈빛을 나에게 고정한 채 빠른 걸음으로 버스를 가로지르더니 내 앞에 우뚝 멈춰 섰다.

"내리세요."

"네?"

"내리시라고요."

"왜요?"

설마 아까 담배 때문은 아니겠지. 나의 시선이 불안하게 요동쳤다.

"주인분이 선택하셨어요, 그쪽을요."

뭐?

사고가 정지했다.

에이, 농담이겠지. 분명 농담일 거야. 그런데 저 사람이 그런 농담 하러 이렇게까지 할 리는 없는데……. 나는 억지웃음을 지었지만 백 집사의 표정은 진지하기 짝이 없었다. 그 상태로 시간이 지날수록 섬뜩한 현실감이 내려앉았다. 그러니까 내가 정말 뽑혔단 말이야? 면접을 그렇게 개판 쳐 놓고? 아니, 어떻게?

우리 대화를 엿들은 여자들이 동요하며 웅성거렸다.

"아니, 잠깐만. 이런 게 어딨어? 면접 결과를 왜 지금 알려 줘? 아까 3일 후에 연락한다면서요. 이건 엉터리잖아."

"보통 알려 줘도 전화로 알려 주지 않아? 이러면 우린 대체 뭐가 되는 건데?"

버스 안은 갑자기 소란스러워졌다. 대부분이 백 집사에 대한 볼멘소리였다. 간간이 욕까지 들렸다. 면접장에서 그들이 보여 주었던 상냥함은 이제 온데간데없었다. 백 집사는 그들의 말을 무시하고 내게 말했다.

"안 내리실 거예요?"

백 집사가 재차 물었다. 그제야 정신을 차린 나는 비틀거리며 몸을 일으켰다. 이대로 자리에 앉아 버틴다고 해도, 백 집사는 포기할 것 같지 않았다. 백 집사와 함께 버스에서 내리자마자 버스의 문이 닫혔다. 차는 곧 부웅 소리를 내며 출발했다. 산길을 따라 멀어져 가는 버스의 뒷모습을 보고 나서야 실감했다. 정말 내가 뽑힌 거구나.

허리에 손을 얹고 버스 쪽을 보던 백 집사는, 고개 돌려 한쪽 눈썹을 치켜올리며 나를 봤다. 못마땅한 듯한 그 눈빛에 기가 눌린 나는 시선을 떨어뜨렸다.

"날 따라와요, 은주 씨. 저택까진 좀 걸어야 되니까."

백 집사를 따라 걷는 동안, 둘 사이엔 아무런 대화도 없었다. 나는 혼자 이런저런 생각을 했다. 왜 내가 뽑힌 걸까. 나에게 저들보다 나은 점이 있는 걸까. 혹시 내가 참가비만 노리고 온 걸 눈치채서 이러는 걸까. 각종 의문이 나를 괴롭혔지만, 그중에서 가장 거슬리는 것은 아까 버스에서 내리기 전에 들은 대화였다. 중간 정도에 앉은 두 여자가 나 들으라는 듯이 얘기했다.

"돈이 좀 아쉽긴 하지만 좋게 생각합시다. 화는 피한 거니까."

한 여자가 중얼거리자 옆에 앉아 있던 여자가 물었다.

"화? 무슨 화?"

"소문 못 들었어? 귀신 들렸대잖아, 저 집. 설마 하고 와 보긴 했지만 역시 저 집은 뭔가 기분 나쁘단 말이지."

"뭐가 기분 나빠. 난 멋지기만 하더만. 무슨 영화 속에 나오는 집 같잖아."

"영화는 영화지. 호러 영화."

* * *

36

"그래도 이해가 안 되는데요."

나는 따지듯 말했다. 저택에 도착한 나는 백 집사의 뒤를 따라 복도를 걷고 있었다. 백 집사는 전방을 보고 걸어가며 말했다.

"뭐가 어떻게 이해가 안 되시죠?"

"저 뽑힌 거요. 저보다 훌륭한 분들도 많았는데 왜 저를……."

"저도 몰라요. 그건 도련님 선택이니까."

나를 별로 탐탁지 못한 눈으로 봤던 백 집사에게선 충분히 예상할 수 있는 대답이었다. 뭔가 특별한 이유를 알고 있을 거라 생각했는데 얘기해 줄 마음이 없는 듯했다. 나는 잠시 머뭇거린 끝에 한숨을 푹 내쉬며 말했다.

"저기…… 저택까지 오면서 줄곧 생각해 봤는데, 아무래도 아닌 거 같아요."

"아니라고?"

그제야 백 집사는 나에게 시선을 돌렸다. 조금은 놀란 눈치였다.

"뭐야, 기껏 여기까지 와서 면접까지 보고 뽑아 줬더니 거절하려고? 왜?"

갑자기 반말을 하는 백 집사의 목소리에는 짜증이 섞여 있었다.

"저, 사실은 간병 일에 대해선 진짜 아무것도 모르거든요. 아픈 할머니 간병해 드린 것도 제가 진짜 어렸을 때 일이었구요. 큰돈 제안해 주신 건 정말 감사한데, 아무리 그래도 제가 일을 못하면…… 제 잘못이잖아요."

나는 바닥으로 눈을 내리깔았다. 백 집사가 호통이라도 크게 칠 줄 알았는데 그녀의 반응은 의외였다. 아무 일도 아니라는 듯 어깨를 으쓱하더니 차분한 목소리로 말했다.

"그건 걱정 안 하셔도 돼요. 전문적이고 힘든 일은 내가 다 하니까. 모르면 배우면 되는 거고. 다들 처음부터 잘하는 거 아니잖아. 안 그래요?"

"네?! 아, 그렇긴 하지만……."

저기요, 하며 백 집사가 갑자기 말을 끊었다.

"이거 하나는 확실히 할게요. 도련님이 당신을 선택한 건 맞지만, 그렇다고 저에게 당신을 설득해야 할 의무가 있는 건 아니거든요. 결정하든 말든 그건 완벽하게 당신 자유다 이거지. 나는 절대 강요하지 않아요, 절대."

그렇지만, 하며 백 집사가 말을 이었다.

"오프 더 레코드로 충고 하나는 할게요. 이런 기회, 평생 다신 안 온다. 내가 아가씨 나이였으면 진짜 안 놓칠 거야. 눈 꾹 감고 할 거라고. 게다가 힘들지 않게 도와준다잖아. 며칠 해 보고 그래도 아니다 싶으면 그날까지 쳐서 주고 집에 보내 드릴게."

평생? 내가 대체 어떤 삶을 살 줄 알고. 은근히 깔보는 듯한 백 집사의 태도에 조금 불편해졌지만, 바로 반박할 마음이 들지는 않았다. 완전히 틀린 말도 아니니까. 그리고 하다가 힘들면 그날까지 일한 돈도 준다니 귀가 솔깃했다.

나는 금전적으로 '많이' 쪼들리는 상황이었다. 밀린 월세와 공과금들. 다니던 알바도 사고 한번 치고 며칠 전에 잘렸다. 어제 마지막으로 예금 통장을 확인했을 때 잔액이 10만 원이었다. 그마저도 교통비로 곧 다 빠져나갈 예정이다. 상당히 심각한 상황이다.

그런데 2천만 원이라니. 솔직히 내가 이렇게 튕길 처지는 아니다. 무슨 일이든 해야 할 판이고, 참가비를 받아도 밀린 거 털면 바로 바닥난다.

그 돈을 받을 상상만 해도 마음속이 편안해지는 기분이었다. 적어도 몇 개월은 돈 걱정하지 않고 살 수 있으리라. 혹시라도 일 못한다고 배상이라도 하라 그럴까 봐 쫄았지만 저렇게 말해주니 안심이다. 그런 내 마음을 눈치라도 챈 듯, 백 집사는 입꼬리를 올렸다.

"일단 하루 동안 생각할 시간을 줄게."

그녀는 앞주머니에서 자신의 명함을 꺼내더니 내밀었다. 이 집에 어울리는 고풍스럽고 고급스러운 디자인의 명함에 전화번호가 적혀 있었다.

"혹시라도 마음 정하면 오늘 밤 12시까지 연락 줘요. 연락 안 하면 다른 사람에게 기회 넘어가니까 그렇게 알고."

백 집사는 전화기를 꺼내 택시를 불렀다.

"저택 밖에 기다리고 있으면 곧 택시가 태우러 올 거예요. 택

시비는 걱정 말아요. 비용은 우리가 지불하니까."

* * *

택시를 타고 집에 도착하자 어느새 밤 10시가 다 되었다. 백 집사가 말한 시간까진 고작 두 시간. 샤워를 마친 후 이불 위에서 뒹굴거리며 핸드폰으로 유튜브 쇼츠를 넘겼다. 눈은 핸드폰 화면을 보고 있지만 머릿속으로는 계속 고민하고 있었다. 해야 하나, 말아야 하나?

그 여자의 말을 믿어도 될까? 거금을 준다는 것부터 수상하기 짝이 없었다. 하지만 저 집의 주인 정도라면 엄청난 부자일 텐데. 나 같은 사람하고는 금전 감각이 달라도 한참 다르지 않을까? 진짜 간병 일만 적당히 하고 2천만 원을 받을 수 있는데 포기한다면 신이 내려 준 기회를 뻥 하고 걷어차는 짓이다. 백 집사가 마지막으로 했던 말이 귓가에 맴돌았다.

"이런 기회, 평생 다신 안 온다."

나는 부스스한 머리를 벅벅 긁으며 몸을 일으켰다. 책상 위에 종이들이 어지러이 널려 있었다. 밀린 고지서들이었다. 연체료를 내지 못해 당장 내일 전기가 끊겨도 이상하지 않은 상황이었다. 가슴을 옥죄는 기분이 들어 심호흡을 했다.

잠시 눈을 감고 가만히 있던 끝에, 나는 결심했다.

"그래, 이런 기회는 잡아야지."

핸드폰을 집어 들었다. 백 집사가 건네주었던 명함에 적힌 전화번호를 꾹꾹 눌렀다. 그렇게 메시지를 보낸 시각은 12시가 되기 5분 전이었다. 문자의 내용은 짧고 단순했다.

저 할게요.

전송 버튼을 누르고 나서 불을 껐다. 이불 위에 풀썩 몸을 던졌다. 기분이 반은 심란했지만, 반은 두근거렸다. 이제 무슨 일이 나를 기다리고 있을까.

하품을 했더니 잊었던 피로가 몰려왔다. 눈을 감은 나는 순식간에 기절하듯 잠 속으로 빠져들었다.

7월 11일

스스로에게 고백한다. 나에게는 일기를 쓰는 습관 따위 없었다. 마지막으로 일기를 쓴 적이라고 해 봤자 초등학생 시절, 의무적으로 썼던 일기 정도가 다다. 그렇다면 갑자기 무슨 바람이 들어 일기를 쓰게 됐냐고? 답은 간단하다.

지루해 죽을 것 같으니까!

핸드폰을 빼앗긴 것이 치명타였다. 21세기를 살아가는 현대인들의 두 번째 심장이자 궁극의 멀티테이너. 면접 때 핸드폰을 압수한 건 그렇다 치고 설마 근무할 때도 그럴 줄이야. "이건 잘 보관했다가 일 끝나는 날 드릴게요." 백 집사는 내 핸드폰을 집어들며 싱긋 눈웃음을 흘렸다. 어휴, 그 모습이 얼마나 얄밉던지!

지금 일기를 쓰고 있는 시간은 밤 10시다. 본래라면 간병 일이 끝나고 느긋하게 자유 시간을 보내야 맞겠지만, 그럴 수 없다. 할 게 없으니까. 내가 지금 있는 이른바 '숙직실'이라는 방에는 그 흔하디흔한 TV조차 없다. 이건 말이 안 된다. 심지어 감옥에도 TV가 있는데.

나는 아무것도 하지 않는 것보단 뭔가 하는 게 낫겠다 싶어 방을 쓸었다. 바닥의 먼지를 싹 닦은 후 캐리어 백을 열고 짐을 풀었다. 테이블 위에 물건을 하나둘 올려놓던 중 뭔가를 발견했다. 펜과 낡은 노트였다. 그것을 보자 문득 한 가지 생각이 들었다. 일기를 써 볼까? 어차피 할 일도 없던 참인데.

이것이 바로 일기를 쓰게 된 전모이다. 그저 심심풀이. 처음에는 몇 줄 끄적거리다 말 줄 알았는데, 이거 시작하고 나니 생각보다 재미있다. 하루를 자세하게 되새기니 기억력도 좋아지는 느낌이다. 물론 기분 탓일 수도 있겠지만.

자, 그럼 오늘 대체 무슨 일이 있었냐? 그걸 설명하려면 일단 어젯밤으로 돌아가야 한다.

일을 하겠다고 메시지를 보낸 뒤 얼마 지나지 않아 백 집사가 나에게 전화를 걸었다. 저택에서 지내는 동안 조심해야 할 사항들을 알려 줄 테니 꼭 명심하라고 했다. 규칙은 이것저것 다양했지만, 재량껏 두 문장으로 좁힐 수 있었다. '도련님을 귀찮게 하지 말 것' 그리고 '스스로를 간병하는 기계라고 여길 것'.

[쓸데없는 일은 하지 말고, 간병인으로서 할 일만 하면 아무 일 없이 한 달 무사히 넘길 수 있을 거예요. 한 달 동안 저택에서만 생활해야 하니까, 필요한 물건 있으면 싹 다 챙겨 와요. 중간에 나갔다 올 수 없으니까.]

다음 날, 집 앞에 나를 데리러 택시가 도착했다. 나는 잽싸게 짐을 실은 후 차 시트에 몸을 묻었다. 멍하니 차창 너머의 풍경을 구경하던 중, 문득 한 여자가 떠올랐다. 수지. 면접을 보러 간 날, 저택을 조사하러 왔다고 고백한 그 여자. 불쑥 호기심이 일었다. 대체 저택에 뭐가 있길래 '조사'까지 하러 왔다는 걸까. 그때는 나랑 관련 없는 일이라 치부하고 넘겨 버렸지만, 이제 저택에서 한 달을 지내야 하는 입장인 만큼 무시할 수는 없었다.

압수당하기 전이라 차 속에서 스마트폰으로 검색을 해 봤지만 아무 정보도 뜨지 않았다. 이상했다. 이런 기괴한 고성이 한국에 있다는 사실 자체만으로 꽤 화제성이 있을 텐데, 왜 인터넷에서 아무도 이야기하지 않는 걸까?

그렇게 두 시간가량이 흐른 후, 택시는 마침내 목적지에 도착했다. 저택은 여전히 으스스한 분위기가 감돌았지만, 한번 왔던 곳이라 그런지 이젠 그리 을씨년스럽진 않았다. 아니, 오히려 조용하고 평화로운 분위기가 감돌아서 마음이 편했다. 차에서 내린 다음, 트렁크에 가득 실은 짐을 하나둘 내렸다. 할아버지뻘인 기사 아저씨는 전혀 도와줄 기미가 없는 듯했다. 가장 무거운 캐리어를 끙, 하며 내리려던 그때였다. 백 집사가 환한 얼굴로 문을 열고 나왔다.

"무거워 보이는데 이건 내가 가져갈게요."

"아, 감사합니다."

백 집사가 커다란 캐리어를 불끈 들어 바닥에 내려놓더니 쓱하고 밀었다.

"오느라 고생 많았어요. 힘들지 않았어요?"

"기사님이 운전을 잘해 주셔서 편하게 왔어요."

"다행이네. 그럼 들어가시죠."

백 집사는 자기를 따라오라는 듯 휙 돌아서 저택 쪽으로 걸어갔다. 그녀의 뒷모습을 보고 있던 나는 불현듯 묘한 기분이 들었다. 저 여자가 어제 그 여자 맞나? 나를 마중 나온 백 집사의 태도는 180도 바뀌어 있었다. 목소리에서부터 친절함이 느껴졌다. 알 수 없는 불안함도 있었지만 그냥 같이 일할 사람이라 잘 지내고 싶은 거겠지 하고 생각하기로 했다.

저택 안으로 들어서자 백 집사가 싱긋 웃으며 말했다.

"일단 짐부터 풀고 집 구경을 할까요?"

백 집사의 안내를 받으며 나는 집 곳곳을 둘러보았다. 도서관, 본관, 별채 그리고 지하실. 전부 고풍스러운 분위기가 물씬 풍겼다. 〈미녀와 야수〉에 등장할 법한 낡고 앤티크한 인테리어들. 조금만 더 둘러보면 말하는 주전자나 촛불이 튀어나오지 않을까 싶었다.

"그나저나 이 저택, 지어진 지 얼마나 됐어요?"

2층 복도를 걸으면서 백 집사에게 물었다.

"음…… 글쎄요, 나도 언젠지 모르겠네."

의외였다. 물론 사람을 겉만 보고 판단해선 안 되지만, 평생을 저택과 동고동락했기에 저택의 비밀을 속속들이 알고 있겠지, 하고 생각했다.

"사실, 여기 온 지 이제 3년째거든요. 그 전에는 다른 사람이 살았고."

빠른 걸음으로 복도를 가로지르던 백 집사는 문득 발걸음을 멈추었다.

"자, 메인 룸을 제외하면 보여 드릴 곳은 여기가 마지막이에요. 컬렉션 룸."

"컬렉션 룸이요?"

백 집사가 손잡이를 밀어 문을 열었다. 문 너머에는 한 치 앞도 보이지 않는 어둠이 가득했지만, 그녀가 방에 들어가 스위치를 켜자 천장에서 하얀빛이 쏟아졌다.

"우와."

나도 모르게 감탄사가 튀어나왔다. 방 안에는 셀 수 없을 정도로 많은 익스트림 스포츠 용품들이 있었다. 슬쩍 봐도 몇백만 원씩은 할 것 같은 값비싼 장비들이 유리 진열장 안에 전시되어 있었다. 마치 박물관에라도 온 것 같아서 왠지 관람료라도 내야 할 것 같은 기분이 들었다. 나는 백 집사를 보며 물었다.

"주인분이 스포츠를 꽤 좋아하시나 봐요?"

"그랬었죠."

그랬다고? 그럼 지금은 아니란 말인가? 백 집사의 대답에 나는 고개를 갸우뚱했다.

* * *

컬렉션 룸 구경을 마친 후 우리는 곧장 메인 룸을 향해 걸었다. 드디어 간병해야 할 상대를 마주할 시간이다.

"이제 다 보여 준 거 같은데 혹시 궁금한 거 있어요?"

백 집사가 물었다.

"지금은 딱히 없습니다."

말은 그렇게 했지만, 처음부터 궁금한 게 하나 있었다. 간병할 대상이다. 백 집사가 도련님이라고 했으니 남자인 건 분명한데,

그 외의 정보는 전혀 몰랐다. 분위기상 먼저 물어보기도 어려웠다. 보통 집 구경보다 간병할 환자를 먼저 만나게 해 주는 거 아닌가? 대단한 집은 맞지만 왜 이렇게 구경시켜 주지 못해 안달인 걸까? 멋진 집이라고 자랑이라도 하고 싶었던 걸까? 그렇게 이것저것 생각하는 사이 어느새 목적지에 도착해 있었다.

"자, 여기가 메인 룸. 사실상 거의 모든 근무는 여기서 하게 될 거예요. 그럼……."

백 집사가 내게 눈짓했다. 직접 문을 열어 보라는 뜻이리라. 고개를 끄덕인 다음, 나는 문 앞으로 다가갔다. 손잡이를 잡고 돌렸다. 철커덕. 문이 열림과 동시에 가슴이 두근거렸다. 나는, 대체 누구의 간병을 맡게 된 걸까. 아마도 늙은 노인이겠지? 이렇게 으리으리한 집에 살고 있으니 은퇴한 기업가가 아닐까? 혹시 다들 아는 유명인일까?

나는 이런저런 상상을 하며 문을 활짝 열었다. 메인 룸의 분위기는 묘하게도 차분하고 칙칙했다. 회색 빛깔이 맴도는 벽지가 사방을 둘러싸고 있었다. 생각보다 크진 않았지만, 어디까지나 저택의 전체 크기와 비교하면 그렇다는 얘기다. 이곳에 비하면 내가 사는 원룸은 공중화장실 안의 한 칸 크기도 되지 않을 것 같다.

가장 먼저 눈에 들어온 건 방 한가운데 있는 대형 침대였다. 옛날 영화에나 등장할 법한 천장과 커튼이 달린 침대였다. 그리고 침대 위에는…….

소년이 누워 있었다.

아니, 자세히 보니 소년은 아니다. 얼핏 보기에는 미소년의 느낌이지만, 계속 지켜보자 좀 더 나이가 들었다는 사실을 알 수 있었다. 한 걸음 더 가까이 다가간 다음, 그의 얼굴을 보았다. 순수한 소년과 성숙한 남자가 절반씩 섞인 것 같은 느낌. 눈썹 아래로는 깊은 눈동자가 자리 잡고 있다. 때 묻지 않은 순수함. 콧날은 곧게 뻗었고, 입술은 부드러운 곡선을 그린다. 피부는 맑고 투명했는데, 뺨 쪽에 약간 홍조가 돌았다. 그의 전체적인 모습은, 그러니까 간단히 말하면…….

동화 속에서 막 튀어나온 왕자님이었다.

아름다웠다. 지켜보는 것만으로도 내 얼굴에는 절로 미소가 지어졌다. 마음 깊숙한 곳에서 무언가가 기분 좋게 간질거렸다. ……신기했다. 방금 전까지만 해도 방 안의 답답한 공기에 질식할 것 같았는데, 지금은 아무래도 상관없었다. 그때였다. 백 집사가 내 뒤로 다가왔다.

"자, 은주 씨. 승혁 도련님에게 인사하시죠."

이름이 승혁이구나.

나는 고개를 끄덕인 다음, 침대에 누워 있는 남자의 앞으로 주춤주춤 다가갔다. 꾸벅 고개를 숙여 인사했다.

"아, 네. 승혁 씨, 저는 서은주라고 합니다. 앞으로 한 달간 승혁 씨의 간병 일을 맡게 되었구요. 열심히 하겠습니다. 잘 부탁드립니다."

정적. 나는 흘끔 승혁 쪽을 보았다. 그는 아무런 반응도 보이지 않았다. 그러고 보니 내가 방에 들어왔을 때부터 그는 꼼짝도 하지 않았다. 순간, 나는 말도 안 되는 상상을 했다. 설마 저 인간, 인형은 아니겠지? 하지만 배가 오르락내리락 숨은 쉬는 걸 보니 사람은 맞는 듯했다. 눈을 감고 있었지만 자는 것 같지도 않았다.

"도련님이 오늘은 누구랑 대화할 기분이 아니신가 보네요."

백 집사는 가볍게 웃더니 내 어깨에 손을 얹었다.

"은주 씨, 저를 좀 따라오시겠어요?"

백 집사를 따라가기 전, 흘긋 뒤를 보았다. 승혁은 처음 봤을 때와 마찬가지로 가만히 있었다. 사람을 불러 놓고 완전히 무시라니…… 아무리 그래도 그렇지, 잘생기면 다야? 약간의 불만을 품은 채, 나는 백 집사를 따라 주방으로 향했다.

* * *

그녀는 테이블에 앉아서 잠깐 기다리라고 하더니 몇 분 후 귀한 거라며 별로 보기 좋지 않은 초록색의 차를 내 앞에 내려놓았다. 이게 뭐지 싶어 얼굴을 살짝 찡그렸다.

"젊은 여성에게 특히 좋은 차니까 사양 말고 드세요."

"가, 감사합니다."

솔직히 마시고 싶은 마음은 눈곱만큼도 없었지만 예의상 마시는 척이라도 하자는 생각에 잔을 집어 들었다. 막 입에 대려는 순간, 백 집사가 불쑥 물었다.

"어때요, 도련님의 첫인상은?"

"그냥, 좀…… 내성적이신 것 같네요."

백 집사가 훗 소리를 내며 웃었다.

"우리 도련님이 좀 부끄럼을 많이 타시기는 하죠. 반응이 좀 싸늘해도 이해해 주세요."

대충 고개를 끄덕이며 차를 홀짝, 한 모금 마셨다. 의외로 맛이 괜찮았다. 몇 모금을 더 마시고 조심스레 물었다.

"그런데 혹시…… 승혁 씨가 어떤 병을 앓고 있으신지 말씀해 주실 수 있나요?"

"다발성 경화증이라고 알아요?"

"다발성 경화증이요?"

"네, 간단히 말해서 중추 신경계가 공격받는 병이에요. 몸을 보호해야 할 면역 체계가 실수로 뇌랑 척수의 신경 섬유를 공격하는 거지. 증상은 사람에 따라 다른데, 도련님의 경우는 좀 심각한 편이거든. 하반신이 완전 마비되었으니까."

나는 걱정스러운 목소리로 물었다.

"호전될 가능성은 있나요?"

"없어요, 전혀."

"그렇군요."

나는 찻잔을 두 손으로 감싼 채 생각을 했다. 이제야 좀 알 것 같았다. 먼지 쌓인 익스트림 스포츠 장비들, 승혁의 어두운 무표정…….

그는 삶의 의미를 완전히 잃어버린 모양이었다.

* * *

그날 저녁, 나는 주방 구석에 놓인 의자에 앉아 백 집사가 요리하는 것을 지켜봤다. 메뉴는 해산물 수프였다. 분주하게 움직이며 20분 동안 만들었는데, 백 집사의 이마에는 비지땀이 송골송골 맺혀 있었다. 본인은 도움이 필요 없다고 했지만 그것을 지켜보기만 했던 나는 솔직히 좀 불편했다.

"참관 수업 한다는 느낌으로 지켜만 봐요. 오케이?"

나는 뻐근한 목을 스트레칭하며 작게 신음했다. 몸을 움직이고 싶어 좀 쑤셨다. 이렇게 백 집사가 하는 일을 '참관'만 한 지도 다섯 시간이나 지났다. 내가 뭔가 할 일이 없을까, 하고 고민하고 있는데 백 집사의 요리가 거의 다 끝나 갔다. 나는 자리에서 일어나 백 집사에게 다가갔다. 백 집사의 손에 식판이 들려 있었는데 그 위에는 김이 모락모락 오르는 해산물 수프가 있었다.

"저……."

내가 말을 걸려고 하자 백 집사가 돌아보았다.

"응?"

"승혁 씨 식사 도와드리는 건 제가 해 보면 어떨까요? 아까 점심때 집사님이 하시는 거 봤는데, 제가 바로 할 수 있을 거 같거든요."

백 집사가 대답 대신에 고개를 갸우뚱했다.

"어차피 내일부터 하게 될 일이지만, 이왕이면 빨리 시작해서 익숙해지는 게 낫잖아요."

내 말에 실눈을 뜨고 보던 백 집사는 어깨를 으쓱하더니 들고 있던 식판을 나에게 내밀며 말했다.

"알았어요, 그럼. 해 보든가."

잠시 후, 식판을 손에 든 채 나는 메인 룸 앞에서 걸음을 멈췄다.

"승혁 씨, 저녁 식사 시간입니다."

방 안에서는 아무런 대답도 들리지 않았다.

"그럼 들어가겠습니다."

문을 열고 조심스럽게 방 안으로 들어갔다. 고개를 들어 침대 쪽을 본 나는 오싹한 기분이 들었다. 승혁은 몇 시간 전 봤던 모습 그대로였다.

승혁의 옆으로 이동해서 의자에 앉아 침대 끄트머리에 달린 식사용 목재 트레이를 들어 올렸다. 그 위에 식판을 올려놓고 숟가락을 집어 들었다. 자, 아까 본 대로만 잘해 보자.

점심때 나는 '참관 수업'의 일환으로 곁에서 백 집사를 지켜보았다. 백 집사는 숟가락으로 수프를 떠서 승혁의 입에 가져다 댔고, 승혁은 멍한 표정으로 입을 벌렸다. 호두까기 인형처럼, 그의 턱은 닫혔다 열렸다를 반복하며 수프를 빨아들였다. 그렇게 몇 번을 반복하니 접시 위의 음식은 순식간에 사라졌다. 그때의 기억을 되새기며 나는 백 집사의 행동을 그대로 따라 하려 노력했다. 수프 한 스푼을 뜬 다음 승혁의 입가에 가져다 댔다.

과연…….

승혁이 입을 벌리더니 음식을 꿀꺽 삼켰다. 숨죽인 채 가만히 있던 나는 곧 안도의 한숨을 내쉬었다. 좋았어, 속으로 주먹을 불끈 쥐었다. 이대로만 계속하자. 생각보다 별거 아니네, 뭐.

이후로는 모든 것이 순조로웠다. 트레이에 몇 방울 흘리긴 했지만, 떨어질 때마다 재빨리 냅킨으로 닦아 냈다. 그러다 보니 어느새 그릇에 수프가 얼마 남지 않았다. 처음치고 나름 잘하고 있다는 생각에 스스로가 뿌듯해졌다.

"어때요, 드실 만하시죠?"

흥이 올라 나도 모르게 그렇게 중얼거리고 또 한 스푼을 떠서 승혁의 입에 가져다 대던 순간이었다.

"억지로 안 해도 돼요."

"네?"

그가, 말을 했다.

그 사실을 인식하기까지 2초가량이 걸렸다.

"어, 억지로요? 뭘요?"

"말이요. 저한테 말 억지로 안 시켜도 된다고요."

한 박자 늦게 깨달았다. 승혁이 짜증을 내고 있다는 것을. 대화를 하는 것 자체가 귀찮았나 보다.

"죄, 죄송해요."

나는 숟가락을 내려놓고 고개를 꾸벅 숙였다. 고작 이런 일로 사과를 하는 나 자신이 비굴하게 느껴져 한심했지만, 일을 하면서 어쩔 수 없이 몸에 익어 버린 습관이었다. 편의점 알바를 할 때 꼰대 사장은 종종 충고하곤 했다. 인생 꿀팁. 사과를 아끼지 마. 사과만 잘하면 대부분의 귀찮은 일을 피할 수 있어. 나중에 그의 말이 맞다는 사실을 절절히 알게 되었다. 얼굴 시뻘건 취객부터 진상 고객까지, 사과만 잘하면 탈 없이 넘길 수 있었다.

나는 흘긋 승혁을 보았다. 그의 시선은 여전히 허공을 맴돌고 있었다.

"그럼, 계속 드릴게요."

숟가락을 다시 집어 든 그때였다. 승혁이 툭 한마디를 내뱉었다.

"미안해요."

"네?"

승혁이 머리를 뒤로 젖히며 한숨을 푹 쉬었다.

"미안하다구요, 방금 한 말. 그쪽이 잘못한 건 없어요. 제가 괜한 소리를 해 가지고……."

의기소침하게 중얼거리는 승혁을 잠시 멍하니 봤다. 혼자 화냈다가 사과하고, 이 남자 대체 뭐지?

그의 입장을 잠시 곰곰이 생각해 봤다. 만약 내가 그의 처지였다면 어떤 기분일까. ……나 같았으면 모든 것에 화를 냈을 것 같다. 왜 나만 이런 일을 겪어야 하는 거지, 하며 두 발로 멀쩡하게 다니는 사람만 봐도 소리 질렀을지도 모른다. 매일같이 그런 스트레스에 시달린다면 성격이 배배 꼬여서 아무한테나 시비를 걸어도 이상하지 않으리라.

나는 미소 지으며 어깨를 으쓱였다.

"괜찮아요. 저도 가끔 그럴 때 있어요. 아무 이유 없이 겁나 빡치는 날."

하지만, 하며 나는 말을 이었다.

"빡치는 것도 힘이 있어야 하죠. 힘이 나려면 밥을 드셔야 하고."

"그렇게 생각해 주시면 다행이고요."

승혁은 그렇게 말하며 쓸쓸한 미소를 흘렸다. 내가 숟가락을 들이밀자 그는 잠자코 입을 열어 수프를 삼켰다. 다행이다. 사소한 일이었지만 잘 넘어간 것 같았다.

숟가락으로 수프를 다시 뜨려는데 등 뒤에서 벌컥 문 여는 소리가 들렸다. 나는 놀라서 숟가락을 떨어트릴 뻔했다. 돌아보니 백 집사가 서 있었다. 얼굴이 창백하게 질려 있었다. 그녀는 나를 보더니 침착한 목소리로 말했다.

"은주 씨, 잠깐만 자리 좀……."

"아직 식사 중이신데요."

"내가 마무리할 테니까, 일단 나가요. 얼른."

무슨 일인지 몰라도 심상치 않은 분위기였다. 이럴 때는 시키는 대로 하는 것이 좋다. 나는 꾸벅 인사한 다음 서둘러 방에서 나왔다. 그리고 문을 닫고 내 방으로 향하려다 발을 멈추었다. 호기심이 발동했다. 살며시 문에 귀를 갖다 대고 숨을 죽였다.

어쩌면 그게 자연스러운 행동인지 모르겠다. 저택에서 풍기는 비밀스러운 분위기가 계속해서 나를 자극하고 있었기 때문이다. 친절하면서도 뭔가 숨기고 있는 듯한 백 집사, 무표정한 얼굴의 승혁이라는 남자. 간병인의 처지라 알 필요는 없지만, 그들의 분위기는 호기심을 자극하기에 충분했다.

나는 잔뜩 숨을 죽인 채 대화를 엿들으려 했다. 하지만 실망스럽게도 방에 무슨 방음 장치라도 했는지 대화의 내용은 거의 들리지 않았다. 몇몇 단어는 간신히 알아들을 수 있었는데, 겨우 들린 것이 '그녀' 그리고 '죽었다'였다.

뭐? 누가 죽었다고?

단어의 의미를 파악하려는데, 갑자기 문 안에서 괴성이 들렸다.

그건 승혁의 절규였다.

충격과 슬픔이 강렬하게 느껴지는 처절한 절규.

7월 12일

간밤에 충격적인 일이 있었다.

너무 민감한 일이라 이 일을 일기장에 적을지 말지 몇 번이나 고민했다. 하지만 애당초 이 일기를 시작한 취지가 '이 저택에서 벌어진 일을 꼼꼼히 적어 보자'가 아닌가. 그러니 최대한 있는 그대로 적기로 하자.

어젯밤에 나는 도통 잠이 오지 않아 침대에 누워 뒤척이고 있었다. 승혁의 방 앞에서 들었던 단어가 자꾸 머릿속을 맴돌았다. 그녀? 죽었다? 도대체 누가 죽은 걸까?

나는 한숨을 쉬며 머리를 벅벅 긁었다. 아침 6시에 일어나야 하는데 이게 뭐 하는 짓인지, 라는 생각에 억지로 눈을 감고 양을 셌다. 양 한 마리, 두 마리, 세 마리…….

육십 마리쯤 셌을 때였나, 갑자기 괴상한 소리가 들렸다. 정확히는 '소리들'이었다. 두 가지 소리가 동시에 들렸다. 누군가 구토를 하는 듯한 '우욱' 소리. 그리고 뭔가가 넘어지는 '쿠당탕' 소리.

나는 불에 덴 사람처럼 벌떡 몸을 일으켰다. 방금 뭐였지? 소리는 분명 승혁의 방 쪽에서 났다. 잘못 들은 게 아닌가 싶었지만, 소리는 너무나도 생생했다.

어쩌지? 나갈까, 말까?

짧은 고민 끝에 긴 한숨을 내쉬며 침대에서 일어났다. 그래도 명색이 간병인이 아닌가. 환자를 돌보는 게 내가 할 일인 만큼 정신 차리자며 스스로를 채찍질했다.

이 밤중에 무슨 일이지?

잠옷 차림으로 슬리퍼를 신고 승혁의 방문 앞으로 향했다. 그리고 조심스럽게 문을 두드렸다.

"승혁 씨? 무슨 일 있으세요?"

큰 소리로 물었지만 아무런 대답이 없었다. 내 방까지 소리가 들릴 정도였다. 무슨 일이 벌어진 게 틀림없었다. 나는 불안한 마음으로 손을 뻗어 문을 열었다.

"승혁 씨?"

창밖에서 비추는 희미한 달빛에 의지한 채, 나는 방 안으로 한 발씩 들어섰다. 그리고 침대 위를 살펴봤다.

"어?"

승혁이 없었다. 당황하며 주위를 둘러보다가 침대 옆 그림자가 눈에 들어왔다. 뭔가가 흔들리며 꿈틀거리고 있었다. 나는 눈을 빠르게 깜박였다. 그러자 어둠에 적응하며 뭔가 보였다.

흔들리고 있던 건 사람이었다.

하얀 천을 천장 기둥에 걸어서 목을 맨 사람.

"승혁 씨!"

머릿속이 새하얘졌다. 방금 목을 맨 건지 그의 몸이 요동치고 있었다. 나는 반사적으로 그에게 달려들었다. 매달려 요동치는 그의 몸을 허겁지겁 붙잡았다. 옆에 쓰러진 의자를 발로 세워서 승혁의 발에 닿게 한 후 그 위로 올라가서 목을 두르고 있는 천을 풀려고 했다.

워낙 단단히 묶여 있어 쉽지는 않았지만 묶인 매듭 틈으로 손가락을 쑤셔 넣은 다음 힘껏 벌려서 풀었다. 그러자 매달려 있던 승혁의 무게가 그대로 내게 전해지면서 쓰러질 것 같았다. 나는 겨우 그를 지탱하며 의자에서 내려와 그를 바닥에 눕혔다.

"승혁 씨! 정신 차려요!"

두 손으로 승혁의 몸을 흔들었지만 그는 의식이 없었다. 이미 늦은 건가? 심장이 꽉 조여들었다. 혹시 숨이 끊어졌는지 급히 확인하려는데 "허억!" 하며 승혁이 숨을 들이마셨다.

"승혁 씨! 괜찮으세요?"

승혁이 눈을 번쩍 떴다. 그와 동시에 가슴팍에 충격이 느껴졌다. 그가 나를 손바닥으로 밀쳤다. 뒤로 넘어진 나는 당황하며 그를 쳐다봤다. 승혁은 자신의 목을 부여잡고 헐떡거리고 있었다. 그가 입에서 흐른 침을 소매로 닦고는, 나를 향해 고개를 확 돌렸다.

"왜 그랬어!"

복도 끝에서 급한 발걸음 소리가 들렸다. 누구인지 이젠 발소리만으로 짐작할 수 있었다.

"뭐야! 무슨 일이에요?"

열린 문 앞에 백 집사가 나타났다. 그녀는 나와 승혁을 번갈아 보더니 내게 소리쳤다.

"당신…… 당신, 대체 도련님한테 무슨 짓을 한 거야!"

"아니, 저는…….”

백 집사는 내 말은 들으려 하지도 않고 곧장 승혁에게로 달려들더니 불안한 얼굴로 승혁의 몸을 이리저리 살펴봤다.

"괜찮으세요? 어디 다친 데는 없고? 대체 저 여자가 무슨 짓을 한 거예요, 예?"

나는 백 집사의 말을 듣고 기가 막혀서 주먹을 불끈 쥐었다. 멱살이라도 붙잡고 한마디 해 주고 싶었다. 내가 그런 게 아니라고. 나는 오히려 그의 목숨을 구했다고.

"악몽을 꿨어요."

멍하니 있던 승혁이 마침내 입을 열었다.

"악몽?"

"네, 제가 자다가 비명을 질렀는지, 은주 씨가 달려왔어요."

백 집사는 천천히 내 쪽을 돌아보았다. 나는 어이가 없어서 입을 벌린 채 가만히 있었다.

지금 뻔뻔하게 거짓말을 하는 건가? 무슨 일이 있었는지 본 사람이 바로 앞에 있는데?

그때 승혁의 눈과 마주쳤다. 그는 천천히 고개를 저었다. 메시지는 분명했다.

'아무 말 하지 마.'

백 집사가 눈을 부릅뜨며 내게 물었다.

"그게 정말이에요?"

잠시 고민한 끝에, 나는 최면에 걸린 듯 중얼거렸다.

"네, 승혁 씨 말이 맞아요."

* * *

다음 날 아침, 졸린 눈을 비비며 6시에 기상했다. 오늘부터 참관 수업은 끝나고 '실전'이 시작된다. 본격적인 일의 시작이다. 준비된 복장으로 갈아입은 다음, 나는 백 집사와 주방에서 만나 승혁의 아침 식사를 준비했다. 오늘의 메뉴는 오믈렛과 베이컨이 들어간 간단한 브런치다.

사실, 시작하기 전에 조금 걱정했다. 나는 그야말로 요리에 젬병이었으니까. 돕겠답시고 팔을 걷어붙였다가 오히려 망치지나 않을까 걱정했지만 겨우 안심할 수 있었다. 내가 요리를 못하는 걸 눈치챘는지, 본격적으로 식사를 준비할 때가 되자 백 집사가 이렇게 말했다.

"요리는 제가 할 테니 은주 씨는 제가 시키는 대로만 해 줘요."

백 집사는 내가 할 일들을 분명하게 정해 주었다. 그릇을 씻고, 재료를 가져오고, 불을 올리고, 타이머를 설정하고……. 이거 해요, 저거 해요. 시키는 대로만 하면 되었다. 그렇게 정신없이 시키는 일을 마치니 어느새 요리 한 그릇이 뚝딱 만들어져 있었다.

"확실히, 손이 하나 더 있으니 편하긴 편하네."

완성된 요리를 흐뭇하게 쳐다보며 백 집사는 미소 지었다.

"그나저나 은주 씨, 컨디션은 어때요? 좀 피곤해 보인다?"

"아, 나쁘진 않아요. 걱정해 주셔서 감사합니다."

거짓말이었다. 솔직히 말하면 당장이라도 쓰러져 쉬고 싶을 정도로 컨디션은 최악이었다. 애초에 '그런 일'을 겪고 마음 편히 잘 수 있는 사람이 있기나 할까.

지난 몇 시간 동안 여러 가지 생각이 나를 괴롭혔지만, 그중에서도 가장 자주 괴롭혔던 건 하나였다. 왜 승혁은 스스로 목숨을 끊으려 한 걸까. 너무 궁금했지만, 기회도 없었고 물어볼 엄두가 나지 않았다.

나는 어제 아침 마주했던 그의 모습을 떠올렸다. 영혼이 빠져나간 듯한, 차가운 석고상 같은 모습의 승혁. 그 무표정한 얼굴

뒤에는 어떤 종류의 깊고 우울한 늪이 도사리고 있던 걸까. 자살을 결심할 정도의 사연이 무엇인지 모르겠지만, 가슴이 괜히 먹먹해졌다.

* * *

백 집사와 상의 끝에, 내가 좀 더 익숙해질 때까지 승혁의 식사 담당을 나누기로 했다. 아침은 백 집사가 하고 점심과 저녁은 내가 하는 걸로. 그런 식으로 한 일주일 정도 테스트를 한 다음, 그다음부터는 내가 전부 하기로 했다. 물론 내가 사고 안 치고 무사히 일을 해낸다는 가정하에서지만.

점심시간이 되어 식판을 들고 주방을 나서기 전, 나는 백 집사에게 다가갔다. 그녀는 식탁에 앉아 메모장에 뭔가를 끄적이고 있었다.

"저…… 궁금한 게 있어요."

"뭐죠?"

백 집사는 언짢은 표정으로 한쪽 눈썹을 치켜올렸다. 잠깐 멈칫했지만, 나는 용기 내서 말했다.

"승혁 씨 보면 가끔씩 팔을 움직이던데, 혼자 드실 수 있는 거 아니에요?"

나를 밀칠 때는, 팔의 힘이나 움직임이 멀쩡한 사람과 다름없었다. 백 집사가 끄적거리던 펜을 뚝 멈추었다.

"다발성 경화증이라고 했잖아요. 하반신이 마비된 상태예요. 앞으로 다른 부분도 그렇게 될지 모르죠. 게다가 커다란 상실감에 빠져 있어서 식음을 전폐하다시피 하고 있어요. 억지로라도 먹이지 않으면 안 됩니다. 처음에는 아예 안 드시려고 하는 걸 제가 애걸복걸해서 그래도 지금처럼 드시는 거예요."

"아……."

"저희가 도와드리지 않으면요, 도련님은 삐쩍 말라 돌아가시고 말 거예요. 그러니까 먹여 드려야죠, 억지로라도."

백 집사는 '알았으면 얼른 가라'는 듯 펜을 빙글빙글 돌렸다.

* * *

승혁은 전날처럼 순순히 밥을 먹었다. 나는 안심했다. 죽으려고 했던 사람이라 아무것도 안 먹는다고 그럴까 봐 내심 걱정했기 때문이다. 아침을 담당했던 백 집사가 아무런 말이 없는 걸 보니 식사는 제대로 한 모양이다. 그래도 여전히 눈빛이 죽어 있는 것이 걸렸다. 나는 작게 한숨을 쉬고 식판을 들고 일어섰다. 방에서 나가려고 몇 걸음 옮기다 문득 멈춰 섰다. 역시 그냥 넘어갈 순 없었다. 나는 몸을 돌려 승혁을 보았다.

"대체 왜 그랬어요? 어젯밤에 말이에요."

정적이 흘렀다. 30초. 그리고 1분. 대답할 마음이 없는 듯했다. 나는 돌아서서 속으로 한숨을 쉬고 발을 떼었다. 뭐, 상관없다. 아무리 그래도 그렇지, 소통할 마음이 없는 사람을 어떻게 돕는단 말인가. 포기하고 주방으로 돌아가려던 그때, 승혁이 불쑥 말했다.

"견딜 수 없었어요."

"네?"

"소중한 사람이…… 어제 죽었거든요."

나는 조심스레 다시 돌아서서 승혁 쪽을 보았다. 그의 눈가는 어느새 눈물이 그렁그렁해져 있었다. 얼굴은 고통과 절망 때문에 완전히 일그러져 있었다.

"그 사람이 죽은 게, 갑자기, 다 저 때문이라는 생각이 들어서……."

이런, 괜히 물어봤다. 나는 눈을 질끈 감았다. 타인의 깊은 상처를 실수로 건드렸다는 생각을 했다. 그놈의 호기심 때문에……. 나는 더듬거리며 입을 열었다.

"미, 미안해요, 제가 괜한 말을 했네요."

"아뇨, 미안할 거 없어요. 전부 제 잘못인데요, 뭐."

승혁은 자조적인 미소를 흘리며 슥 눈물을 닦았다.

"어차피 평소에도 살고 싶지 않았어요. 그저 그날따라 유독 그랬을 뿐이지."

숨을 삼킨 나는 나도 모르게 큰 목소리로 중얼거렸다.

"그런 말 하지 마세요."

"죄, 죄송해요."

내가 말하자마자 승혁은 공벌레마냥 움츠러들었다. 나는 한숨을 쉬었다. 옆에 식판을 내려놓고 승혁을 보았다. 기분 탓일까? 그의 주변에서 스멀스멀 어두운 기운이 올라오는 것 같았다. 만약 그를 이대로 둔다면 그는 우울의 늪에 빠져서 또 어제처럼…….

이대로 그를 놔둘 순 없었다.

"저…… 산책, 나가실래요?"

* * *

찌는 듯한 날씨. 진부한 표현이지만, 오늘 날씨를 표현하기에 그보다 적절한 말은 없었다. 눈이 닿는 곳마다 땅이 이글거렸고, 햇빛은 살갗을 따갑게 태웠다. 산책하기에 이상적인 날씨는 아니었지만, 먼저 산책 이야기를 꺼낸 게 내 쪽이고 승혁의 동의를 겨우 얻어 나온 상태라 덥다고 다시 들어갈 수도 없었다.

수목원 같은 넓은 정원에 들어섰더니 다양한 종류의 꽃이 우리를 반겼다. 백일홍과 라벤더로 뒤덮인 꽃밭. 그 사이의 좁은 길을 나와 천천히 이동했다. 꽃도 아름다웠지만 신기한 모양의 정원수도 내 눈길을 끌었다. 정원수를 다듬은 사람이 누군지는 몰라도 꽤 실력자인 듯했다. 정원수는 다양한 모양으로 다듬어져 있었다. 마름모꼴, 포동포동한 구름, 그리고 구체. 마지막 정원수는 툭 밀면 데구루루 굴러갈 정도로 동그랬다.

나는 감탄하며 물었다.

"백 집사님이 하신 건가요? 정원수 다듬는 실력이 대단하시네요?"

"그렇죠?"

승혁은 짧게 대답하면서 묘한 미소를 지었다. 기분이 약간 이상했지만 조금 전 절망적인 그의 얼굴보다는 낫다는 생각이 들었다.

"산책은 얼마나 자주 해요?"

그는 대답 대신 떨떠름한 미소를 흘렸다. 그 침묵이 의미하는 것을 눈치채고 당황스러웠다.

"설마, 그동안 산책조차 안 했어요?"

"딱히 제가 나가자고 하지도 않았으니……."

"아니, 그래도 그렇지. 어떻게……."

의외였다. 빈틈없는 이미지의 백 집사가 이런 간단한 일조차 하지 않는단 말인가. 나는 한숨을 쉬며 승혁을 보았다.

"이제 각오 좀 하셔야겠어요."

"각오? 뭘요?"

"앞으로 저랑 자주 산책하게 되실 테니까."

승혁은 작게 웃음을 터뜨렸다. 승혁과 나는 아무런 말도 없이 신선한 공기와 정원의 풍경을 만끽했다. 숨을 천천히 들이마시며 귓가에 들려오는 소리에 집중했다. 바스락거리는 나뭇잎 소리, 이름 모를 새들이 지저귀는 소리.

느긋하게 한숨을 내쉬던 중 낯선 하얀 꽃이 눈에 들어왔다. 마치 작은 나팔처럼 생긴 꽃들이 동그랗게 군락을 이루고 있었다. 잠깐만. 이건…… 흰독말풀 아닌가? 손을 뻗어 꽃잎을 살짝 만져보았다. 독성 식물이라는 이야기를 들은 적이 있어 조금 긴장했다. 왜 이런 식물이 여기에서 자라고 있는 걸까. 잘못 심기라도 한 건…….

삐비비비빅!

"깜짝이야."

나는 급히 소리 나는 곳을 향해 손을 뻗었다. 타이머였다. 백 집사가 아까 오전에 나에게 준 물건. 알림 소리가 나면 승혁에게 약을 먹여야 한다. 나는 타이머를 끈 뒤 물병을 집어 들었다. 그리고 약을 꺼내기 위해 앞주머니에 손을 집어넣었다.

"어?"

내 말에 승혁이 흘끔 고개를 돌렸다.

"왜 그래요?"

"약을…… 두고 왔나 봐요."

멍청이. 눈을 질끈 감으며 자책했다. 명색이 간병인인데 약을 두고 오다니. 대체 정신이 있는 거야, 없는 거야.

승혁은 나를 보며 어깨를 으쓱했다.

"이제 돌아가도 괜찮아요. 산책은 충분히 한 것 같으니까."

"저기요, 나온 지 5분밖에 안 됐거든요? 산책이면 적어도 10분은 채워야죠."

잠시 고민했다. 혼자 뛰어갔다 오면 2~3분 안에 약을 가져올 수 있을 것 같은데. 그러려면 승혁을 두고 가야 했다. 나는 조심스레 물었다.

"혹시 여기서 잠깐만 기다려 주실 수 있어요?"

"걱정 마세요, 내가 애기도 아니고."

"오케이. 그러면 여기서 잠깐 기다려요, 금방 올 테니까."

"너무 서두르다 넘어지지 말고요."

나는 허겁지겁 저택 안으로 향했다. 승혁의 방 안에 들어가자마자 테이블 위에 놓인 약봉지가 보였다. 정신 좀 똑바로 차리고 살자, 서은주! 머리를 가볍게 쥐어박은 다음, 다시 정원으로 향했다. 계단 층계참을 두 계단씩 훌쩍훌쩍 뛰어내린 뒤 나는 정원 쪽으로 발걸음을 옮겼다. 수풀을 밟으며 몇 걸음 옮겼을 때였다. 어째선지 소름이 돋았다.

"어?"

어디선가 으르릉, 하는 소리가 들렸다.

설마.

천천히 고개를 돌렸다.

커다란 검은 개가 이쪽을 노려보며 침을 뚝뚝 흘리고 있었다.

착하지~. 만약 내가 제정신이었다면 개를 어르면서 그렇게 속삭였겠지. 하지만 그럴 수 없었다. 그야말로, 공포로 기절할 지경이었으니까.

초등학생 시절, 동네 떠돌이 개에게 물린 적이 있다. 다행히 예방 주사를 미리 맞아 둔 터라 심각한 상황으로 흘러가진 않았지만, 그날 밤 아빠는 내게 얘기해 줬다. '광견병'이 얼마나 무시무시한 병인지. 21세기인 지금도 치료법이 아예 없다시피 한 병이라고 했다. 그 병에 걸리면 처음에는 물을 무서워하게 되고, 나중에는 온몸의 근육이 마비되어 숨조차 쉴 수 없게 된다고 했다.

"걸리면 꼼짝없이 죽는 거야. 그러니까 조심해. 생각 없이 개 만지다 훅 간다."

그날 이후로 나는 개만 보면 겁을 먹게 되었다. 물론 나이가 든 지금은 아빠가 왜 그런 말을 했는지 어느 정도 이해하게 되었다. 하나뿐인 딸을 지켜 주고 싶은 마음에 그렇게 말한 거겠지. 하지만 그때 아빠가 들려준 섬뜩한 이야기 덕분에, 개는 나에게 줄곧 공포의 대상이 되고 말았다. 아무리 초롱초롱한 눈망울을 빛내는 귀여운 강아지라도 다르지 않았다. 개는 나에게 피할 수 없는 죽음을 몰고 오는 치명적인 존재였다.

그것이 지금, 내 앞에 서 있었다. 언뜻 봐도 사나워 보였다. 사람들이 사냥을 할 때 데리고 나가지 않을까 싶은, 그런 개였다. 무엇보다 나를 공포로 몰아넣은 것은 개의 입가에 질질 흘러내리는 거품이었다. 저거 광견병 아냐? 딱 봐도 미친개 같은데?

침착해, 서은주. 조심스럽게 도망치는 거야. 나는 발뒤꿈치를 옮겨 천천히 뒷걸음질을 쳤다. 하지만 바로 그때, 절망적인 일이 벌어졌다. 개가 내 발걸음에 맞추어 나에게 슬금슬금 다가왔다. 숨이 가빠 왔다. 대체 왜 다가오는 거지? 나한테 뭐 맛있는 냄새라도 나는 건가? 대체 나한테 왜 이러는 건데!

잠깐. 등을 돌려 도망치면 어떻게든 벗어날 수 있지 않을까? 물론 마음 한편으로는 알고 있었다. 어쩌면 그런 행동이 상황을 더욱 악화시킬 수 있다는 것을. 그렇지만 그때의 나는 이성이 완벽하게 마비된 상태였다. 공포스런 상황에서 벗어날 수 있다면 뭐든 할 작정이었다.

그래, 달아나자. 차라리 그편이 더 생존 가능성이……

천천히 등을 돌리고 당장이라도 달릴 준비를 하던 그때였다.

"도망치지 마요!"

뒤에서 목소리가 들렸다. 승혁이었다. 그는 차분히 휠체어를 끌며 내 옆으로 다가왔다.

"도망치면 더 위험해요."

"왜…… 왔어요? 여긴…….."

승혁은 침착하게 말을 이었다.

"개는요, 인간의 목소리와 표정을 귀신같이 이해해요. 지금 은 주 씨가 겁에 질린 것도 아마 알고 있을 거예요."

승혁은 잠시 개를 지그시 바라보았다.

"무릎 꿇어요."

"네?"

"몸을 작게 만들어서 '난 위협적인 존재가 아니야'라고 해야 돼요. 어서."

잠시 머뭇거렸지만, 곧 그가 시키는 대로 했다. 솔직히 이렇게 하는 게 맞나 싶긴 했으나 뭐가 됐든 돌아서 도망치는 것보다 나은 선택 같았다. 승혁의 말대로 무릎을 꿇자 곧 놀라운 일이 벌어졌다. 개가 으르렁거리는 소리를 뚝 멈췄다. 말도 안 돼. 속으로 중얼거렸다.

하지만 놀라운 일은 그게 다가 아니었다. 승혁이 휠체어를 끌며 천천히 개 앞으로 향했다. 그는 조심스레 손등을 개 쪽으로 돌린 다음 내밀었다. 개는 잠시 고개를 갸웃거리더니 성큼성큼 승혁의 앞으로 다가왔다. 간담이 서늘했다. 개가 당장이라도 뛰어 올라 승혁의 목을 물어 버려도 이상하지 않은 상황이었다. 위험해요. 그렇게 외치고 싶었지만, 도저히 목소리가 나오지 않았다. 할 수 있는 것이라곤 돌처럼 굳은 채 눈앞에서 벌어지는 일을 그저 지켜보는 것뿐.

순간, 킁킁거리며 냄새를 맡던 개가, 혓바닥으로 승혁의 손을 핥아 댔다. 동시에 터질 듯한 긴장이 한순간에 녹아내렸다. 개는 기분이 좋아졌는지 꼬리를 붕붕 흔들었다. 비현실적이었다. 몇 초 전까지만 해도 광견처럼 보이던 개가, 지금은 가정집 애완견 처럼 순해지다니. 게다가 그 개는 펄쩍 뛰어오르더니 이번에는 승혁의 얼굴을 핥았다. 승혁은 간지러운지 웃음을 터뜨렸다.

"도베르만이에요, 이 녀석은. 충견으로 유명하죠. 이런 녀석을 누가 버리고 간 걸까."

"대체 방금 어떻게…… 한 거예요?"

승혁은 잠시 생각을 하더니 말했다.

"사실 저, 예전에는 수의사가 꿈인 적이 있었거든요. 개를 엄청 좋아해요."

"아아."

고개를 끄떡이고 승혁을 다시 봤더니, 이제 개는 펄쩍펄쩍 뛰어오르며 승혁의 무릎에 앞발을 올리려 했다. 그 모습이 귀여운지 승혁은 웃음을 터뜨렸다. 힘이 적잖이 들 것 같은데 끙끙거리는 개의 머리를 쓰다듬어 주었다. 그것을 지켜보던 나는, '지금 참 좋아 보이시네요'라고 하려다 관두었다.

역시, 산책을 나오길 잘했다.

* * *

일은 오후 8시 정도에 끝났다. 취침 시간인 10시까지 두 시간 동안은 자유 시간이다. 솔직히 말하면, 일이 끝나자마자 일기장 앞으로 달려가고 싶었다. 정원에서 벌어진 해프닝에 대해 쓰고 싶어 손이 근질거렸기 때문이다. 그래도 참았다. 느긋하게 차 한 잔의 여유를 즐긴 다음, 본격적으로 집필에 몰두할 작정이었다.

콧노래를 흥얼거리며 주방으로 들어선 그때였다.

"할 만해요?"

뒤를 돌아보았다. 백 집사였다. 고양이처럼 인기척도 없이 스윽 등장한 그녀는, 벽에 몸을 기댄 자세로 나를 보았다. 손에는 김이 모락모락 나는 찻잔이 들려 있었다. 나는 속으로 혀를 찼다. 만약 백 집사가 여기 있는 것을 알았다면 조금 더 나중에 왔을 텐데.

"일이요, 할 만하냐구요."

나는 고민했다. 대체 무슨 의도로 이런 질문을 하는 걸까? 별다른 악의나 숨겨진 함정 같은 건 느껴지지 않아 그냥 솔직하게 말하기로 했다.

"뭐 특별히 엄청 힘들거나 하진 않아서…… 네, 괜찮은 거 같아요."

"그렇구나. 그럼 다행이고."

백 집사는 잠시 고개를 까딱거리더니 "아, 맞다." 하며 말을 이었다.

"아까 점심때 도련님이랑 잠깐 안 보이던데, 혹시 어디 갔다 왔어요?"

이런.

"그냥, 잠깐 산책했어요."

"그래요? 어디를요?"

"그냥, 요 앞 정원 쪽에."

슬쩍 백 집사를 본 나는 움찔했다. 방금 전까지만 해도 미소가 가득했던 백 집사의 표정이 어느새 차갑게 굳어 있었다. 백 집사는 찻잔을 테이블 위에 올려놓은 뒤 내 쪽을 향해 한 걸음 다가왔다.

"거기 위험하니까 다음엔 가지 마세요."

그녀의 목소리에선 전에 없던 단호함이 묻어났다.

"위험하다고요?"

"네. 근처에 미친개가 한 마리 돌아다니고 있거든요."

미친개? 아까의 그 해프닝이 머릿속을 스쳤다. 물론 첫인상이 위협적이었던 건 맞지만, 그래도 '미친개' 같진 않았는데…….. 나는 백 집사를 바라보며 입을 열었다.

"사실, 승혁 씨랑 같이 그 개를 마주하긴 했어요. 처음엔 조금 위협적이었지만, 금세 친해졌어요. 그러니까 걱정하지 않으셔도…….."

말문이 막혀 버렸다. 백 집사의 표정이 갑자기 흉악하게 일그러졌다. 그녀의 눈에는 전에 없던 광기가 이글거렸다.

"친해졌다, 고요?"

"네, 성격도 좋은 녀석이라…….."

"미친개였다면, 그래서 광견병이라도 걸린 놈이었으면 어떡하려고요? 생각이 있는 거예요, 없는 거예요? 당신, 당신이 간병인이란 걸 잊고 있는 거 아냐?!"

백 집사의 목소리는 점점 격앙되었고, 나는 당황한 나머지 아무것도 할 수 없었다. 백 집사는 손을 뻗어 미간을 마사지하더니 툭 내뱉었다.

"사람을 불러서라도 당장 처리할게요. 그 개, 역시 위험해."

정적.

"……안녕히 주무세요."

딱히 할 말이 없었다. 백 집사랑 더 얘기해 봤자 언성만 높아질 것 같았고, 무엇보다 피곤했다. 하루가 긴 탓이었다. 나는 대충 인사 겸 고개를 끄덕인 다음 등을 돌려 숙소로 걸어갔다.

방으로 들어와 문을 닫는데 돌연 섬뜩한 생각이 들었다.

그런데…….

저렇게 개를 쉽게 죽일 수 있는 사람이면, 사람도 마찬가지 아닐까?

* * *

방금 전, 승혁의 방에 찾아가고 말았다.

그래, 안다, 안다. 쓸데없는 짓을 굳이 하는 것처럼 보이는 거. 그렇지만 걱정되어서 도저히 그대로 잠들 수가 없었다. 오늘 그가 또 자살을 시도하면 어쩌지? 어제는 내가 잠을 제대로 자지 못해서 소리를 들었다. 만약 내가 깊이 잠든 사이에 그런 일이 또 벌어지면 어쩌지? 머리가 욱신거려서 결국 침대에서 몸을 일으켰다. 이대로는 도저히 잘 수 없다. 어떻게든 '이 일'에 매듭을 지어야만 했다.

잠시 후, 나는 승혁의 방문을 똑똑 두드렸다.

"들어와요."

문 너머에서 승혁의 목소리가 들렸다.

"밤늦게 죄송합니다."

나는 문을 열고 안으로 들어갔다. 승혁은 침대 위에 있었다. 그가 나를 멍한 표정으로 보며 물었다.

"무슨 일로 왔죠?"

"걱정되어서요."

"뭐가 걱정이……. 아, 그거 때문에?"

승혁이 너털웃음을 흘렸다. 왜 웃지? 확 짜증이 났다. 내가 진지하게 말하는 걸 모르는 건가? 최대한 있는 대로 얼굴을 찡그렸다. 그러자 내 의도가 닿은 건지, 아니면 찡그린 내 표정에 놀란 건지 그는 얼굴에서 웃음을 거두었다.

"미안해요. 그땐, 제가 뭐가 씌어서 그랬어요. 지금은 괜찮아요."

뒤로 갈수록 승혁의 목소리는 조금씩 기어들어 갔다. 나는 손으로 미간을 문질렀다. 도저히 진심처럼 들리지 않았다. 그냥 나를 빨리 방에서 내보내고 싶어서 한 말로밖엔 들리지 않는다.

"진짜 괜찮은 거 맞아요? 정말로?"

당황하는 승혁의 얼굴을 보고, 뒤늦게 내가 멍청한 질문을 했다는 사실을 깨달았다. 그런 찢어질 듯한 절규를 들어 놓고, 괜찮냐니? 그때 이후로 고작 하루밖에 안 지났잖아. 괜찮을 리가 없다. 나는 두 손으로 내 얼굴을 감싼 채 벅벅 비볐다.

"죄송해요. 제 말이 따지는 것처럼 들렸죠. 그럴 의도는 아니었는데……."

"알아요, 저는 괜찮아요. 걱정해 줘서 고마워요."

몇 초의 정적이 지나고, 나는 승혁을 보며 조심스레 물었다.

"왜 그랬는지, 무슨 일 때문인지는…… 말할 생각 없으시죠?"

그는 잠시 생각하더니 조심스레 고개를 끄덕였다. 그래, 여기까진 예상한 대로였다. 솔직히, 말하지 않아도 괜찮았다. 다만 적어도, 큰마음을 먹고 여기 온 만큼 목적 하나는 달성하고 갈 생각이었다.

"그럼 딱 한 가지만 하고 갈게요."

"뭘요?"

"저는 조용히 있을 테니까, 저는 없다고 생각하시고 좀 주무시겠어요?"

승혁이 놀란 듯 눈을 크게 떴다.

"네? 자라고요? 그쪽이 앞에서 지켜보는데?"

나는 고개를 끄덕인 다음 허리에 손을 얹었다.

"네. 그쪽이 잠들기 전까진 내가 불안해서 못 잘 지경이거든요. 만약 거절하신다면 어젯밤 일을 집사님한테 말씀드릴 수밖에 없고, 그럼 저는 내쫓기더라도 집사님의 24시간 간병이 이어지겠죠. 자, 어쩌실래요?"

솔직히, 승혁이 화를 내도 이상하지 않은 상황이었다. 어느 면으로 보면 협박처럼 들렸을 테니까. 그런데 승혁의 반응은 의외였다. 그의 얼굴에는 장난스런 미소가 떠올라 있었다.

"내가 진짜 자는지 안 자는지는 어떻게 알 수 있죠?"

"네?"

"내가 자는 척하는 것일 수도 있잖아."

그의 말이 맞았다. 연기를 한다면 알 방법이 없다. 나는 승혁을 보며 말을 더듬거렸다.

"그…… 그럴 거예요?"

승혁이 짧게 웃었다. 부끄러워서 얼굴이 확 달아올랐다. 왜 거기까지 생각 못 했을까, 속으로 자책하는데 승혁이 말했다.

"오케이. 그러면 제가 지금 약속 하나 할게요. 은주 씨가 여기서 일하시는 동안은, 절대 그런 일이 없을 거예요. 저 믿고 안심

하셔도 돼요."

"진짜죠?"

"네, 맹세할게요. ……목숨이라도 걸고."

방금 그 말, 농담이랍시고 한 건 아니겠지? 나는 실눈을 뜨고 승혁을 보았다. 아무리 생각해도 그가 거짓말을 하는 것 같진 않았다. 나는 한숨을 쉬며 등을 돌렸다.

"알겠어요. 그럼, 좋은 밤 되세요."

문을 닫기 직전, 문틈 사이로 그의 목소리가 울렸다.

"그쪽도 잘 자요."

* * *

방에 돌아온 뒤 나는 확신했다. 승혁의 컨디션은, 어제보다 분명 나아졌다. 산책 덕분일까? 그의 얼굴에는 어제보다 생기가 돌았다. 그런 승혁의 모습을 보니 괜히 기분이 좋아졌다.

침대 위에 풀썩 누워 천장을 보며 숨을 길게 내뱉었다. 그래, 앞으로 좋은 일만 있지는 않겠지. 어쩌면 정말 견딜 수 없을 정도로 험난한 장애물이 앞을 막아설지도 몰라.

그렇지만.

계속 노력할 생각이다.

문득, 그런 생각이 들었다.

이 저택에서 보낼 시간이 생각보다 그리 끔찍하진 않을지도.

7월 13일

고심 끝에, 어젯밤 벌어졌던 일을 여기 적는다.

또 승혁이 자살 시도를 했냐고 묻는다면 그건 아니지만…….

……하아.

솔직히 말해 아직까지 확신이 없다. 내가 겪은 일이 정말 현실인지, 아니면 그저 실감 나는 악몽을 꾼 건지. 그렇지만 그때 느꼈던 공포는 당장이라도 손에 잡힐 듯 생생하다. 그래, 써 보자. 글로 토해 내면 조금은 기분이 괜찮아질지도 모르니. 벌어졌던 일은 다음과 같다.

어젯밤, 그러니까 승혁에게서 다시는 자살 시도를 안 하겠다는 약속을 받아 냈다. 그런 다음 승혁의 방을 나와 살금살금 복도를 걸었다. 혹시라도 백 집사가 깨면 낭패니까. 몇 분 후, 나는 무사히 내 방으로 돌아오는 데 성공했다.

방문을 닫자마자 쌓였던 피로감이 물밀듯 쏟아졌다. 정말이지, 하루가 왜 이렇게 길지? 도시에서 살 때는 하루가 짧다 못해 무서울 지경이었다. 어제가 오늘 같고 오늘이 내일 같은 하루하루의 반복. 그런데 이 저택에 들어선 순간부터는 시간의 흐름이 완전히 뒤집힌 기분이었다. 0.5배속으로 흐르는 영상 속에 갇힌 기분이랄까.

가볍게 스트레칭을 한 다음 침대에 걸터앉아 한숨 돌리고 있는데 어디서 쿰쿰한 냄새가 코를 자극했다. 처음에는 다른 데서 나는 냄새인 줄 알았는데 아니었다. 내 몸에서 나는 냄새였다. 정확하게 말하면 내 옷에서 나는 냄새였다. 백 집사가 준 간병인 조끼와 그 안에 입을 심플한 디자인의 원피스 세 벌 중 하나만 며칠 동안 입었더니 땀 냄새가 진하게 밴 모양이다. 아마 몸에서도 같은 냄새가 나겠지? 아아, 부끄러워.

그래, 어서 씻자. 따뜻한 물에 몸을 담그고 느긋하게 휴식을 취하는 거다.

나는 재빨리 옷을 벗은 뒤 욕실로 들어갔다. 욕조로 가서 수도 꼭지를 돌렸다. 욕조는 이 집의 분위기와 어울리는 골동품 디자인이었다. 보기에는 멋있었지만 물 온도 조절은 약간 불편했다. 샤워기의 냉수 꼭지를 먼저 돌리고 온수 꼭지를 조금씩 돌렸더니 적당히 따끈한 물이 내 몸을 적셨다.

"아아."

기분이 좋아서 절로 신음이 새어 나왔다. 천국이 있다면 이런 느낌이 아닐까. 물이 몸의 구석구석을 타고 흘러내리며 땀을 씻어 내렸다. 근육의 긴장이 풀리며 다리가 후들거렸다. 따끈한 온수의 기분 좋은 마사지를 즐기며 행복한 시간을 보내고 있는데 어디서 이상한 소리가 들렸다. 누군가의 목소리 같은……

처음에는 소음 같은 걸 잘못 들었다고 생각했지만, 얼마 지나지 않아 소리가 다시 들렸다. 이번에는 무시할 수 없을 정도로 또렷했다. 뭐지? 손을 뻗어 수도꼭지를 약간 돌렸다. 물줄기가 약해졌다. 나는 귀를 기울이며 숨을 멈췄다. 소리는 화장실 문 너머에서 들려왔다.

"아빠, 그러지 마."

아이의 울먹이는 소리였다. 등줄기에 소름이 쫙 돋았다. 재빨리 손을 뻗어 샤워기 물을 잠갔다. 나는 마네킹처럼 동작을 멈춘 채 가만히 있었다.

'뭐야? 대체 뭔데?'

속으로 중얼거리며 3분가량 기다렸다. 다행히 소리는 다시 들리진 않았지만 섬뜩한 느낌은 여전히 몸에서 떨어지지 않았다.

망설이던 끝에 다시 수도꼭지를 돌려 샤워를 계속했다. 다른 때 같았으면 아마 진즉 그곳을 뛰쳐나갔으리라. 하지만 그럴 수는 없었다. 찜찜했지만, 하루의 피로가 풀리는 기분 좋은 샤워를 바로 끊기 싫었다.

백 집사가 보고 있는 TV 소리겠지. 그래, 그럴 거야.

멋대로 단정해 버린 나는 계속 샤워를 했다. 눈을 감고 턱을 들어 올렸다. 물줄기가 내 얼굴에 정면으로 쏟아졌다. 나는 게슴츠레 눈을 떴다. 뭔가 이상했다. 예상치도 못한 상황에 당황했는지, 입에서 얼빠진 소리가 흘러나왔다.

"어······."

샤워기에서 붉은 핏물이 쏟아지고 있었다.

피. 그래, 피였다.

검붉은 색깔의 액체는 누가 봐도 피였다.

샤워기에서 핏물이 쏟아지고 있었다.

바로 지금.

그 사실을 깨달은 순간 나는 목청껏 비명을 질렀다. 그리고 욕
조에서 펄쩍 뛰쳐나왔다. 젖은 발이 미끄러질 뻔하며 방 쪽으로
뛰어가 허둥지둥 걸려 있던 목욕 가운을 몸에 걸쳤다. 가운의 묵
직한 무게가 내 몸을 둘러싸자 그제야 조금은 진정이 되었다. 나
는 정신 차리자는 생각에 화장실 쪽을 노려보았다. 방금 내가 본
건 뭐였지? 왜 피가······.

그때 쾅쾅쾅 문 두드리는 소리가 들렸다. 놀라서 짧은 비명을
질렀지만, 이윽고 "왜 그래요? 무슨 일이에요?" 하는 백 집사의
목소리를 듣고 안심했다. 문을 열었더니 잠옷 차림의 백 집사가
서 있었다. 자다가 깼는지 그녀가 부스스한 머리와 졸린 눈으로
나를 훑어봤다.

"깜짝 놀랐잖아. 무슨 일인데 밤중에 그렇게 비명을 질러요,
도련님 깨시게."

짜증이 담긴 목소리로 백 집사가 물었다.

"샤워기에서……."

"샤워기가 뭐요?"

"피, 피가……."

"피?"

"네, 피."

"샤워기에서 무슨 피가 나와?"

"그건 제가 하고 싶은 말이에요. 왜 피가 나오죠?"

백 집사는 나를 흘끔 보더니 가볍게 한숨을 쉬었다.

"알았어요. 내가 한번 볼게요."

백 집사는 저벅저벅 화장실로 향했다. 잠시 후, 쏴아아 소리가 들렸다. 나는 가만히 귀를 기울였다. 백 집사도 놀라서 소리칠 줄 알았는데 들리는 건 물소리뿐이었다. 백 집사가 빼꼼 고개를 내밀었다.

"은주 씨 무슨 악몽이라도 꾼 거 아냐? 샤워기 물은 멀쩡한데 왜 그래요."

"네? 그럴 리가. 분명 피가 쏟아졌는데……."

나는 당황한 얼굴로 욕실에 들어갔다. 백 집사는 문가에 기댄 채 나를 한심하다는 표정으로 보았다. 샤워기에선 평범한 물줄기가 쏟아지고 있었다. 백 집사는 길게 하품을 하고는 중얼거렸다.

"뭘 잘못 본 건지 모르겠지만, 사람을 이렇게 놀라게 하면 곤란해요, 은주 씨."

"네……."

너무나도 이상한 상황이었지만 뭐라고 할 말이 없었다.

"도련님도 들었을지 모르니까 내일 물어보면 악몽을 꾼 거 같다고 해요. 알았죠?"

"알겠습니다."

백 집사가 나를 못마땅한 듯 힐끗 보더니 돌아서서 문을 쾅 닫고 나갔다. 바로 정적이 찾아왔다. 나는 두 손으로 뺨을 문지르며 한숨을 내쉬었다. 갑자기 바보가 된 듯한 기분이었다.

나는 멍한 얼굴로 몸의 물기를 닦았다. 팔에 송골송골 맺힌 물방울을 닦던 중, 불현듯 무언가 깨달으며 손을 멈추었다.

아, 맞다. 백 집사의 방에는 TV가 없다.

그럼 아까 그 아이가 울먹이던 소리는 뭐지?

갑자기 소름이 돋았다.

* * *

악몽이라도 꿀 줄 알았는데 의외로 잘 잤다. 무섭긴 했지만 일단 긴장이 풀리자 피로가 밀려와서 기절하듯 쓰러져 잠들었다. 그렇게 푹 잔 덕인지 눈을 떴을 때는 몸이 날아갈 듯 가벼웠다.

일어나서 옷을 갈아입고 주방으로 향했다. 이후로는 특별할 것 없이 어제와 비슷하게 흘러갔다. 역시 괜히 돈을 많이 주는 게 아니다. 간병인으로 고용되긴 했지만 집안일도 도와야 했다. 승혁이 깨기 전까지 백 집사를 따라 아침 만드는 것을 돕고, 저택의 복도를 청소한 뒤 잠시 테라스에서 휴식을 취했다. 바다 방향에 위치한 소파에 몸을 파묻고 다리를 쭉 뻗으며 스트레칭했다. 난간 너머로 일렁거리는 파도를 보며 잠시 생각에 잠겼다.

대체 내가 들은 아이의 목소리는 뭘까? 백 집사에게 물어볼까 싶었지만 어젯밤 그녀가 나를 바라보던 눈빛이 떠올랐다. 그 경멸하는 듯한…… 포기하자. 그럼 차라리 승혁에게 물어볼까?

그때 앞주머니에서 치직 소리가 들렸다.

"아, 나, 진짜."

나는 한숨을 쉬고 앞주머니에서 소형 무전기를 꺼냈다. 오늘 오전, 주방에서 백 집사가 준 물건이다. 핸드폰을 빼앗더니 이런 걸 주었다. 백 집사는 그것을 건네며 말했다. "앞으로 무슨 일이 생기면 이걸로 부르고, 호출하면 바로 오세요."라고. 이럴 거면 차라리 핸드폰을 돌려 달라고 항의하고 싶었다. 핸드폰이 있으면 타이머든 무전기든 귀찮게 가지고 다닐 필요가 없지 않나.

[방금 현관 벨 울렸는데, 택배 왔나 봐요. 가서 받아 줄래요?]

무전기 너머에서 백 집사가 말했다. 아무래도 간병인이 아니라 하녀로 온 거 같다. 나는 한숨을 쉬고는 끙 소리를 내며 일어났다.

"네, 바로 가 보겠습니다."

빠른 걸음으로 나가서 현관문을 열었다. 문 앞에는 택배 기사가 서 있었다. 40대 중반 정도의 꽁지머리를 한 남자였는데, 옷이 땀으로 흥건했다.

"와, 진짜. 드럽게 덥네요. 안 그래요?"

택배 기사가 헐떡이며 말했다. 나는 꾸벅 고개를 숙였다.

"수고 많으세요. 물이라도 드시겠어요?"

"아니, 바쁘니까 얼른 택배나 받아요. 자, 여기. 깨지면 안 되는 물품이니 조심하시고."

그는 택배 박스를 내 쪽으로 쑥 내밀었다.

"근데, 이번에 새로 오신 분인가?"

나는 기사가 허리에 걸어 놓은 수건으로 땀을 닦는 것을 보며 고개를 끄덕였다.

"네."

"아유, 고생 좀 하시겠네. 그나저나 이 집, 안 무서워요?"

"네?"

나는 예상치 못한 질문에 놀랐다. 택배 기사가 뭘 알고 대체 이런 소리를…….

"아무래도 그거 때문에 신경이 쓰이긴 하겠네."

"그거요?"

"뭐야, 설마 몰라?"

나는 고개를 저었다. 기사는 어이가 없다는 듯 허, 소리를 냈다. 그는 주변을 두리번거리더니 목소리를 낮게 깔고 말했다.

"몇 개월 전인가? 여기서 일하던 간병인 아가씨 한 명 있었 잖아. 택배 받을 때 인사도 잘하고 예쁘장하고 인상도 좋았는 데⋯⋯."

"아, 네."

"TV 뉴스에서 그 아가씨 얼굴이 딱 나오더라고. 어째 한동안 안 보여서 이상하다 했지."

"그게 무슨 말씀이세요?"

"실종되었다가 근처 바닷가에서 시체로 발견되었다던데."

* * *

그날 오후, 승혁의 식사를 끝낸 다음 나는 테라스로 향했다. 백 집사는 매시간마다 뭘 할지 확실히 정해 놓는, 상당히 계획적 이고 체계적인 사람이다. 저택에서 일하게 된 지 며칠이 지난 지 금, 백 집사의 반복되는 일과 중 몇 개는 완전히 숙지하게 되었 다. 현재 시각 4시 30분, 그녀는 테라스에서 티타임 중이리라. 테라스로 나갔더니 아니나 다를까, 거기 있었다. 어제와 다른 점 이라곤 한 손에 책을 들고 있는 정도일까.

"어, 은주 씨 왔어요? 무슨 일?"

백 집사가 고개를 돌리며 손에 든 책을 탁, 하고 덮었다.

"다름이 아니고, 그, 궁금한 게 있어서요."

"궁금한 거?"

"네."

나는 택배 기사에게 들었던 전임 간병인에 대해 말했다. 이야기를 듣는 동안 백 집사는 한쪽 눈썹을 치켜올렸다. 뭔가 고깝다는 듯이.

"……혹시 그분에 대해서 아세요?"

내가 물었다. 솔직히 그런 건 알 필요 없다고 할 줄 알았는데, 의외로 순순히 얘기해 주었다. 죽은 분의 이름은 윤지은이라고. 마치 오늘은 목요일이라는 듯, 당연하다는 듯이 툭 얘기했다. 내가 멍하니 서 있는데 백 집사가 손짓을 했다.

"앉을래요?"

"……네?"

"……내가, 그쪽이 괜히 불안해할 거 같아서 말 안 했는데. 이왕 이렇게 된 거, 다 얘기하는 게 속 편할 거 같거든. 어차피 여기서 한 달간 일해야 할 거고, 안 그래?"

다 얘기해 준다고? 나야 거절할 이유가 없기에 얼른 자리에 앉았다. 백 집사는 찻잔을 들어 한 모금 마셨다. 그러고는 말을 이었다.

"도련님은요, 익스트림 스포츠를 좋아했어요. 그 '컬렉션 룸'을 봐서 알겠지만, 단순히 좋아하는 수준이 아니었지. 거의 집착했다고나 할까? 도련님 덕분에 나도 처음 알았어요. 한국에서 익스트림 스포츠를 즐길 수 있는 곳이 그렇게 많은지. 평창, 제주도, 양양…… 주말만 되면 아주 곳곳을 돌아다녔죠. 그런 사람이 몸을 꼼짝 못 하게 되는 병에 걸리다니, 정말 저주나 다름없잖아, 이건."

나는 고개를 끄덕였다. 백 집사는 후우, 한숨을 쉬었다.

"도련님 말을 들어 보면은, 처음에는, 다발성 경화증인 줄도 몰랐대. 어느 날부터인가 그냥 갑자기 몸이 이상했다는 거야. 몸이 쥐가 난 듯 움직이질 않는다거나, 찌릿찌릿해진다거나. 그래서 병원에 가서 정밀 진단을 받았는데, 다발성 경화증이라는 판정을 받은 거지. 진짜 하루아침에 날벼락 아니야?"

"그때 승혁 씨 반응은 어땠어요?"

내가 물었다. 백 집사는 찻잔을 쭈욱 들이켰다.

"처음에는, 현실을 거부했지. 의사가 얼른 입원하시는 게 좋을 거라고, 치료에 전념하는 게 좋을 거라고 경고했지만…… 도련님은 무시했어요. 대신 자연 치료 요법으로 치료할 수 있다고 생각한 거야. 그러다 몸이 더 악화되었지만. 포기하고 뒤늦게 병원으로 향했지만 그때는…… 돌이킬 수 없었지."

회상하는 백 집사의 얼굴에는 짙은 안타까움이 담겨 있었다.

"호전될 가능성이 아예 없는 병이다, 그 사실을 듣고 나서 도련님은 완전히 희망을 잃었어요. 그리고 회장님 소유지인 이 저택에서 은둔 생활을 시작했지. 그런 도련님에게는 간병인이 필요했어요. 그 첫 간병인에 가장 제격인 사람은 바로…… 나였지. 난 도련님이 정말 어렸을 때부터 함께했었으니까."

백 집사의 얼굴에 잠시 미소가 떠올랐다. 과거를 회상하는 걸까?

"하지만…… 그러다 보니 조금씩 문제가 생겼어요. 바로 저택 관리. 내가 도련님을 관리할 순 있어도, 저택까지 관리하기에는 너무 힘이 드는 거야. 내 몸은 하난데, 안 그래? 그래서 간병인을 고용하기로 결심한 거예요. 기왕이면 면접을 봐서 제대로 뽑기로 한 거고."

"아……."

백 집사는 흘끔 테라스 안쪽을 보았다. 승혁이 들을지 신경이라도 쓰이는 걸까? 그녀는 한 단계 목소리를 낮추더니 말을 이었다.

"근데, 그 간병인들 말이에요, 지금까지 따지고 보면은 거의 한 달 간격으로 바뀌었어요. 도련님의 성격이 너무 날카로워서 도저히 참을 수 없다고 나가는 분도 있었고…… 맨날 농땡이만 부려서 제가 내쫓은 애들도 있었고. 그렇게 이런저런 이유로 바뀌고 또 바뀌었지."

나는 얼굴을 찡그렸다. 아무리 그래도 뭔가 이상했다.

"아니, 면접을 해서 뽑았는데도 그렇다고요?"

"물론 멀쩡한 사람도 있었어. 그런데 그런 사람들의 경우……."

백 집사가 잠시 어물거렸다.

"그게, 이상한 이유로 그만두더라고."

"이상한 이유?"

"몸이 안 좋아진 것 같다는 거야."

나는 이 집의 간병 보수가 왜 그렇게 파격적으로 높은지 알 것 같았다. 백 집사는 계속 얘기했다.

"그러던 어느 날, 새 간병인이 왔어요. 그 사람이 바로 윤지은이라는 분이었죠. 그분은, 20대 중반이지만, 얼핏 보면 미성년자로 착각할 만큼 어려 보였어요. 아, 그러고 보니 은주 씨랑 비슷하네요. 나이보다 젊어 보이는 것도 그렇고."

백 집사는 나를 보며 묘한 미소를 지었다.

"지은 씨는 특유의 긍정 에너지가 있었어요. 솔직히 처음에는 좀 부담스러웠죠. 침울해 있는 도련님을 어떻게든 웃게 만들려고 하더라고요. 쓸데없는 짓 하지 말라고 했지만, 도저히 말을 듣질 않더군요. 근데 언제부터인가 도련님이 정말 웃고 있더라고요. 어떻게 한 건지 모르겠지만 두 사람이 즐겁게 대화하는 모습을 보니 고마운 생각까지 들더군요."

"그런데 어쩌다……."

"아, 내 정신 좀 봐. 말이 길어졌네요. 아무튼, 지은 씨를 보고 드디어 우리와 계속해서 같이할 수 있는 사람을 만났다고 좋아했죠. 그런데……."

백 집사의 표정이 차갑게 식었다.

"결국 이 저택의 저주에 걸려 버렸지."

"네?"

백 집사는 아무것도 아니라는 듯 말을 이어 갔다.

"어느 날 아침이었어요. 여느 때처럼 아침을 준비하려고 주방에 갔는데, 식칼이 하나 없어졌더라고요. 게다가 지은 씨도 안 나타나서 무슨 일이지 하다가 문득 불길한 느낌이 들어서 곧장 도련님 방으로 달려갔죠. 역시 지은 씨가 그곳에 있더라고요. 없어진 식칼을 들고. 나는 놀라서 소리쳤어요. 하지만 지은 씨는 완전히 넋이 나간 얼굴로 도련님 앞에 서서 '무슨 짓을 한 거야.' 란 말만 반복하지 뭐예요. 그 상황이 도저히 이해되지 않았지만, 재빨리 달려들어 지은 씨 손에서 칼을 뺏었죠."

"그, 그래서요?"

"안 되겠다 싶어서 지은 씨를 방에 가뒀죠. 그리고 한두 시간 정도 지나니까 정신을 차리더군요. 지은 씨는 무슨 일 있었냐고 물었어요. 자신이 한 짓을 진짜로 기억 못 하는 거 같아서 정확하게 무슨 일이 있었는지 말해 준 다음 그동안 일한 거는 정산해 줄 테니 조용히 떠나 달라고 했죠. 그랬더니 고개를 끄덕이고 나서 엉엉 울더군요. 뭔가 사정이 있는 거 같았는데 결국 아무런 말도 못 들었죠. 그리고 다음 날 지은 씨가 실종된 거예요. 처음에는 그냥 말없이 나간 줄 알았는데 방에 가 보니 짐이 그대로 있어서 뭔가 잘못되었다는 걸 알았죠. 결국 지은 씨 가족들에게 연락해서 실종 신고를 했어요. 경찰이 동원돼서 갈 만한 곳은 샅샅이 찾아봤지만 발견되지 않았어요. 그때부터 도련님의 상태가 다시 악화되었어요. 안 되겠다 싶어서 새로운 간병인을 급히 모집했고, 은주 씨를 만나게 된 거예요."

"그랬군요."

"그런데 며칠 전에 담당 형사에게서 연락이 왔어요. 드디어 지은 씨를 찾았다고."

"어디에서요?"

"이 근처 바닷가에서요. 오면서 봤을지 모르겠지만 해안 쪽에 가파른 벼랑이 솟아 있는 곳이 있어요. 그 부근에서 익사한 시체로 발견되었는데, 바다에 빠졌다가 파도에 밀려서 왔는지 해변가에 있었대요. 뭐, 타살 혐의점은 없어서 자살로 추정된다고 하더라고."

나는 말문이 막혔다. 승혁의 비통한 표정이 머릿속을 스쳤다.

대체 무슨 일이 있었던 걸까?

* * *

그날 밤, 나는 내 방의 의자에 앉아 한참 동안 생각에 잠겨 있었다.

테라스에서 이야기를 다 끝낸 백 집사는 내 얼굴을 보며 조용히 말했다.

"알려 주지 않아서 미안해요. 하지만 내 입장도 생각해 줘요. 도련님에게는 간병인이 필요한데 그런 얘기 했다가 또 그만둔다고 하면 곤란하잖아요."

백 집사는 한숨을 쉬었다.

"그래도 무서워서 일 못 하겠으면 지금이라도 말해요. 간병인은 새로 구하면……."

"저는 괜찮습니다. 일은 그만두지 않을 거예요."

백 집사는 내 말에 놀란 표정을 지었다.

"정말요?"

"그럼요. 힘든 일을 겪으신 승혁 씨를 두고 어떻게 그만둬요. 백 집사님 입장도 충분히 이해합니다."

아무렇지도 않은 듯 그렇게 말했지만 내가 왜 그렇게 말했는지 모르겠다. 밤에 이상한 소리를 들은 것도 께름칙한데, 전임 간병인이 실종되었다가 시체로 발견되었다니. 그런 얘기를 듣고 무섭지 않을 사람이 있을까?

나는 바보 같은 자신을 나무라며 이불 위에 풀썩 누웠다. 물론 간병 보수는 쉽게 포기할 금액이 아니다. 휴학 상태인 학교도 가야 너무 늦기 전에 일자리도 찾을 수 있으니 이 기회를 놓치면 안 된다. 그런 현실적인 부분도 있지만 내 머릿속에 떠오른 건 승혁이었다. 백 집사의 이야기를 들으니 승혁을 두고 떠나는 건 아니라는 생각이 들었다. 병든 몸 때문에도 힘들 텐데, 겨우 마음을 열고 가까워진 사람을 잃다니 얼마나 상심이 클까?

나는 산책했을 때 미소 짓던 승혁의 얼굴이 떠올라 눈을 질끈 감았다.

어딘가 소년 같은 느낌의 그 얼굴…….

잠깐, 내가 왜 이렇게 그 사람을 신경 쓰는 거지? 물론 담당 간병인이니까 신경 쓰는 게 당연하다. 하지만 과연 그게 다일까? 이 묘한 느낌은 뭐지? 설마 그를 좋아하게 된 걸까?

이렇게 일기에 쓰면 감정이 정리될 줄 알았는데 여전히 잘 모르겠다.

"근데 언제부터인가 도련님이 정말 웃고 있더라고요."

아까 집사가 한 얘기가 문득 떠올랐다. 지은이라는 여자가 승혁을 웃게 만들었다는 얘기를 들었을 때 기분이 약간 이상했다. 그게 질투였을까?

그 여자가 죽었다는 사실은 안타까웠지만, 한편으로는 묘한 안도감도 들었다. 그러면 안 되는데…… 그러면 안 되는데, 승혁의 옆자리를 계속 지킬 수 있게 되었다는 건 솔직히 기뻤다.

나는 두 손으로 머리를 꽉 감싸 쥐었다. 대체 무슨 생각이야, 서은주. 어린애도 아니고 모르는 사람을 질투하고 승혁을 생각하며 마음을 졸이다니. 이러면 안 되는데…….

나는 한숨을 쉬었다. 정신 차리자. 이 관계는 더 진전될 수 없다. 어디까지나 나는 간병인이다. 그리고 그는 환자다. 선을 지켜야 한다.

그런데 왜 또 승혁의 얼굴이 떠오르는 걸까? 미소 짓은 그의 얼굴, 그리고…… 그리고 슬픔에 젖은 그의 표정이 자꾸 가슴을 쿡쿡 찌르는 것 같다.

또 하나 생각난 게 있다. 승혁이 자살 시도를 했다는 사실이다. 그는 백 집사로부터 무슨 얘기를 들었고, 그날 밤 죽으려고 했다. 분명히 그건 지은이라는 그 여자가 죽었다는 소식을 듣고 한 행동이었다.

설마 따라 죽고 싶었던 걸까?

그 정도로 그 여자를 사랑했던 걸까?

궁금하다.

기회 되면 승혁에게 그 여자에 대해서 물어봐야겠다.

그래, 이전 간병인이었으니까 같은 간병인으로서 자연스럽게 물어볼 수 있을 거 같다.

7월 21일

아, 진짜 부끄럽다.

아무리 나만 보는 글이지만, 내가 쓴 걸 다시 읽었더니 너무 오글거린다. 대체 뭐야, 이건. 읽는 동안 페이지를 찢어 버리고 싶은 걸 참았다. 내가 사춘기 때 썼던 글들도 오글거리긴 마찬가지였지만 이 모두가 다 나의 추억이고 삶의 궤적이니 남겨 두는 게 좋겠다.

어쩌다 보니 마지막 일기를 쓰고 나서 꽤 오랜 시간이 흘렀다. 거의 8일 정도 일기를 쓸 시간이 없었다. 간병인으로서 승혁의 수발을 드는 일도 해야 하지만, 틈틈이 이 큰 저택을 관리하는 일도 도와야 하기 때문이었다. 물론, 사람을 고용해서 청소를 비롯해 여러 가지 일을 시키지만, 이 집에서 숙식까지 하는 사람은 백 집사와 나뿐이다. 게다가 지난 일주일 동안 업체 사정으로 파견 인원이 안 와서 두 사람이 이 큰 집을 관리해야 했다. 그래서 힘든 하루 일이 끝나면 피곤해서 바로 잠들었다.

백 집사는 여전히 깐깐했고, 승혁은 여전히 친절했다. 역시 승혁과 같이 있는 시간은 행복하다. 나는 그와 함께 있는 것만으로도 좋다. 최근 들어 승혁과 많이 놀았다. 카드 게임도 하고, 산책도 매일 나갔으며, 같이 책도 읽었다. 그러면서 깨달았다. 내가 승혁에게 호감을 가지고 있지만 그건 남녀 간의 사랑 같은 건 아니라는 것을. 나는 그냥 승혁이란 인간 자체를 좋아한다. 그걸 확인할 수 있었던 건 지난번 자살 소동 후 전임 간병인에 대한 얘기를 들었을 때였다. 그때 백 집사로부터 사연을 듣고 다음 날 승혁에게 물어봤다.

"저…… 혹시, 그 소중한 사람이 전임 간병인인가요?"

승혁은 갑작스러운 질문에 놀란 표정을 짓더니 이내 씁쓸한 미소를 보였다.

"백 집사님한테 들었나요?"

"네, 우연히 택배 기사님한테 듣고 알게 되었거든요. 그……지은 씨라는 분에 대해서요. 제 전임 간병인이라 더 궁금했어요. 어쩌다 그렇게 되었는지. 그래서 백 집사님에게 물어봤죠."

"그랬군요. 지은 씨를 생각하면 내가 이렇게 살아 있어도 되나 할 정도로 미안해요. 저에게 살아갈 힘을 준 사람인데……. 아, 그렇다고 연인 같은 존재는 아니었고요. 지은 씨하고는 남매 같았죠. 마음이 통하는 친남매."

"남매요?"

"네, 저도 어쩌다가 간병인과 환자로 만나서 그런 사이가 되었는지 신기하게 느껴졌죠. 무척 밝고 긍정적인 분이라 우울증이 심했던 저는 처음에는 좀 부담스러웠죠. 하지만 언제부터인가 그분의 '긍정 바이러스'가 저에겐 큰 도움이 되었어요."

"긍정 바이러스요?"

"그래요. 지은 씨는 매일같이 저에게 말했어요. 제가 앓고 있는 다발성 경화증도 완치될 수 있는 연구가 진행 중이니 그때까지 포기하지 말자고요. 그럼 제가 좋아하는 익스트림 스포츠도 다시 즐길 수 있을 거라고 했죠."

"그랬군요."

"네, 지은 씨도 은주 씨처럼 좋은 사람이었어요. 저는 사람을 잘 알아보거든요. 그래서 저한테는 참 소중한 사람이 되었죠. 친 가족보다 더 가까운 가족 같은 사람이었죠. 그 일이 있기 전까지 는 참 잘 지냈는데……."

"혹시, 그 일이라면 이상 행동을 한 그 일인가요?"

"맞아요. 지금도 그날 제 행동을 후회하고 있어요. 저는 갑작 스럽게 변한 지은 씨가 무서웠거든요."

"그 일이 왜 발생한 건가요? 혹시 아세요?"

승혁은 시선을 허공으로 향하면서 슬픈 표정을 지었다.

"나중에 알게 되었는데, 지은 씨도 병을 앓고 있었더군요."

나는 그의 말에 말없이 놀란 표정만 지었다.

"지은 씨가 실종되고 나서 가족한테 들었는데, 정신 병력이 있 더라고요."

"정신병요?"

"조현병을 앓고 있었나 봐요. 그 병에 걸리면 망상과 환청 증 상이 나타난다고 하더라고요. 그래서 그때 저를 공격하려고 했 던 거 같아요. 저는 그것도 모르고……."

승혁은 울 것 같은 표정을 지었다.

나는 그의 얘기를 듣고 마음이 아팠다. 승혁은 자신이 그녀를 거부해서 죽음으로 몰고 간 것이라 생각했나 보다. 그도 그렇지만 절망을 느끼고 자살을 선택한 그녀를 생각하면 두 사람이 서로를 얼마나 의지했었는지 짐작이 되었다. 몸과 마음이 아픈 두 사람은 서로에게 유일한 존재였던 것 같다. 다른 사람은 이해할 수 없겠지만, 마음이 통한다는 게 어떤 건지 나는 안다.

그래서 결심했다. 내가 그 지은이란 여자를 대신할 수는 없겠지만 이곳에 있는 동안은 승혁을 위해 내가 할 수 있는 모든 것을 해야겠다고.

가능한 모든 것을.

7월 23일

드디어 오늘, 특별한 사건이 있었다!

시작은 다큐멘터리였다. 저녁 식사 시간, 식사 그릇을 치우는 동안 승혁이 부탁했다.

"TV 밑에 있는 것 중 아무거나 하나 골라 틀어 줘요."

고개를 숙여 보니 평소엔 잘 보지 못한 DVD 케이스들이 오밀조밀 꽂혀 있었다. 손을 뻗어 케이스를 꺼내 보았다. 커버에 공통점이 있었다. 인간 대신 물고기만이 둥둥 떠다니고 있었다. 제목도 하나같이 영어였다. 블루 플래닛, 오션스, 미션 블루…….

"전부…… 다큐멘터리네요?"

"네. 블루 플래닛으로 부탁해요."

플레이어가 DVD를 빨아들이자 TV 모니터가 켜졌다. 푸른 바다를 배경으로 유유히 헤엄치는 해양 생물들. 아무 감흥 없이 화면을 보던 나는 승혁을 돌아보고 움찔 놀랐다. 얼굴에 미소가 떠올라 있었다. 눈빛은 추억에 잠긴 듯 그윽했다.

"다큐 좋아해요?"

내가 물었다. 승혁은 졸다 깬 사람처럼 움찔 몸을 떨었다.

"……은주 씨는요? 안 좋아해요?"

"그야…… 솔직히 지루하잖아요. 특별한 사건도 없고."

"그게 오히려 다큐의 매력이잖아요. 자극적인 이야기가 아니라, 자연을 묵묵히 관조하는 거니까."

나는 잘 모르겠다는 듯 어깨를 으쓱였다. 승혁이 말을 이었다.

"은주 씨, 저 물고기들 좀 봐요. 끝없이 펼쳐진 광활한 바다를 자유로이 헤엄치는 물고기들. 보는 것만으로도 가슴이 탁 트이는 것 같지 않아요?"

흘끔 TV를 보았다. 지느러미를 펄떡거리며 전진하는 물고기의 클로즈업 샷. 그걸 보며 머릿속에 떠오르는 거라곤 마지막으로 회를 먹은 게 언제였더라, 하는 멍청한 생각뿐이었다.

"저런 걸 좋아하게 되는 건…… 타고나야 하는 건가 봐요."

승혁은 가볍게 웃었다.

"타고나긴요. 저 같은 경우 어렸을 때부터 이런 걸 보고 자라서가 아닐까, 해요."

"어렸을 때? 몇 살이요?"

"열두 살이요."

승혁은 리모컨을 눌러 TV의 음량을 조금 줄였다.

"그때 저는요, 틈만 나면 해양 다큐를 봤어요. 바닷속에서 생명체들이 자유롭게 헤엄치는 모습을 보면 즐거워졌거든요. 답답한 현실을 잊게 해 줬으니까."

……답답한 현실이라니?

"어렸을 때 무슨 답답한 일이 있었어요?"

내가 조심스레 묻자 승혁은 고개를 끄덕였다. 그의 얼굴을 보고 직감했다. 무거운 이야기가 나오겠구나. 침묵하던 승혁은 천천히 고개를 들었다.

"저희 아버지는요, 이상한 사람이었어요. 아니, 이상한 정도가 아니라……."

머뭇거리던 승혁이 툭 내뱉었다.

"싸이코예요."

"싸이코?"

"요즘 말로는 컨트롤 프릭이라고 하죠? 통제광. 아버지는, 제 행동거지 하나하나를 통제하지 않고는 못 배기는 사람이었어요. 밥 먹는 것부터, 공부하는 것, 쉬는 것, 자는 것까지…… 전부 아빠의 철저한 통제와 감시 아래서 이루어졌죠. CCTV부터 마이크까지, 각종 장비들을 총동원했다니까요."

세상에……. 나는 손으로 입을 틀어막았다. 승혁은 묵묵히 말을 이어 나갔다.

"그런 아빠의 행동들…… 어머니는 싫어하셨어요. 아니, 막고 싶어 하셨죠. 세상에 그런 인간을 그냥 두려는 엄마가 어디 있겠어요? 하지만…… 무서워서 말도 꺼내지 못했어요. 조금이라도 자신의 말을 거역하면 곧장 주먹이 날아왔으니까. 결국 엄마도 날 감시했죠, 아빠가 시키는 대로."

눈을 질끈 감았다. 24시간 동안 부모가 모든 행동을 지켜보는 삶. 대체 그건 어떤 종류의 지옥일까.

"근데 그런 상황에도 불구하고, 제가 유일하게 자유를 느낄 수 있던 때가 있었어요."

"그게…… 다큐였던 거예요?"

"맞아요. 그때 당시 하루 24시간 동안 내가 쉴 수 있는 시간은 고작 한 시간이었어요. 그래도 그 한 시간 동안 나는 DVD 선반에 있는 그 어떤 DVD도 꺼내 볼 수 있었죠. 선반에 만화나 영화 따위는 없었어요. '폭력적'이라느니 '딴생각을 하게 만든다'는 아빠의 생각 때문이었죠."

승혁은 잠시 쉬고는 말을 이어 나갔다.

"그래서 다큐멘터리를 봤죠. 정확히는 해양 생물 다큐멘터리.

바닷속을 자유롭게 헤엄치는 각종 물고기를 보며 상상했어요. 내가 저 옆에서 같이 헤엄친다면 어떨까. 그런 상상을 하니 신기한 기분이 들었어요. 답답해 미칠 것 같았던 머리가 순식간에 맑아지는 느낌이랄까."

승혁이 피식 웃었다.

"뭐, 나이가 드니까 나중에는…… 그런 상상도 잘 안 되더라고요. 그래서 열다섯 살 때부터는 대신 악으로 버텼죠. 아빠에게 얻어맞을 때마다 생각했어요. 나중에 어른이 되면 이 미친 집구석에서 도망쳐 버리자고. 도망쳐서 하고 싶은 것을 마음껏 하며 자유롭게 살자고."

"익스트림 스포츠도 그래서……."

"네. 물론 재밌어서 한 것도 있지만, 반발심도 작용했죠. 분명히."

승혁의 시선이 허공을 맴돌았다.

"익스트림 스포츠만이 가질 수 있는 그 위험함과 해방감…… 그것이, 나를 사로잡았어요. 예를 들어 볼게요. 스키 점프를 할 때, 공중에 떠오르는 그 몇 초 동안의 순간 있죠? 그때 바로 마법이 펼쳐져요. 그 몇 초 동안은 모든 게 사라지거든요. 오로지 저랑 세상, 그 둘밖에 남지 않죠."

승혁은 자조적인 미소를 지었다.

"뭐, 몸이 이렇게 된 이상, 그걸 다시 경험하긴 어렵겠지만."

……정적이 흘렀다. 숨을 참으며 솟아오르는 감정을 억누르

려 했지만 불가능했다. 나는 얼굴을 돌려 뺨에 흐르는 눈물을 슬쩍 훔쳤다. 그를 안아 주고 위로해 주고 싶었다. 이제 괜찮다고. 더 이상 고통스러워하지 말라고. ……아니다. 그런 현실을 무시한 이야기들은 승혁에게는 전혀 도움이 되지 않으리라. 그는 전혀 괜찮지 않다. 그 사실은 승혁 본인도, 나도, 잘 알고 있다. 그렇다고 해도 절망만 하고 있을 순 없다. 몸이 안 된다면 마음만이라도 괜찮게 만들어 주고 싶다. 뭔가 좋은 방법이 없을까?

"직접 보러 가면 어때요?"

내가 말했다.

"네?"

"물고기들이요. 아쿠아리움. 거기 가면 볼 수 있잖아요, 직접."

"아…….."

승혁의 얼굴에 미소가 떠올랐지만, 잠시뿐이었다. 그는 어두운 표정으로 푹 한숨을 쉬었다.

"근데, 반대할 걸요?"

"……누가요?"

* * *

"안 돼요."

그 '누군가', 즉 백 집사가 단호하게 말했다.

내가 지금 있는 이곳은 저택 지하에 위치한 건조실. 이곳에서는 주로 세탁한 옷을 말리고 옷을 개는 일을 한다. 바닥 타일은 군데군데 깨져 있고 벽에는 뭔가를 붙였다 뗀 듯한 하얀 자국이나 있어서, 누가 보면 건조실이 아니라 버려진 지하실이라고 착각할지도 모른다.

그래, 처음에는 나도 왜 지하에 건조실이 있는지 의아했다. 누가 훔쳐 갈 것도 아닌데 바깥에 시원하게 널어 버리면 안 되나? 하지만 며칠 지나니 조금은 이해가 갔다. 지하라 그런가, 의외로 습도 조절이 잘되는 방이었다. 게다가 공간도 널찍하기 때문에 빨래를 널거나 정리할 공간이 충분했다.

하여튼.

나는 백 집사와 함께 빨래를 개던 중 은근슬쩍 '승혁 씨와 밖으로 나가 보는 것은 어떠냐'고 물어봤다. 돌아온 대답은…… 예상대로였다.

"하지만……."

"'하지만'은 없어요. 안 되는 건 안 되니까."

백 집사는 더욱 부지런히, 더욱 격하게 빨래를 갰다.

"왜 안 되는데요? 잠깐 나갔다 오면 되는데."

"그 잠깐 사이에 대체 무슨 일이 벌어질지 모르는 거잖아요. 갑자기 발작을 일으키기라도 하면? 응급 상황이 생기면 어떻게 할 건데요. 우리 도련님한테 무슨 일이 생기면……."

백 집사는 휙 고개를 돌려 나를 노려보았다.

"진짜 맹세하는데, 당신을 가만두지 않을 거야. 알아들어?"

더 밀어붙이려 했지만, 백 집사의 살기 띤 눈빛을 마주친 순간 말문이 막혔다. 그 분위기에 압도당한 나는 몸이 굳어 버렸다. 백 집사는 후우 소리를 내더니 빨래를 마저 갰다.

"당신은 고용인이고, 시키는 것만 하면 돼요. 무슨 말인지 알죠?"

"네."

손에 들고 있는 빨래를 반듯하게 접으며 백 집사는 혼잣말을 했다.

"주제를 알아야지."

* * *

그날 밤, 욕실에서 찬물 세수를 한 다음 수건으로 물기를 천천히 닦았다. 결국 아쿠아리움에 간다는 계획은 접을 수밖에 없었다. 나 혼자 감당할 수 있는 일이었으면 강행했으리라. 백 집사가 건조실에서 했던 말은 경고가 아니라 위협이었다.

"그 잠깐 사이에 대체 무슨 일이 벌어질지 모르는 거잖아요."

백 집사의 목소리가 다시 귓가에 어른거렸다. 그래, 틀린 말은 아니다. 무슨 일이 생길지는 모르는 거니까. 하지만 그건 여기서도 마찬가지 아닌가? 설령 응급 상황이 생긴다고 해도, 거리로 치면 아쿠아리움이 병원에서 훨씬 가까운데? 하지만 이런 정보들을 들먹인다 해도 그녀의 마음은 꿈쩍도 하지 않으리라.

……사실, 진짜 문제는 백 집사가 승혁을 과잉보호하고 있는 지금의 현실이다. 승혁이 백 집사의 말에 꼼짝도 못 하는 게 이해가 안 된다. 승혁은 고용주다. 백 집사가 뭐라고 하든 가고 싶으면 갈 수 있다. 삶을 통제받던 어린 시절이 악몽 같았다고 하지 않았나? 여기서 또 누군가의 통제를 받는 삶을 살고 싶을까? 혹시 통제받는 삶에 너무 익숙해져 버린 건 아닐까?

아아, 나도 모르겠다.

나는 한숨을 쉬고 거울에 비친 자신을 노려봤다.

그냥 미친 척하고 나가 버려?

솔직하게 말해서, 마음만 먹으면 못 나갈 것도 없었다. 핸드폰과 차 키가 어디 있는지도 안다. 얼마 전에 백 집사의 방에 들어갈 기회가 있었다. 창고 열쇠를 가져오라는 심부름을 듣고 책상 서랍을 열었더니 그 안에 창고 키와 함께 내 핸드폰이 놓여 있었다.

"대박……!"

헬로키티 장식이 대롱대롱 달린 나의 핸드폰. 옆에 자동차 키도 있긴 했지만, 당장 마음이 동한 쪽은 핸드폰이었다. 당장 켜서 그동안 쌓여 있는 메시지들을 확인하고 싶었다. 그때 무전기가 울렸다. 뭐 하냐며, 빨리 주방으로 오라는 백 집사의 재촉이었다. 결국 아쉬움을 뒤로한 채 방을 떠날 수밖에 없었지만……

그 일이 있던 덕분에 차 키와 핸드폰의 위치는 대략 파악해 둘 수 있었다.

아무튼, 마음만 먹으면 못 할 건 없다. 문제는 후폭풍이다. 돌아온다면, 백 집사는—지금까지의 살벌한 분위기를 고려했을 때—아마 나를 죽이려 할지 모른다.

……농담이 아니라.

* * *

자기 전, 테라스에서 LED 등을 켜고 책을 읽었다. 1층에 있는 책장에서 가져왔다. 셜리 잭슨의 『힐 하우스의 유령』. 이 집하고 아주 잘 어울리는 소설이다. 웬만하면 100페이지까지 읽으려 했지만, 바람이 차져서 결국 도입부도 넘기지 못하고 일어났다. 몸을 부들부들 떨며 안으로 들어왔다. 주변이 숲으로 둘러싸인 곳이라 그런지 밤이 되면 밖은 뼈가 시릴 정도로 추워진다. 그래, 그냥 방에 가서 읽자. 책을 옆구리에 끼고 복도를 걸었다.

백 집사의 방 앞을 지나는데 문 너머에서 소리가 들렸다. 낮은 목소리로 누군가와 대화를 하고 있었다. 전화 통화를 하는 것이 분명했다. 호기심이 발동한 나는 문에 귀를 바짝 댔다.

"네, 문제없습니다."

문제가 없다고? 뭐가? 내가 얼굴을 찌푸린 그때 백 집사가 말을 이었다.

"걱정 안 하셔도 됩니다. 도련님의 혈액 검사 결과도 간 수치도 전부 정상입니다. 네. 산소 포화도는 94퍼센트인데, 어제까지 문제없던 것으로 보아 일시적인 이상으로 판단됩니다."

모노 톤의 목소리. 마치 로봇이 정해진 답을 보고하는 느낌이었다. 백 집사가 계속 말했다.

"네, 운동 설명도 드리겠습니다. 침대를 벗어나 실질적으로 운동한 시간은 2시간 1분 45초. 마지막으로 사교 활동 시간. 저 이외의 간병인과 대화한 시간은 약 3시간. 이상입니다."

온몸의 피가 차갑게 식었다. 그런 것까지 계산하고 있었단 말인가? 대체 어떻게?

그때였다. 전화가 끊김과 동시에 백 집사의 발걸음 소리가 가까워졌다. 문가로 오는 것이 분명했다. 나는 얼른 문에서 떨어져 발소리를 죽이고 내 방으로 향했다. 방문을 열고 들어가 문을 닫자마자 거친 숨을 내쉬었다. 들고 있던 책을 테이블 위에 놓고 의자에 앉아 입술을 씹었다. 백 집사가 누구랑 통화한 거지? 누구한테 승혁의 상태를 보고하는 거지? 순간 자연스럽게 승혁의 이야기가 떠올랐다.

컨트롤 프릭. 승혁의 일거수일투족을 감시하던 그 인간.

순간 등줄기에 주욱 소름이 돋았다.

어른이 되어 집에서 탈출했는데도, 승혁은 여전히 감시하에 있는 건가?

싸이코 아버지의 감시하에?

설마, 그럴 리가…….

아니다, 아예 말이 안 되는 이야기도 아니다. 어머니도 감시하
게 만든 인간이 백 집사를 이용해 감시하는 게 무슨 대수란 말인
가. 만약 그게 사실이라면 오히려 잘된 건지도 모른다. 백 집사
는 누군가에 의해 그저 시키는 대로만 하는 꼭두각시란 소리니
까. 이건 백 집사에게 약점이 될 수 있다. 승혁이 이 사실을 알게
되면 과연 어떻게 될까. 어쩌면 나는 그녀의 가장 큰 약점을 잡
은 걸지도 모른다.

……따라서 아쿠아리움 계획도 더 이상 무리는 아니다.

그래, 해 보자.

나는 마침내 결심했다.

자, 어디 막을 수 있으면 막아 보시라지.

* * *

아침이 되자마자 곧장 계획을 실행으로 옮겼다. 접이식 휠체
어를 트렁크에 실은 다음, 승혁을 차에 태웠다. 차 안의 시계를
보았다. 오전 6시 30분. 아마 지금쯤 백 집사는 아무것도 모른
채 아침을 만들고 있겠지. 차 키를 돌리기 전, 흘끗 룸미러를 보

앉다. 뒷좌석에 앉은 승혁이 불안한 표정으로 창밖을 응시하고 있었다. 나는 흘끔 돌아보았다.

"뭐 빠뜨린 거라도 있어요?"

"근데 정말, 백 집사가 괜찮다고 했다고요?"

또 백 집사 걱정인가. 속으로 한숨을 푹 쉬었다.

"네, 이번 한 번만 허락한대요. 그러니까 걱정 푹 놓고 계세요."

"아, 다행이네요."

그제야 긴장이 가득하던 그의 얼굴이 풀어졌다. 나는 쓴웃음을 지으며 앞으로 고개를 돌렸다. 뻔뻔하게 거짓말이라니. 폭우 속의 흙탕물처럼 죄책감이 가슴속에 번져 나갔다. 지금이라도 사실대로 말할까? 아니다. 그러면 돌아가자고 할 것이 분명하다. 어떻게 여기까지 왔는데.

"그럼 출발할게요."

열쇠 구멍 안에 키를 꽂고 돌렸다. 우르릉, 시동이 걸렸다. 주머니에서 핸드폰을 꺼낸 다음 내비게이션 어플을 켰다. 신호가 잡히지 않았다. 지도가 로딩되지 않아 화면 속 차는 허공에 붕 뜬 것처럼 보였다. 핸드폰을 보며 가볍게 혀를 찼지만 심각한 문제는 아니었다. 애초에 이 주변은 신호 자체가 잘 안 잡히는 곳이다. 어느 정도 떨어진다면 자연스레 해결되리라.

치직.

나는 화들짝 몸을 떨었다. 무전기였다. 앞주머니에 꽂아 둔 것을 깜빡하고 있었다. 백 집사가 방금 날 부른 건가? 설마 우리가 사라진 것을 벌써 알아차렸나? 아니, 벌써는 무슨. 빈틈없는 그녀의 성격상 한참 일찍 알아차리고도 남았으리라. 나는 핸들을 꽉 잡았다. 됐다. 백 집사에 대한 생각은 관두자. 지금 당장에만 집중하자. 당장에만.

힘차게 페달을 밟자 차는 움직였다. 산을 벗어나 도로에 오르자마자 핸드폰은 곧 인터넷에 연결되었다. 나는 갓길에 잠시 차를 멈춘 다음 목적지를 재설정했다. 다시 출발하기 전, 흘끗 고개를 돌렸다. 승혁은 어느새 곤히 자고 있었다. 아기처럼 입을 헤 벌린 채. 그런 그의 모습을 보니 심장 부근이 간질거렸다. 미소가 떠오르는 것을 참을 수 없었다.

* * *

세 시간 후, 아쿠아리움에 도착했다. 고속도로 상황이 좋아서 예상보다 빨리 도착했다.

미리 조사한 바로는, 해당 건물은 장애인을 위한 시설이 잘 구비되어 있었다. 걱정되는 건 인파였다. 아쿠아리움은 코엑스 건물에 붙어 있는 형태인데, 이 코엑스 건물이 문제였다. 하루에만 7만 명이 오간다고 했으니까. 기대했다. 그래도 평일인데, 사람이 적지 않을까. 오산이었다. 주차를 하는 데만 30분이 걸렸다.

차에서 내린 다음, 나는 승혁과 아쿠아리움으로 향했다. 걷는 동안 그야말로 사방에서 짓눌리는 기분이었다. 백화점 배경 음악. 사람들이 떠드는 소리. 평소라면 가볍게 지나쳤을 소리들이 어째선지 지금은 참을 수 없이 크게 느껴졌다. 어질어질한 정신을 다잡으려 노력하던 중, 문득 걱정이 들었다. 승혁은 괜찮을까?

그런데 의외로 멀쩡했다. 아니, 오히려 나보다도 눈이 반짝반짝 빛났다. 모처럼의 외출이라 그럴까? 호기심과 흥분이 가득 찬 표정으로 주변을 두리번거리고 있었다. 마침내 아쿠아리움 입구에 도착한 우리는, 표를 끊은 뒤 본격적으로 안을 돌았다.

* * *

이쯤에서 솔직히 고백할 것이 있다. 나는 동물 구경에 1도 관심이 없다. 물론 귀여운 걸 싫어하진 않지만—솔직히 엄청 좋아하지만—그런 거야 유튜브 쇼츠 같은 걸로 충분히 감상할 수 있다. 잘 먹고 잘 지내는, 기름기가 좔좔 흐르는 동물을 눈앞에서 보면 오히려 씁쓸한 기분만이 들 뿐이다. 나와 녀석들의 신세가 뒤바뀐 것 같다는 그런 기분. 그런데 물고기라니! 귀엽지도 않은 물고기라니! 관심을 가지려고 해도 가질 수 있겠냐고!

승혁에겐 아니었다. 전투기 조종석에 앉은 어린아이처럼 시종일관 흥분했다. 각 구역을 지나칠 때마다 그는 말했다. 이번엔 여기요, 이번엔 저기. 수족관 벽 앞에 붙은 각종 안내판들도 그냥 지나치지 않았다. 눈을 찌푸리며 그 개미 같은 글씨들을 전부 읽으려 했다.

그 모습을 잠시 지켜보던 나는, 문득 기지를 발휘했다. 핸드폰으로 해당 글씨들을 일일이 찍은 뒤, 핸드폰의 TTS(텍스트 투 스피치) 기능을 켜서 자동으로 글을 읽도록 설정했다. 귀에 꽂은 이어폰에서 안내 음성이 흘러나오자 승혁이 놀란 눈으로 나를 보았다.

"천잰데요?"

이후로 관람은 순조로웠다. 만타가오리, 엔젤피시, 블루탱. 형태도 이름도 신기하게 생긴 각종 물고기를 느릿느릿 지나쳤다. 내게는 그저 눈앞을 유영하는 물고기 녀석들이지만, 이제는 조금씩 흥미가 생기는 것 같기도 했다. 어쩌면 승혁의 들뜬 모습 덕분일지도.

구경하던 중, 나는 어, 소리를 냈다.

"저거 보여요?"

승혁과 나는 한 수조의 앞으로 다가갔다. 〈클라운피시〉라고 적힌 물고기였는데, 물고기들이 수조 바닥에 누워 축 늘어져 있었다. 갑자기 마음이 불안해졌다. 무언가 잘못된 것 같은 기분, 설명할 수 없는 답답함과 불안감이 가슴을 조였다. 나는 승혁을 보며 물고기를 가리켰다.

"죽은 거 아니에요?"

그러자 승혁이 짧게 웃었다.

"물고기들은 원래 저렇게 자요. 은주 씨, 몰랐어요?"

"그래요?"

"네. 걱정 마세요. 지금 쟤들은 힐링하는 중인 거니까. 우린 그냥 느긋하게 보면 돼요."

"아……."

나는 미소 지었지만, 억지 미소였다. 실은, 방금 전 물고기 설명표를 읽었다. 클라운피시는 수조 바닥에 누워 자지 않는다. 말미잘이나 산호에 살짝 기대는 식으로 잠을 취한다고 적혀 있었다.

왜 거짓말을 하는 걸까. 아니면 그냥 몰랐을 수도 있지만.

나는 바닥에 축 늘어진 클라운피시로 다시 시선을 돌렸다. 저 물고기를 보니 갑자기 지은이라는 여자가 떠올랐다. 해안가에서 발견되었다는 그 여자. 대체 왜 이런 생각이 드는 걸까. 나는 지금 행복해야 하는데, 기분 좋아야 하는데. 어째선지 불길한 기분이 물에 푼 잉크처럼 가슴 깊숙이 퍼졌다.

* * *

얼마 안 걸은 것 같은데 정신을 차리니 어느새 출구 문턱에 서 있었다. 벌써 구경을 다 끝냈다. 뭔가 아쉬운 기분이었다. 아쿠아리움의 문턱을 막 나서려던 그때, 승혁이 조심스럽게 말했다.

"고마워요."

"네?"

"……날 위해 이렇게까지 해 줘서."

구경을 마친 직후, 우리는 아쿠아리움 입구 근처에 있는 파라솔 의자에 앉았다. 다음에는 무엇을 할지 아이디어를 내며 수다를 떠는데 승혁이 말했다.

"근데, 은주 씨는 어디 가고 싶은 데 없어요? 이 건물, 쇼핑으로도 유명하지 않나?"

"네? 아, 저는 딱히……."

"에이, 거짓말. 그 지긋지긋한 저택에서 겨우 벗어났는데, 정말 없다고요?"

굳은 미소를 지은 채 망설였다. 솔직히 승혁과 떨어지고 싶지 않았지만—백 집사의 걱정 강박증이 나에게 옮은 걸까?—모처럼 바깥에 나온 만큼 자유를 만끽하고 싶기도 했다. 그렇다고 해도.

"간병인으로서, 환자를 혼자 둘 순 없어요. 절대로."

승혁은 불만스럽다는 듯 입술을 툭 내밀었지만, 곧 납득했는지 고개를 끄덕였다.

"오케이. 그러면 나도 양보해서, 가볍게 스무디 한 잔, 어때요?"

"……네?"

"은주 씨 목마르잖아요. 아까 전부터 비어 있는 물병, 계속 만지작거리던데."

승혁이 씩 웃었다. 예상치 못한 그의 관찰력에 나는 움찔했다. 그걸 눈치챘다니, 수족관에서 물고기만 관찰한 게 아니었구나?

"근데 왜 스무디예요, 물도 아니고?"

"바로 앞에 있으니까, 그 정도면 은주 씨도 부담 안 될 거 같아서."

승혁이 앞쪽으로 고개를 까딱였다. 그가 턱짓을 한 곳엔 유명한 스무디 프랜차이즈점이 있었다. 오케이. 몸을 일으킨 나는 곧장 승혁의 휠체어 손잡이를 잡았다.

"그럼 갈까요, 지금?"

"아뇨, 잠깐만. 난 빼고."

"네? 왜요?"

"아니, 그냥…… 혼자만의 시간을 즐기고 싶달까?"

"혼자만의 시간?"

나는 가만히 서서 잠시 생각에 잠겼다. 혼자만의 시간. 나도 백 집사도 매일 몇 번이고 누리는, 당연한 시간. 승혁에겐 아니다. 그 음침한 방에 있을 때를 제외하면, 그에겐 '혼자만의 시간'은 거의 없다시피 하다. 하긴, 누군가 24시간 동안 내 옆에 붙어 다닌다면 나 같아도 진이 쭉 빠지지 않을까.

"정말 괜찮겠어요?"

나는 걱정스러운 목소리로 물었다. 승혁에게 잠시나마 숨통을 틀 시간을 주고 싶기도 했지만, 동시에 그가 어떻게 될까 봐 두렵기도 했다. 내가 자리를 비운 그 잠깐 사이에 어딘가로 사라져 버리진 않을까? 그런 내 걱정을 눈치챈 건지, 승혁이 미소 지었다.

"걱정 마요. 몸이 이런데, 어딜 가."

* * *

스무디 주문을 마친 다음 화장실에 들어갔다. 수도꼭지를 끝까지 돌리자 찬물이 콸콸 쏟아졌다. 오후라 그런가, 아까부터 슬슬 피곤이 몰려왔다. 정신을 차리기 위해선 자극이 필요했다. 헙, 하고 숨을 참은 다음 차가운 물을 얼굴에 끼얹었다. 찌릿한 감각이 온몸에 퍼져 나갔다.

"어…… 언니? 언니 맞지?"

등 뒤에서 목소리가 들렸다. 나는 무시하고 페이퍼 타월을 뽑아 얼굴의 물기를 닦아 냈다. 목소리의 주인이 누군지는 몰라도 딴 사람을 찾는 것이 분명했다. 나를 '언니'라 부를 사람은 최근 내 인생에 없었으니까. 손에 쥔 페이퍼 타월을 뭉쳐서 버리려는데 뒤에서 다시 한번 소리가 들렸다.

"은주 언니 맞지?"

이렇게 된 이상 돌아보지 않을 수 없었다.

"네? 누구세요……?"

몸을 돌렸다. 눈앞에 있는 것은, 생판 처음 보는 평범한 20대 여자였다. 처음에는 누구지 싶었지만, 곧 머리 뒤쪽이 근질거리며 조금씩 기억이 돌아왔다. 그래. 면접 날, 내게 담뱃불을 빌려주었던 그 음침한 분위기의 여자.

"잠깐만, 수지…… 씨?"

"응, 은주 언니. 나야. 기억해 주는구나?"

수지가 박수를 짝짝 치며 호들갑을 떨었다. 나는 벙찐 표정으로 중얼거렸다.

"여긴 어쩐 일이에요?"

"어쩐 일이긴, 그냥 놀러 왔어. 사회생활해요, 나두."

수지는 검지로 내 어깨를 톡 건드리더니 깔깔 웃었다. 나도 수지를 보며 웃긴 했지만, 솔직히 조금 꺼림칙했다. 한국이 좁은 나라인 건 맞지만, 여긴 코엑스다. 사람 반 공기 반인 이곳에서 그녀를 '우연히' 만날 확률이 대체 얼마나 될까.

"그래서 언니야말로, 무슨 일이에요, 여긴?"

수지가 물었다. 나는 망설였지만 그냥 털어놓았다. 어차피 숨길 만큼 거창한 이야기도 아니니까. 지금까지의 이야기를 핵심만 간단히 요약했다. 그때 면접 본 환자의 간병을 맡았고, 오늘은 특별 견학을 온 셈이라고. 물론 무단이탈 중이라는 이야기는 뺐다. 해 봤자 좋을 것도 없으니.

"그러니까, 언니 지금 그 저택에 있다는 말이지?"

"그렇죠."

고개를 든 나는 움찔했다. 수지의 표정이 심각하기 짝이 없었다.

"언니, 잠깐 이야기 나누고 싶은 게 있는데, 시간 돼?"

수지의 권유에 못 이긴 나는 스무디 가게로 돌아가 테이블에 앉았다. 승혁이 밖에서 기다리고 있으니 오래 있지는 못할 거라고 했지만, 수지는 걱정 말라고, 물어볼 것만 물어보고 보내 주겠다고 했다.

내가 자리에 앉자마자 그녀는 주머니에서 불쑥 뭔가를 꺼냈다. 핸드폰과 필기용 펜이었다. 뭐야, 취재 모드? 괜히 긴장되어 버린 나는 의자 끄트머리를 만지작거렸다.

"그래서, 물어보고 싶은 게 뭔데요?"

"언니, 저택에 있으면서 무슨 이상한 일 없었어?"

가슴이 철렁했다. 이상한 일이라면 당연히 있었지만, 그걸 어떻게? 내 반응을 유심히 지켜보던 수지는 슬쩍 입꼬리를 올렸다.

"있었구나, 그치?"

"그게……."

조금 망설였지만 결국 이야기했다. 핏물 샤워부터 아이의 목소리까지. 왜 그렇게 줄줄 정보를 털어놓았냐고? 물론 수지를 경계하는 마음이 없진 않았지만, 그 당시엔 경계심보다는 넋두리를 늘어놓고 싶은 마음이 더 컸다. 저택에서 있었던 각종 공포스런 일들을 그동안 속으로 묵혀만 와서 그런지 답답했기 때문이다. 그런데 짠. 수지가 등장했다. 자신에게 전부 털어놓으라며 온화한 미소를 짓는 여자가. 결국 말문이 뚫리다 못해 폭발해 버렸다.

"……거기까지예요."

나는 겨우 말을 마쳤다. 답답한 일을 남에게 털어놓으면 후련해진다는 말이 있듯, 이야기를 끝내자 몸이 조금은 가벼워진 기분이었다. 수지를 보았다. 그녀는 지금까지 내가 들려준 이야기를 정리하는 듯 핸드폰 위로 펜을 열심히 끄적이고 있었다. 수지가 문득 입을 열었다.

"뭐, 이제 와서 새삼스럽겠지만, 난 간병인이 아니야, 언니. 기자지."

"기자?"

"으응, 오컬트 기사를 주로 써. 혹시 '한국의 나이트메어'라고, 들어 봤어?"

전혀 들은 적이 없어서 솔직하게 고개를 저었다. 수지는 실망했는지 잠시 뾰로통한 표정을 지었지만 곧 입을 열었다.

몇 년 전, 그녀는 자신의 개인 블로그에 취재 글을 게시했다. 바로 그녀가 방금 말한 '한국의 나이트메어'다. 한국에서 벌어진 각종 실종/살인 사건들을 수사하고, 그것을 치밀하게 분석한 기사. 처음에 조회 수는 한 자릿수에 불과했지만 어느 날 방송을 탄 것을 계기로 폭발적으로 늘어났다. 결국 사이트까지 창설, 현재도 성황리에 운영 중이란다.

사이트에는 다양한 게시판과 코너가 생겼지만, 그럼에도 여전히 사이트에서 가장 인기 있는 코너는 그녀의 기사였다. 수지는 말했다. 자신의 기사가 다른 일반적인 글들과 차별화되는 점은 다름 아닌 디테일이라고. 사건 현장의 처참한 분위기, 잔인한 범행 방식을 날것의 문체로 가감 없이 묘사한다. 그럴 수 있는 동력은 딱 하나, 철저한 현장 취재 덕분이라고 했다.

"그러니까, 그날 면접 날도 취재였다, 그거네요?"

내가 물었다.

"응, 분위기를 캐치할 생각이었어. 살인이 났던 현장은 특히나 그래야 좋거든."

살인이 났던 현장? 가게의 공기가 뚝 떨어졌다. 주변의 온도가 10도는 내려간 기분이었다.

"살인? 무슨 소리예요?"

혼란에 머리가 빙글거리던 중 생각 하나가 반짝였다. 그러고 보니 지은이란 여자가 실종되었고, 죽은 채 발견됐다고 했다. 수지는 지금 그 사건을 살인 사건으로 오해하고 있는 게 아닐까? 나는 수지를 보며 헛웃음을 흘렸다.

"아, 그건 잘못 아신 걸 거예요. 지은 씨가 사망하신 건 맞는데, 경찰이 살인은 아닌……."

"네? 지은 씨는 또 누구예요?"

"……몰라요? 실종된 그……."

"난 건축가 얘기한 건데."

건축가? 예상하지 못한 단어에 말문이 막혀 버렸다. 수지는 장난스러운 미소를 지으며 의자를 내 쪽으로 잡아끌었다.

"그게 말이야, 그 집이 지어지고 건축가 관련해서 사건이 있었어요. 아주 끔찍한 사건이."

따르릉.

수지는 허겁지겁 핸드폰을 보았다. 화면을 본 그녀의 얼굴이 순간 창백해졌다.

"잠깐만. 나, 나 가 봐야 될 것 같아요. 오, 마이 갓. 싸이트 다 운됐대."

짜증이 팍 솟았다. 아, 뭔데. 또 이런 전개냐고. 나는 수지가 도망치기 전, 그녀를 팔을 꽉 붙잡았다. 직접 알려 주지 않는다면 내가 검색해서라도 알아낼 생각이었다.

"저기요, 잠깐만. 방금 그 끔찍한 사건 말인데, 어떻게 검색해야 나와요?"

수지는 고개를 저었다.

"아, 그거. 미안, 언니. 검색해도 안 나올걸? 묻힌 사건이거든. 옛날 신문에 쬐끄맣게 실리고 끝난 사건. 근데 이거 하나는 명심해요. 거기 터 진짜 안 좋아. 그러니까……."

진지한 목소리로, 그녀가 중얼거렸다.

"도망칠 수 있을 때 도망쳐."

* * *

아쿠아리움에서 승혁과 시간을 보내는 동안 시간의 흐름을 잊어버리고 말았다. 깜빡, 눈을 감았다 뜨니 하늘이 어느새 어둑어둑해지고 있었다. 슬슬 돌아갈 시간이구나. 한숨이 절로 나왔다. 옛말에 좋은 건 언제나 빨리 끝난다더니, 정말이구나 싶었다. 주차장에서 승혁을 차에 태운 뒤, 나는 핸드폰을 켜고 통화 내역을 보았다. 백 집사로부터 전화가 끊임없이 올 것을 알았기에 미리 차단을 해 놓았다. 지금쯤 몇 통이나 와 있을까. 나는 침을 꿀꺽 삼키고 차단을 풀었다.

"어……."

백 집사에게서 셀 수 없이 많은 메시지가 와 있었다.

어디예요

지금돌아와요그럼용서해줄게

통화받아요

전화받아

받으라고요

무슨일생기면 전부 당신때문이야

당신

어디갔냐고

위치만말해요데리러갈게

당신끝났어

저기제발이러지마요

도련님을위해서라도

어디냐고

......

　광기 그 자체, 라고밖에 표현할 길이 없었다. 그것을 보자마자 돌아가고 싶은 마음이—그것도 쥐꼬리만 한 마음이었지만—싹 사라졌다. 잠깐이었지만 노숙을 할까 진지하게 고민했을 정도다. 그렇지만 나 때문에 승혁 씨에게 불편을 주긴 싫었다. 게다가 그에겐 약이 필요하다. 저택 안에 있는 각종 의료 기구들도. 나는 질끈 눈을 감고 스스로를 질책했다. 그래, 서은주. 이런 역풍 정도는 각오하고 나온 거잖아.

　이왕 매를 맞아야 한다면, 맞자고, 당당하게!

　차를 몰고 쉬지 않고 달린 끝에 우리는 저택에 도착했다. 거의 다 와서 앞을 본 나는 가슴이 철렁했다. 굳게 닫혀 있는 저택 문 앞에 백 집사가 서 있었다. 얼굴에 섬뜩한 미소를 머금은 채, 마네킹처럼 꼼짝도 하지 않았다. 그 광경을 본 순간 한 단어가 머릿속을 스쳤다. 폭풍 전야. 대체 얼마나 거대한 역풍이 나를 기다리고 있을까? 핸들을 잡은 손이 땀으로 끈적거렸다.

승혁을 차에서 내리자마자 백 집사가 빠르게 다가왔다. 그녀는 차 안에 있는 휠체어를 꺼내지 않고 자신이 따로 준비해 둔 휠체어 위에 승혁을 앉혔다. 그렇게 승혁을 다시 손에 넣은 그녀는 홱 몸을 돌려 저택으로 향했다. 행동 하나하나에 나를 무시하겠다는 의도가 담겨 있었다. 기분이 좋진 않았지만 할 말은 없었다. 내가 잘못한 건 맞으니까. 묵묵히 그녀의 뒤를 따라 걸었다.

휠체어 리프트로 승혁의 휠체어를 2층까지 옮긴 뒤, 백 집사는 승혁과 복도를 걸었다. 긴 정적이 흘렀다. 바퀴가 바닥에 끌리며 나는 드르륵 소리밖에 들리지 않던 그때, 백 집사가 불쑥 물었다.

"소풍은 즐거우셨어요?"

"네, 오랜만에 나가니까 재밌더라고요."

승혁은 고개를 끄덕였다. 그래, 재미있었겠지. 내가 아침에 했던 거짓말 때문에 그는 자신이 무단이탈을 했다는 사실을 꿈에도 모를 테니. 그 사실은 지금쯤 백 집사도 눈치챘으리라. 돌아온 승혁이 안절부절못하긴커녕 싱글벙글 미소 짓고 있으니까.

내가 지금 이해가 안 되는 건 백 집사의 행동이었다. 왜 계속 내 거짓말에 어울려 주는 걸까? 이년이 거짓말을 했어요, 하면서 펄쩍펄쩍 뛸 줄 알았는데. 혹시 승혁한테 일말의 스트레스라도 안겨 주기 싫은 걸까?

"아쿠아리움에는 뭐, 사람 많았고요?"

백 집사가 부드럽게 물었다. 문득 간담이 서늘해졌다. 이 저택에 도착하고 나서 아쿠아리움이란 단어를 입밖에 내뱉은 적도 없다는 사실을 뒤늦게 깨달았기 때문이다. 설마 위치 추적이라도 한 건가? 처음에는 황당무계한 생각 같았지만, 다시 생각해 보니 아예 일리 없는 이야기도 아니었다. 지금까지 내가 본 백 집사는 '장치 전문가'였다. 무전기나 인이어 등 각종 장비들을 애용하는 모습들을 보여 주지 않았는가. 그런 그녀가 자신의 차에 GPS 하나 숨겨 둔다고 한들 이상하지 않았다.

"많긴 했는데, 뭐, 괜찮았어요. 물고기 구경도 하고, 사람 구경도 하고."

승혁은 아무것도 모른 채 그저 행복한 표정만 흘렸다.

"어머, 도련님. 농담도 참. 하여튼, 우리 빨리 방으로 돌아가요. 그래야 푹 쉬지."

* * *

승혁을 메인 룸에 무사히 데려다 놓은 뒤, 백 집사는 작은 목소리로 나에게 속삭였다.

"따라와."

아아, 때가 되었구나. 입술을 질끈 물고 처참한 기분으로 그녀의 뒤를 따라갔다. 사형대에 끌려가는 죄수가 이런 기분이 아닐까 싶었다. 얼마나 걸었을까. 마침내 우리가 도착한 곳은 건조실 앞이었다. 왜 하필 여기일까 싶었지만, 불평할 처지가 아닌 만큼 입 다물고 들어가기로 했다.

삐그덕. 문이 열렸다. 방 안에 꽉 들어찬 퀴퀴한 공기를 마시자 머릿속이 몽롱해지는 기분이었다. 긴장 때문에 쿵쿵거리는 심장 소리가 귀까지 전해졌다. 백 집사가 문을 닫았다.

"⋯⋯죄송해요, 멋대로 나가서."

먼저 운을 뗐지만 백 집사는 대답하지 않았다. 침묵. 완벽한 어둠과 완벽한 정적. 이 상태가 계속되니 문득 이상한 착각이 들었다. 이 공간에 나 혼자 서 있는 것은 아닐까? 마치 우주를 표류하는 우주 비행사가 된 것 같은⋯⋯.

철썩!

눈앞에서 하얀빛이 번쩍였다.

"미쳤어, 당신? 미쳤냐고?!"

전력으로 따귀를 맞았다는 사실을 깨달을 때까지 3초 정도의 딜레이가 걸렸다. 믿을 수 없었다. 소리를 지르리라는 것 정도까진 예상했지만 폭력을 쓸 줄은 몰랐다. 완전히 방심한 나머지 손이 벌벌 떨렸다. 화끈거리는 뺨을 더듬었다. 얼마나 세게 쳤는지 벌써 그 부분만 동그랗게 부풀어 있었다.

백 집사는 실성한 듯 폭소했다.

"근데, 이럴 줄 예상도 했어. 당신이 문제 일으킬 줄 알았다고,

내가."

웃음은 점차 씨근거리는 소리로 변했다.

"그거 알아? 도련님한테, 당신은 독이야. 독 그 자체라고. 그 여자랑 똑같아, 판박이야!"

침이 얼굴에 튀며 시큼한 냄새가 났다. 어둠에 눈이 적응한 건지, 조금씩 눈에 뭔가 들어왔다. 시커먼 덩어리였다. 백 집사의 윤곽. 쩌렁쩌렁한 소리와 튀기는 침의 양으로 미루어 볼 때 백 집사는 지금 내 코앞에까지 얼굴을 들이대고 있으리라. 순간, 속에서 뭔가가 울컥하고 올라왔다.

……아니, 내가 뭘 잘못했는데?

가만히 있으려고 했지만, 그러려고 마음먹었지만, 도저히, 그럴 수가 없었다. 내가 약을 빼먹기라도 했어, 승혁을 다치게 만들었어? 지금 승혁은 방에서 편하게 쉬고 있잖아. 우리 둘 다 행복한 하루를 보냈다고. 당신이 상상도 못 할 정도로 즐거운 하루를.

"그런데, 그런 당신이야말로 문제가 있다는 생각은 안 해 보셨어요?"

"뭐?"

어두운 덩어리가, 움찔했다.

"저요, 어제 다 들었어요, 백 집사님이 누군가한테 보고하는 거."

"보고……?"

정곡을 찌른 게 분명했다. 나는 기세를 몰아 말을 이었다.

"그리고 그쪽이 그랬죠? 사고 후로 승혁 씨가 웃음을 잃었다고? 전혀 아니던데요? 잘만 대화하고, 잘만 웃었어요. 내가 오늘 본 승혁 씨는 그냥 평범했다고요. 무슨 말인지 모르겠어요?"

이제 백 집사는 움직이지도 않았다. 나는 마침내, 하고 싶은 말을 꺼냈다. 가슴을 뻥 뚫어 버리는 한마디.

"그냥, 당신 앞에서만 웃음을 잃어버리는 거라고."

숨을 집어삼키는 소리.

"당신이라고, 독은."

또박또박 말한 뒤, 굳어 버린 백 집사를 그대로 지나쳤다. 거의 달리다시피 내 방에 돌아온 나는, 의자에 앉아 긴 한숨을 푹 내쉬었다. 두 손으로 얼굴을 벅벅 비볐다. 뒤늦게 죄책감이 밀려왔다. 내가 너무 심하게 말했나? 아니, 먼저 뺨을 때리고 소리를 지른 건 그쪽이다. 심하긴 무슨. 그저 할 말을 한 것뿐이야. 손을 천천히 얼굴에서 뗀 다음 앞을 보았다. 먼지 낀 거울이 방구석에 기대어져 있었다. 나는 거울 속 나 자신을 노려보며 중얼거렸다.

"독은 당신이야."

그 후련한 감정이 다시 한번 가슴을 훑었다.

"독은 당신이야."

7월 24일

그런 말이 있다. 가끔 어떤 진실은 모르는 편이 나을 때가 있다고. 개인적으로는 전혀 그 말에 동의하지 않는다. 지식이란 알면 알수록 좋은 거 아닌가? 알면 알수록 무언가에 대처할 수 있게 되니까. 이 지구상에서 사는 스무 몇 해 동안 계속 그렇게 믿어 의심치 않았다. ……그러니까 적어도 어제까지는 말이다.

오늘이 되어서야 겨우 이해가 갔다. 누구인지는 몰라도 그 말을 대체 어떤 심정으로 한 건지. 모르는 편이 나은 진실, 그것을 나는, 알고 말았으니까.

하아. 이번에도 어디서부터 이야기를 해야 할까……. 그날 밤, 그러니까 백 집사에게 따귀를 맞은 직후의 일부터 얘기하는 게 낫겠다.

침대 위에 누웠지만 쉽사리 잠이 오지 않았다. 분해서는 아니었다. 할 말은 시원하게 했으니까. 맞따귀를 때린 것보다 그편이 훨씬 나았다. 아쉬운 게 있다면, 건조실 조명 때문에 백 집사의 얼굴을 보지 못했다는 사실이다. 그 바보처럼 벙찐 얼굴을 내 두 눈으로 봤어야 하는데!

긴 한숨을 내쉬고 이불을 끌어당겼다. 눈을 감았지만 도저히 잠이 오지 않았다. 심장이 쿵쿵거리고 생각이 몰아쳤다. 죄책감 때문일까? 아니, 그딴 걸 느낄 필요가 뭐 있어. 여기서 피해자는 나라고, 나! 그렇게 혼자 끙끙거리다 정신을 차리니 어느새 한 시간 정도가 지나 있었다. 결국 나는 한숨을 쉬며 일어났다. 그리고 결심했다. 그래, 이럴 거면 차라리 뭔가라도 하자.

……예를 들어 책이라도 읽든지.

LED 랜턴을 챙긴 뒤, 나는 1층에 위치한 서재로 향했다. 아무 책이나 하나 집어 올 작정이었다. 그렇지만 가능하면 최대한 재미없는 책으로. 지루한 책은 학창 시절부터 언제나 효과 직방이었다. 빽빽한 텍스트의 벽을 보고 있으면 어느새 솔솔 졸음이 왔다. 어찌 보면 수면제보다 낫다. 랜턴의 밝기를 조금 더 올린 뒤 나는 서재 안으로 들어갔다.

밤이라서 그럴까? 어째선지 평소보다 분위기가 더 으스스했다. 감시당하는 분위기. 어둠 속에서 뭔가가 웅크리고 있다 튀어나올 것 같은 느낌. 어둠을 무서워하는 건 유딩 시절에 이미 졸업한 줄 알았는데. 스스로가 한심할 지경이었다. 그렇게 주춤거리며 소설 코너를 찾던 중, 나는 책들의 표지를 보고 한 가지 사실을 깨달았다. 이 서재는 분야별로 책이 정리되어 있기는커녕 그냥 장르 구분 없이 뒤죽박죽 꽂혀 있었다. 지금까지 헛짓거리를 한 셈이다.

"에이 씨……."

랜턴을 발치에 툭 놓았다. 그런 다음 아무거나 골라 보자는 생각으로 서재를 뒤적거렸다. 세월의 흔적 때문에 해지고 빛바랜 책들이 수두룩했다. 표지를 훑어보았다. 서사 구조와 의미론? 정치 철학의 역사와 이론? 너무하잖아. 아무리 그래도 적당히 재미없어야지. 이러면 페이지가 아예 안 넘어간다고.

책을 뒤적거리던 중 이상한 책을 발견했다. 일단 제목이 없었고, 다른 책들에 비해 사이즈 또한 작았다. 거의 만화책이나 일본 문고본 수준으로. 나는 책을 천천히 꺼냈다. 가죽으로 마감된 책의 표면에는 그저 '일지'라고만 적혀 있었다. 나는 책장에 기댄 다음 표지를 넘겼다.

초반부를 훑어보는 동안 몇 가지 사실을 추측할 수 있었다. 일단, 누가 봐도 이건 소설이 아니었다. 글자가 전부 손글씨였으니까. 최소 필사본 아니면 진짜 일지라는 소리인데, 내 직감상 이건 누군가 정말 손으로 쓴 것 같았다.

자, 그럼 일지를 작성한 사람은 누구냐. 아무래도 건축가가 아닐까. 이런 추리를 한 이유는 내가 코난이라서가 아니라, 그냥 첫 페이지부터 건물 스케치가 떡하니 그려져 있었기 때문이다. 그 외에도 도면 따위를 그린 그림이 있는가 하면, 그 옆에 숫자나 계산이 적혀 있는 등 들쭉날쭉했다. 그런 텍스트의 무분별한 배치는, 이 일지가 지닌 현실감을 더욱 물씬 풍겼다.

그렇게 몇 장의 그림을 넘긴 후에야, 본격적인 일지가 시작되었다.

……며칠 전, 무시했던 편지를 다시금 펼쳐 보았다.

……처음에는 사기성 편지인 줄 알고 무시했지만 다시 생각하면 생각할수록 어딘가 이상했다. 사기라면 뭔가를 요구해야 정상이 아닌가. 예를 들면 돈이라든가. 그런데 문제의 편지가 요구하는 것은 그저 단순했다. 짧은 티타임, 단지 그뿐이었다. 바로 그 점이 내 호기심을 돋우었다.

……발신인은 자신을 S라고 소개했다. 편지의 서두부터, 그는 자신을 깎아내리기 바빴다. 자신은 그저 별 볼일 없는 자산가라면서, 시류를 타고 운 좋게 돈을 축적한 졸부라고 했다. 부끄러운 방식으로 자산을 축적한 자신에게도 그렇지만 나름 떳떳이 남들에게 내밀 수 있는 취미가 있으니, 건축물 탐방이라고 했다. 각종 건축물 잡지를 구독해서 모조리 읽는 건 물론이고, 마음에 드는 건물이 있다면 아예 미니어처를 만들어 집에 놓아두기도 한단다.

……아, 그러신가요. 시시한 기분으로 슬렁슬렁 편지를 읽던 중, 중간 정도에서 눈에 거슬리는 문장을 발견했다. '저는 당신의 은밀한 팬입니다. 적어도 한국에 있는 건축가 중에서는 개인적으로 당신을 가장 좋아합니다.' 코웃음이 나왔다. 팬이라니, 웃기지도 않다. 나는 유명한 건축가가 아니다. 그저 푼돈 받고 양산형 건물의 설계도를 그려 주는 평범하기 짝이 없는 건축가일 뿐. 그런 내가 뭐가 좋다고? 설마 고도의 비꼬기인가?

……아니다. 그러기엔 너무 품을 들였다. 예를 들어서 내가 지은 건축물을 언급한 후반 부분. 그중에는 내 이름을 올리지는 않았지만 설계 과정에서 살짝 아이디어를 준 건물까지 있었다. S는 말했다. '이것도 선생님의 작품 아니냐'고. 거기까지 읽은 순간 팔뚝에 살짝 소름이 돋았다. 이 인간이 하는 말은

단순한 입발림 말이 아니었다. 그러니까 진심이다, 이 인간은.

……'미니멀리즘의 아름다움'. S가 내 작품에서 가장 좋아하는 지점은 그것이라고 했다.

……그래. 솔직히 설계 과정에서 그런 것을 의도하지 않았다고 하면 거짓말이겠지. 존 파우슨. 안도 다다오. 미니멀리즘의 거장들은 언제나 내 우상이었다. 대학 시절부터 동경해 왔고 모방해 왔기에 지금도 가끔 작업을 할 때 그들의 입김이 들어가곤 한다. 그렇지만 쓸데없는 짓이다. 결국 건물의 마지막 형상을 결정하는 것은 건축가가 아니다. 돈을 가진 이들이다. S 같은 이들.

……편지를 내려놓았다. 연초를 태우며 피식 웃었다. S가 설령 진짜 인물이라고 해 보자. 그가 내 작업물을 칭찬해 준 것은 뭐 황송하다. 그런데 어쩌란 말인가. 나에게 어떤 의미가 있다고? 그 사실이 밥을 먹여 주는 것도 아닌데.

……아니, 잠깐. 그럴 수도 있지 않나?

……김칫국을 마시는 것일 수도 있지만, 만약 거대 프로젝트 하나를 맡길 작정이라면? 그래서 티타임을 가지자고 한 거라면? 아니, 그럴 리 없다. 그럴 가치도 없는 나 따위에게 대체 왜 그런 걸 맡긴단 말인가? 돈을 허공에 버리는 것이나 다름이 없지 않은가.

……그런데 애초에 가치란 것은 무엇인가? 결국 그것도 돈 가진 이들이 정하는 것 아닌가? 현대 미술관에 널린 복잡기괴한 조형물. 누가 봐도 낙서에 불과한 쓰레기들이지만 누가 보느냐에 따라 가치가 달라진다. 500원이 될 수도, 50억이 될 수도 있다.

……담배를 비벼 끄며 생각했다. 지금까지 나를 이렇게까지 가치 있게 봐

준 인간은 없었다. 그래서 궁금했다. S가 대체 어떤 생각으로 나를 그 '티타임'에 부른 건지. 어떤 인간이며, 나에게 무엇을 기대하는지. 답장을 보내자 며칠이 지나지 않아 대답이 왔다. 주소와 시간이었다.

    ……어제 마침내 의문의 S를 만났다.

    ……놀라울 정도의 자산가였다. 개츠비 같은 인간. 젊은 나이에 어디서 뭘 했는지 몰라도 돈이 썩어 넘치도록 많았다. 편지 속 내용은 결국 거짓말이 아니었던 셈이다. 그의 집에 방문한 나는, 타지에 관광 온 외국인처럼 두리번거리며 연신 감탄했다. 각종 값비싸 보이는 예술품들이 먼지만큼 흔하게 널려 있었다. 그것을 보며 나 스스로가 열등감에 스트레스를 받지 않을까 생각했지만, 웃기게도 그럴 수 없었다. 상대방이 어느 수준에 다다르면 열등감 자체를 느끼기가 불가능하다. 그저 경외하게 된다. S의 경우가 그랬다. 그는 거의 다른 차원에 사는 것 같았다. 중력도 숨 쉬는 공기도 전혀 다른.

    ……예상대로, S는 티타임 도중 나에게 제안을 했다. 어이가 없을 정도의 보수에 말도 안 되는 조건. 처음에는 잘못 들은 줄 알았다. 악질적인 농담이라면 여기서 끝내 달라고 정중하게 말했지만, S의 눈빛엔 장난기가 전혀 담겨 있지 않았다.

    ……그가 나에게 한 제안은 이것이었다. 자금을 원하는 만큼 대 줄 테니 내가 원하는 주택을 내가 원하는 곳에 지어 보라고. 내가 그 저택을 지으면 그곳에 자신이 살고 싶다고.

    ……이것은 단순히 큰 프로젝트가 굴러들어 온 수준이 아니었다.

……잭팟이었다.

……내가 원하는 건물을 내 마음대로 지을 수 있다. 살면서 이런 기회가 생길 줄은 몰랐다. 집에 온 지금도 현실감이 느껴지지 않아 허벅지를 꼬집었다. 시퍼렇고 붉은 멍이 들 때까지. 통증을 느꼈기에 고통스러워야 마땅했지만, 그럴 수 없었다. 그때의 나는 행복에 미쳐 있었으니까.

……프로젝트에 대해 고민한 끝에 마침내 정했다. 서양식 고성.

……안다. S가 원하는 방향은 절대 아니리라. 아마 그는 내가 또 다른 미니멀리즘 저택을 지어 주길 기대했겠지. S는 말했다. 정말 내 마음대로 해도 된다고. 내가 정말 짓고 싶은, 마음속 '그 저택'을 지으라고. 나에게 '그 저택'은 언제나 서양식 고성이었다.

언제부터 서양식 고성에 끌렸는지는 기억나지 않는다. 오래전부터였던 것 같다. 노이반슈타인성, 몽생미셸. 그중에서 가장 내 마음을 사로잡은 것은 원저성이다. 어렸을 때 가족끼리 갔던 여행에서 처음으로 그 건물을 봤다. 대칭과 비대칭이 실타래처럼 얽혀 있고, 노르만부터 고디안까지 모든 세대에 걸쳐 축적된 지식이 담겨 있는 건축 양식. 그 숙연함. 그 아름다움. 그 중후함. 그 느낌을 재현해 보고 싶었다. 지구 거의 반대편에 있는 이 한국에서.

……S가 어떤 건물을 짓는지 알아차리고 분노하더라도, 그래서 설령 공사가 중단되더라도 상관없다. 시도를 했다는 것 자체만으로 어쨌든 의의가 있으니. 아니다. 여기까지 온 만큼, 완공까지 하고 싶었다. 진심으로. 고성이 완공되는 그날, 이 긴 집착, 이 긴 짝사랑에 마침내 작별을 고할 수 있으리라.

……설계도가 완성되었다. 내일부터 기초 시공에 들어간다. 기원제를 올린 뒤부터는 본격적으로 저택을 쌓아 올릴 계획이다. 제발 앞으로 아무 일이 없기를…….

……S가 너무 애원해서, 결국 설계도를 보여 주고 말았다. 눈을 질끈 감고 욕설이 들려오기만을 기다렸는데, 이상하게 정적이 흘렀다. 살며시 눈을 떴다. S는 종이 위의 고성을 멍하니 보며 중얼거렸다. 완벽해요. 내가 원하던 게 바로 이런 거야, 라고. 그날 밤, 우리는 화기애애한 분위기 속에서 늦게까지 술을 마셨다. 새벽이 되어서야 나는 집에 돌아왔다. 얼떨떨했지만, 곧 기쁨에 비명을 질렀다. 가슴속의 돌덩이가 투욱 바닥에 떨어진 기분이었다. 이제 남은 건 날아오를 일뿐이다.

……불안하다. 문제 될 것이 없어서. 왜 이렇게 불안할까.

……아아…….
……결국 문제가 생겼다.

……시체가 나왔다.

……한 구…… 두 구……. 가장 먼저 발견된 것은 넓적다리뼈처럼 생긴 뭔가였다. 동물의 뼈가 아닐까……. 발굴이 계속될수록 뼈가 나오고 또 나왔다. 불안함에 웅성거리는 인부들을 보며 나는 검지를 꼬고 속으로 빌었다. 제

발 공룡이나 인간만 아니길……. 흙에서 마침내 인간의 것이 분명한 두개골이 나온 순간 내 희망은 산산이 부서지고 말았다.

……시간이 흘렀다. 인부들은 지금까지 현장에서 발굴한 뼈의 조각조각들을 구덩이 옆 노란색 포대 위에 쌓아 두었다. 피라미드처럼 쌓인 수북한 뼈들을 멍하니 보는 동안 아침에 먹었던 반찬 생각이 났다. 생선 조기였다. 접시에 수북이 쌓여 있는 생선 가시.

……정신 차리자. 나는 논리적으로 생각하려 애썼다. 대체 이 뼈들은 어디서 튀어나온 거지? 연쇄 살인? 비밀스런 학살? 뭐가 되었든 나에겐 악몽이다. 외부에 알려지는 순간 공사가 완전히 중단될 것이 분명하다. 아니, 거기서 끝나지 않는다. 피 냄새를 맡는 상어처럼 매스컴도 달려들리라……. 한숨을 쉬며 구덩이를 노려보았다. 속으로 욕을 씹어 뱉었다. 대체 왜 그딴 걸 삼키고 있던 거야? 왜 하필 오늘 그걸 토해 낸 거고? 하필, 왜, 그 대상이 나인건데?

……분을 삭이며 담배를 몇 대고 피우는데 문득 그런 생각이 들었다.

……이 사실을 굳이 외부에 알려야 하나?

……그렇지 않은가. 원래 정상적인 절차라면 시신의 발견을 경찰에 알려야 한다. 건축법 제26조에 의거, 건축주는 유해가 발견되면 무조건 그것을 신고하는 게 의무지만…… 어디까지나 정상적인 절차를 따진다면 그렇다는 소리다. 이 시공 계획은…… 처음부터 정상이 아니었다. 부자의 기묘한 제안, 고성의 설계부터…… 정상이 아닌 사건의 연속……. 거기까지 생각이 닿자 문득 한 가지 결심이 섰다. 딱 한 번만 더, 마지막으로, 정상이 아닌 선택

을 해 보자……. 물론 논리 따위 집어던진 생각이지만…… 그때의 나는 이미 이성을 잃은 상태여서 정상적인 판단을 내릴 수 없었다.

"어떻게 하면 좋을까요, 이것들을?"

……너덜너덜한 헬멧을 걸친 현장 소장이 조용히 다가와 물었다. 선택지를 주는 것을 보니 그도 내 결심을 어느 정도 예상한 듯했다. 나는 고개를 끄덕인 뒤 속삭였다…….

"치우자고."

……골조를 세운 뒤 외부 마감까지 마쳤다.

……공사가 막바지에 이른 어느 날, 나는 저택이 가장 잘 보이는 언덕에 서서 공사 현장을 내려다보았다. 지금까지 상상 속으로만, 종이 위의 스케치로만 존재하던 건물이 마침내 현실이란 공간에 실재하게 되었다.

……꿈의 건물.

……정말 얼마 남지 않았다. 공사는 이대로 차질 없이 끝날 것이 분명했다. 천재지변이 일어나 운석이라도 떨어지지 않는 한. 아차, 말이 씨가 된다지. 이런 말조차 적지 말자……. 생각조차 말자…….

……그나저나.

……최근 들어 나에게 이상한 일이 벌어졌다.

……보통 나는 꿈을 꾸지 않는다. 꾼다고 해도 깨어난 지 몇 분 만에 잊어버리는, 그런 시시한 꿈만 꾸었다. 그런데 그 시신들과 마주한 직후부터, 나는 이상한 꿈을 꾸었다……. 같은 꿈을…….

……꿈을 꾸면, 나는 검은 바닥에 누워 있다. 정신을 차리고 일어나 주변을 둘러보아도 끝없는 암흑뿐이다. 나는 걷는다. 걷고 걷고 또 걷는다. 그러면 곧 어둠 속에서 불쑥 뭔가가 드러난다. 하얀 구체. 가까이 다가가면 다가갈수록 구체의 형상은 조금씩 선명해진다.

……정확히 말하면 인간으로 이루어진 구체다.

……사람들이 동그랗게 뒤엉켜 있다.

……젊은이부터 노인 할 것 없이, 나체가 되어, 뒤엉킨 시체들이, 공 모양으로 욱어 있다. 대부분의 시신들은 안쪽에 뭉쳐 있었지만 바깥쪽 시신들은 아니었다. 그것들은 머리를 비죽 내민 채 나를 노려보았다. 핏발이 선 눈을 도로록…… 도로록……. 결국 나는 공포를 참지 못하고 비명을 지른다. 그러면…… 구체에 얽힌 인간들도…… 일제히…… 비명을 지른다……. 거기서, 항상 깨어난다. 땀에 흠뻑 젖은 채, 헐떡거리며……. 처음에는 죄책감 때문에 스스로 꾸는 꿈이라고 생각했지만, 그것이 매일이고 계속되었다.

정신과에 가서 약을 처방받는 등 여러 가지 시도를 해 봤지만 효과는 없었다. 날이 지날수록 환상은, 환각은, 더욱 토할 만큼 선명해졌다. 공의 거리도 계속 가까워지고 가까워졌다……. 꿈속에서 나는 이제 걸을 필요조차 없었다……. 눈앞에 그들이 있었으니까…….

……상관없다. 이제 딱 5개월만 지나면 꿈의 저택이 완성된다. 꿈에만 그리던 저택이.

……저택이, 완공되었다.

……모든 것이 원한 대로 나왔다. 저택의 모든 것이…… 내가 예전부터 상상했던 그대로다……. 아아…….

……왠지 모르게 씁쓸하다……. 행복해야 하는데, 그래야 맞는데, 내 마음속을 지배한 것은 하고많은 감정 중 슬픔이었다. 이 저택에 그 많은 애정을 들였지만 결국은 내 것이 아니다. ……건축가라면 당연하게 받아들이고 넘겨야 할 사실인데…… 그 사실이 어째선지 내 마음을 짓눌렀다. 마치 아내가 아이를 낳았는데 그것을 눈앞에서 빼앗기는 듯…… 점차…… 숨을 헐떡일 정도로 고통스러워졌다…….

……그런데 오늘, 의외의 일이 생겼다. 간단한 기원제를 마친 후 돌아갈 채비를 하던 중, S로부터 연락이 왔다. 그는 물었다. 당분간 그 집을 맡아 줄 수 없냐……. 처음에는 잘못 건 것이 아닐까 생각했다. 대체 왜 그 많은 사람들 중 나에게 그런 부탁을 한단 말인가……. S는 그럴듯한 변명을 했다. 집 관리는, 가능하면, 집을 가장 잘 아는 사람에게 맡기고 싶다고. 세상에 그 집을 가장 잘 이해하는 사람은 나뿐이라고…….

……나는 헛웃음을 흘렸다. 딱 잘라 거절하자……. 그런 생각이 들었지만, 다시 한번 재고해 보았다. 솔직히 말하면, 집을 짓는 도중 몇 번이고 생각했다. 내가 이 집에서 산다면 얼마나 좋을까. 돈을 내도 좋으니 기회가 된다면 렌트라도 해서 며칠 정도 묵어 보고 싶은데…… 그럴 기회는 절대로 오지 않으리라. 이 저택은, 어디까지나 S의 소유물이다……. 그가 가진 미니어처들과 다를 게 없는…….

……그런데 이 성이 내 집이 될 수 있다……? 잠시만이라도…….

……그런 제안을 거절할 미친놈이 어디 있겠는가…….

……아내는 처음에 반대했다……. 건축에 대한 내 열정을 존중은 하겠지만, 자기 인생까지 피곤하게 만들진 말라고 했다. 그 이상한 고성에 머무는 게 뭐라고 다 놔두고 떠나자는 거냐……. 진짜 나랑 장난치냐……. 나는 끈질기게 설득했다. 피곤은커녕 건강에 도움이 될 거라며, 그저 여행을 갔다 온다고 생각해 주면 안 되겠냐고 했다. 처음에는 완강하던 아내도 내가 저택에서 찍은 사진들을—아침에 찍은, 화창하고 밝은 사진들만 골랐다—흔드니 점차 설득되는 눈치였다. 결국 어느 날, 그녀는 말했다. 마음대로 하라고. 그렇게 얼마 지나지 않아 이사는 결정되었다.

……행복하다. 하루하루가 꿈만 같다. 평생 꿈에서만 그려 오던 집을 직접 지었고, 게다가 거기서 살기까지 하니 당연한 결과인지도 모른다. 그렇지만 나는 기쁜 동시에 두렵다. 행복의 최고점을 찍으면 남은 것은 오로지 내리막밖에 없기에. 내리막의 끝에는 대체 뭐가 있을까……. 어째선지…… 그 구덩이 생각이 난다……. 우리가 메워 버렸고, 지금은 그 위에 서 있지만…… 구덩이는 거기 그대로 있다……. 아직도…….

……요즘은 자꾸만 그런 생각이 든다……. 너무 비현실적으로 행복한 요즘, 이 모든 것이 꿈이 아닐까, 하고……. 혹시 나는 누군가가 꾸는 꿈이 아닐까? 혹은 정교하게 짜인 함정에 빠진 게 아닐까……. S에 대해 수소문해 봤

으나 그에 대한 정보는 아무것도 나오지 않았다. 뼈들도…….

……요즘 들어 자꾸 깜빡깜빡 뭔가를 잊는다……. 꿈과 현실을 헷갈리는 건 물론이고 아들을 딸로 착각하기도 했다……. 아내는 병원에 가 보라고 재촉인데…… 이게 대체 뭐가 어떻게 돌아가는 건지…….

……저택과 소통하고 있다……. 단순히 벽을 마주 보고 혼잣말을 하는 것이 아니다. 진짜 대화를 하고 있다. 며칠 전부터 흐릿하게 목소리를 들었다. 처음에는 환청인 줄 알고 무시했지만, 시간이 지날수록 목소리는 점점 더 또렷해진다. 이제는 평범한 인간의 목소리와 분간이 가지 않는다……. 나도 안다. 누가 들으면 내 정신을 걱정할 거라는 걸……. 나도 내 정신 상태가 조금 두렵지만…… 어디까지나 나는 정상이다……. 환각과 진짜 목소리 정도는 구분할 줄 안다……. 바보가 아니다, 나는…….

……저택과의 대화는 나를 더 깊은 혼돈 속으로 끌어들인다. 미로 같은 복도를 정처 없이 걸으며 나는 저택의 숨결을 느끼고 벽의 표면 아래에서 속삭이는 목소리를 듣는데, 심연 속에 숨겨진 무의식이 저택과 공명하며 생각과 감정이 저택의 구조와 얽히고설켜 복잡한 결합체를 이루며, 불가해한 메타포 속에서…… 나와 이 저택은 하나가 될 운명을 공유하고 있는 듯하며 해방, '해방'이라는 단어는 이제 더 이상 단순한 해방을 의미하지 않고…… 내 육체는 나의 영혼을 담는 단순한 그릇이 아니며 저택은 나의 새로운 육체가 되어

가고 있고…… 나는 상상계와 상징계를 넘나드는 존재로 탈바꿈하고 있으며 실체와 비실체의 경계를 넘어서고 있고…… 마침내 일어날 그 융합의 순간 나는 더 이상 인간이 아니라 저택이라는 거대 서사의 일부로…… 새로운 존재로 태어나리라. 그 완벽한 구조 속에서 나는 나의 진정한 모습을 찾으리라. 그러기 위해서는 해방시켜야 한다, 가족들을, 나를, 어떻게…… 저택은 나에게 답을 말해 주었지만 그것을 하기에 나는 용기가 없다…….

일지를 읽는 동안 나는 한기를 참지 못하고 방 안으로 대피했다. 따뜻한 침대에 누워 페이지를 넘기던 중 나는 "어?" 하고 소리를 냈다. 공백이었다. 다음 페이지도, 그다음 페이지도 마찬가지였다.

슬금슬금 불안해졌다. 무슨 일일까? 이 일지를 쓴 사람에게 무슨 일이라도 벌어진 걸까? 그때였다. 손가락 끝에 뭔가가 느껴졌다. 책의 마지막 부분에 딱지 비슷한 게 뭉쳐 있었다. 그것을 잡고 넘기자 책의 마지막 페이지가 드러났다. 나는 숨을 멈췄다. 그동안 질리도록 반복되었던 ……의 남발도, 지렁이 기어가는 듯한 필체도 없었다. 그곳에는 대신 이렇게 쓰여 있었다. 명확하고도 또렷한 필체로 쓰인 한 문장으로…….

준비는 끝났고 이젠 제물을 바쳐야 한다.

순간, 손에 벌레가 튀어 오른 듯 소름이 끼쳤다. 정신을 차리니 어느새 책을 바닥에 집어 던진 후였다. 거칠게 숨을 몰아쉬며 바닥에 떨어진 책을 잠시 노려보았다. 꺼림칙했다. 당장이라도 화장실에 달려가 손을 벅벅 씻고 싶은 충동에 휩싸였다.

저 일지는 과연 진짜일까? 치밀한 가짜가 아닐까 싶었지만 아무리 생각해도 그럴 이유가 없었다. 내가 이 서재에서 이 책을 집어 들 줄 어떻게 알고? 이 일지의 표지를 집어 든 것은 순전히 우연이 아니었나?

비틀비틀 주방으로 가서 컵에 물을 따랐다. 보글거리는 거품을 보며 생각했다. 제물, 그것은 신에게 바치는 공물을 의미한다. 그렇다면 건축가가 그 공물로 바친 것은 대체 무엇일까.

설마…….

* * *

다음 날 아침, 일어나자마자 결심했다. 승혁에게 일지를 보여주자고. 만약 이 일지에서 벌어진 일이 사실이라면, 승혁이 뭔가 정보를 알고 있지 않을까 싶었다. 손에 일지를 꽉 쥐고 메인 룸으로 걸어가는 동안, 약간 망설여졌다. 괜한 평지풍파를 일으키는 건 아닐까. 아니다. 이곳에서 거의 몇 주를 일하고 있는 지금, 이 정도는 알 권리가 있지 않나? 내가 일하는 곳인데!

"어, 은주 씨. 좋은 아침!"

메인 룸을 열자마자 승혁의 목소리가 들렸다. 그는 침대 위에 앉아 활짝 웃고 있었다. 이제 그의 얼굴에서 미소를 보는 일은 예전처럼 드물지 않았다. 그 사실을 깨닫자 마음 한편이 따뜻해졌지만…… 그래도, 할 일은 해야 했다. 나는 품 안에 숨기고 있던 일지를 그의 앞에 척 내밀었다. 일지를 본 승혁의 눈이 휘둥그레졌다.

"어? 이거…… 어디서 찾았어요?"

'이거'라는 말이 곧장 나오는 걸 보니 역시, 그는 이 '일지'에 대해 알고 있었다.

"서재에서요."

"그럴 리가……. 분명 백 집사가 버렸다고 생각했는데?"

"이거…… 대체 뭐예요? 어제 서재에서 발견했는데…….."

승혁은 시선을 일지에 고정한 채 아무 말도 하지 않았다. 일지가 현실에 존재한다는 사실을 아직도 받아들이지 못하는 느낌이랄까. 잠시 가만히 있던 그는, 곧 스윽 고개를 들었다.

"……저기, 그냥 알려 줄게요. 거짓말하긴 싫으니까. 딴 사람은 몰라도, 특히 은주 씨한테는."

승혁은 방의 한구석을 보았다.

"저쪽 서랍장 밑에 신문이 하나 있을 거예요. 그 신문의 2면을 보면 돼요."

미심쩍었지만 일단 그가 시키는 대로 했다. 삐걱거리는 서랍장을 열자 그 안에 걸레짝처럼 너덜너덜해진 뭔가가 놓여 있었다. 낡아 빠져 이제 거의 누레진 신문이었다. 혹시라도 찢어질까 조심스럽게 그것을 집어 든 나는 페이지를 넘겨 2면을 읽었다.

······한 글자 한 글자 읽을 때마다 몸에 소름이 내려앉았다.

충격적인 문경시 건축가 일가족 참극, 결국 자살로 결론

강원도 문경시의 한 서양식 고성 저택에서 발생한 일가족 참극 사건이 경찰 수사 결과 자살로 결론지어졌다. 유명 건축가 김택수(45) 씨가 자신의 아내(42), 딸(10), 아들(8)을 살해한 후 스스로 목숨을 끊은 이 사건은 지역 사회에 큰 충격을 안겨 주었다.

사건은 이틀 전 8월 15일 아침, 우체부가 우편물을 배달하던 중 저택 앞에 쌓여 있는 신문과 우편물들을 보고 이상함을 느껴 경찰에 신고하면서 드러났다. 경찰이 도착했을 때, 현장에는 김 씨와 그의 가족이 모두 다수의 자상을 입고 숨져 있는 참혹한 광경이 펼쳐져 있었다. 김 씨의 시신에서 확인된 자상은 총 72개에 달했으며, 거실과 주방에는 혈흔이 낭자하고 가구가 파손되어 있었다. 주방 식탁 위에는 김 씨의 작업 도면과 가족사진이 어지럽게 널려 있었으며, 바닥에는 유리잔과 접시들이 깨져 있었다.

처음에 이 사건은 외부인의 침입에 의한 잔인한 살인 사건으로 추정되었다. 경찰은 대규모 수사팀을 투입하여 증거를 수집하고 주변을 수색했지만, 외부인의 흔적은 발견되지 않았다. 또한 집 안의 방범 시스템 기록을 분석한

결과, 사건 당일 외부인이 침입한 흔적이 전혀 없었다.

수사 과정에서 경찰은 김 씨의 서재에서 두꺼운 일지 한 권을 발견했다. 이 일지에는 그가 점점 이성을 잃어 가는 과정이 상세히 기록되어 있었다. 초기에는 평범한 건축 프로젝트와 관련된 내용이 주를 이루었으나, 점차 '누군가 우리 가족을 지켜보고 있다', '모두가 위험에 처해 있다'와 같은 망상에 사로잡힌 글들이 나타났다.

일지에는 김 씨가 자신과 가족을 보호하기 위해 극단적인 선택을 해야 한다는 불안감과 공포감이 고스란히 드러나 있었다. 김 씨의 일지를 분석한 정신과 의사는 그가 조현병을 앓고 있었을 거라 추측했다. 의사는 "김 씨는 망상과 환청에 시달리며 극단적인 행동을 유발한 것으로 보인다."고 설명했다. 조현병은 현실과 비현실을 구분하지 못하게 하며, 심한 경우 환자는 자신과 주변 사람들에게 해를 끼칠 수 있다. 김 씨의 일지에는 그의 망상이 점차 심각해지는 과정이 일목요연하게 드러나 있었으며, 이는 그의 극단적인 선택의 배경을 이해하는 데 중요한 단서가 되었다.

김 씨의 유서와 범행 도구에서 그의 지문만 검출되었고, 집 안에 외부인의 침입 흔적이 없음을 확인한 경찰은 이 사건을 김 씨가 가족들을 살해하고 자살한 것으로 결론지었다. 경찰 관계자는 "살면서 본 사건 중 가장 끔찍했다." 며 이번 사건의 충격성을 강조했다. 현장의 참혹한 상황과 김 씨의 정신 상태를 고려했을 때, 이는 비극적인 가족 내 사건으로 결론지을 수밖에 없었다고 밝혔다.

(주간일보) 장태산 기자 2004. 8. 17

누런 종이에 적힌 글을 읽으며, 한 가지 섬뜩한 사실을 깨달았다. 전부 사실이었다. 아쿠아리움에서 수지가 떠들었던 괴소문들. 사람들이 죽었다던 그 말들. 허무맹랑하게만 들렸던 그 이야기들이 전부 실제로 벌어진 일이었다니. 그나저나, 신문에서 설명한 사건은 아무리 살펴봐도 말이 안 됐다. 대체 어떻게 스스로의 힘으로 72개의 자상을 만든단 말인가? 아무리 피해자가 조현병에 걸렸다고 해도 그렇지, 물리적으로 불가능한 일이 아닌가? 내가

그 사실을 지적하자 승혁도 동의한다는 듯 고개를 끄덕였다.

"저도 그 부분은 이상하다고 생각했어요. 하지만 그런 말도 있잖아요. 틀린 가능성을 전부 지우면, 마지막으로 남은 한 가지 가능성이 진실이라고. 나중에 국과수에서 밝혀낸 바로는, 이론적으로 가능했대요. 치명상을 피해서 계산적으로 찌르면 불가능하진 않다고……."

어이가 없었다. 이론적으로, 라니. 이건 현실이다. 현실에서 벌어진 참혹한 사건. 정신 멀쩡한 인간들이 그걸 결론이라고 냈다는 사실이 믿기지가 않았다. 승혁이 말을 이었다.

"사건 이후로, 한동안 괴소문이 떠돌았어요. 과거 일본군이 우리나라 사람들을 학살한 곳이라느니, 악마 숭배자들이 의식을 하는 장소라느니."

"그래서, 승혁 씨는 믿어요? 그런 이야기들을……?"

내가 물었다. 잠시 침묵한 끝에, 승혁이 말했다.

"아뇨."

하지만 그건 누가 들어도 자신 없는 목소리였다.

7월 27일

벌써 마지막 일기에서 3일이 지났다. 그래, 이쯤 되면 알아챘 겠지만 난 매일 일기를 쓰겠다는 각오는 저 멀리 절벽 아래로 던 져 버렸다. 그래도 쓰는 것 자체만으로 어디야, 엉? (⋯⋯너무 뻔 뻔했나?)

아무튼 3일 동안의 공백을 채우려면 그사이에 뭘 했는지 적어 야겠지. 어디서부터 시작할까?

시도부터. 그동안 나는 다양한 시도를 했다. 승혁의 얼굴에서 조금이라도 더 웃음을 보기 위해 미친 듯이 노력했다. 같이 산책 을 했고, 그의 최애 해양 다큐멘터리를 더 주문했고, 평소라면 관심도 주지 않을 고전 소설을 함께 읽었다.

하지만 효과가 직빵인 것은 역시 렉스였다. 렉스가 누구냐고? 저번에 정원에서 발견했던 그 떠돌이 개다. 처음엔 사나운 광견 이 따로 없던 녀석이, 지금은 신기할 정도로 승혁을 따른다. 나 는 승혁에게 이름을 붙여 주자고 부추겼다. 승혁은 머뭇거렸지 만, 결국 이름을 붙여 주었다.

"렉스, 이제 네 이름은 렉스야."

그 이름을 듣자마자 렉스는 뛸 듯이 좋아했다. 마치 태어나면서부터 이 이름을 기다렸다는 듯. 이후로 렉스는 우리 저택 패밀리의 일원이 되었다. 나랑 승혁이 산책을 위해 정원에 나오면 녀석이 저 멀리서 후닥닥 뛰어왔다. 꼬리를 헬리콥터처럼 빙글빙글 흔들며 펄쩍펄쩍. 그 모습이 어찌나 귀여운지 사진을 찍고 싶어 죽을 지경이었다.

맞다. 죽는다 하니까 말인데, 저번에 백 집사의 말이 걸려서 도저히 걱정을 멈출 수 없었다. '미친개니까 조만간 처리하겠다'던 그 말. 설마 그러진 않겠지만 어느 날 갑자기 엽총을 들고 등장해 렉스를 저 멀리 끌고 가지 않을까 불안했다. 결국 불안한 나머지 승혁에게 이 심정을 토로했더니 그는 걱정 말라고 했다. 자신이 이미 잘 말해 놨다고.

"진짜요?"

"네. 단, 한 번이라도 말썽을 피우면 보호소로 보내 버리겠다나……. 그래도 걱정 마세요. 그런 일이 생겨도 제가 어떻게든 막을 테니까."

조금 놀랐다. 과거에는 백 집사에게 한마디 하는 것도 쩔쩔매곤 했는데, 어느 사이에 이렇게 변한 건지. 뿌듯한 나머지 괜히 미소가 지어졌다.

그러던 어느 날이었다. 렉스와 산책을 하던 중 흘긋 저택 쪽을 보았다. 창가에 서린 어두운 그림자 안에 누군가가 보였다. 백 집사였다. 그녀는 멍하니 내 쪽을 보다가, 시선을 눈치챈 건지 황급히 몸을 돌렸다. 뭐 하는 거지.

잠시 고민했지만 곧 무시했다. 백 집사가 백 집사 같은 행동 한 거지 뭐. 그렇게 중얼거리며 가던 길을 재촉했지만, 꺼림칙한 느낌은 어째선지 가시질 않았다.

* * *

시작은 간단한 욕심이었다. 승혁을 위해 작은 이벤트를 하나 열면 어떨까 하는. 아이디어가 반짝인 것은 그때였다. 그래, '그걸' 해 보면 어떨까? 그래, 해 보자! 그까이 꺼!

하지만 얼마 지나지 않아 곧 문제가 생겼다. 이 일, 보통 일이 아니었다. 땀을 뻘뻘 흘리며 쓸고 닦아도 도저히 먼지가 줄지가 않았다. 청소 도중 때려치우고 싶은 마음이 몇 번이나 솟았지만 승혁이 보고 놀랄 걸 생각하니 없던 힘도 솟아올랐다.

결국 일주일이란 노고 끝에, 간신히 준비를 마칠 수 있었다. 남은 것은 쇼타임뿐이었다.

"승혁 씨, 잠깐 저 좀 따라오시겠어요?"

나는 승혁을 데리고 컬렉션 룸으로 향했다. 승혁이 제대로 놀랄 수 있도록, 최대한 아무 일도 없는 것처럼 행동했다.

"여긴 왜······?"

나는 손잡이를 툭 밀어 문을 열었다. 컬렉션 룸의 안을 본 승혁은 어, 하고 소리를 냈다. 그의 눈앞에 펼쳐진 것은, 예전처럼 먼지가 잔뜩 쌓인 컬렉션 룸이 아니었다. 모든 도구들이 반짝반짝 윤이 날 정도로 닦여 있는, 진정한 '컬렉터'의 '컬렉션 룸'이었다.

"이걸······ 다 은주 씨가······?"

"별거 아니었어요. 뭐, 청소한 만큼, 한번 둘러보실래요?"

느긋하게 컬렉션 룸을 한 바퀴 돌았다. 하얀 조명에 후광을 빛내는 값비싼 장비들. 청소할 땐 쓸고 닦는 데에만 집중하느라 몰랐는데, 관람객의 시선으로 보니 역시 대단한 컬렉션이다. 이렇게 비싼 스포츠 장비를 많이 가지고 있는 사람이 한국에 또 있을까?

"솔직히 말하면 몸이 이렇게 된 이후에 여기 온 적이 별로 없어요."

컬렉션 룸을 절반쯤 돌았을 때 승혁이 입을 열었다.

"왜요?"

"장비들을 보면, 그냥······ 그 말이 떠올라서요. 그림의 떡."

"그림의 떡······? 아."

그의 말이 어느 정도는 맞았다. 이런 식으로 장비를 모아 둔들, 결국 이 물건들을 그가 착용할 일은 실질적으로 없다. 가뜩이나 그가 겪고 있는 병이 호전될 가능성이 거의 없는 만큼.

하지만 그렇다고 또다시 그가 우울 모드에 빠지는 걸 두고 볼 수는 없었다. 그러려고 이 방을 벅벅 닦아 댄 것이 아니다. 어쩌지, 하고 고민하던 중 문득 할 말이 떠올랐다. 재빨리 두 팔을 허리에 척 얹고 그의 앞에 섰다. 승혁이 움찔했다.

"뭐예요, 또. 훈계 시간?"

나는 큼큼, 목을 가다듬고 또박또박 말했다.

"저기요, 세상엔 이 방에 있는 장비 하나라도 갖고 싶어 환장할 사람들이 많거든요? 그래요, 물론 승혁 씨 처지는 안타깝죠. 그래도 승혁 씨, 명색이 부자잖아요? 아직 승혁 씨만, 오로지 승혁 씨만 할 수 있는 것이 세상에 널리고 널렸어요. 이 사치스럽기 짝이 없는 컬렉팅도 그중 하나고. 그러니까 계속해요. 이 방을 꽈악 채워 버리라구요, 그냥!"

잠시 멍하니 있던 승혁은 웃음을 터뜨리고 말았다.

"알았어요. 앞으로 관리 잘할게요."

* * *

그날 밤, 일이 끝난 후 테라스에서 몰래 담배를 피우며 잠시 한 개비의 여유를 즐긴 나는 종종걸음으로 방에 돌아갔다. 순간 복도 끝에서 뭔가를 보았다. 처음에는 잘못 본 건가 생각했지만 아니었다.

백 집사, 초췌한 몰골의 그녀가 나를 멍하니 응시하고 있었다. 조명 때문인지 컨디션이 안 좋은 건지, 백 집사는 평소보다 몇 배는 초췌해 보였다. 아이고. 속으로 한숨을 내뱉으며 걸음을 두 배는 더 빨리했다. 그녀와 부딪치고 싶지도, 말을 섞고 싶지도 않았다. 특히나 그 '뺨따귀 사건'을 겪은 이후로는.

최대한 무표정을 유지한 채 발걸음을 서두르던 그때였다. 눈 앞으로 그림자가 우뚝 드리워졌다. 백 집사가, 내 앞을 막아섰다. 뭐지? 설마 또 뺨이라도 때리려고? 거기까지 생각이 닿자 몸이 절로 움찔했지만, 이어진 일은 전혀 예상치 못한 것이었다. 그녀는 나를 향해 고개를 꾸벅 숙였다.

"미안해요."

몸이 굳어 버린 나는, 눈을 휘둥그레 뜬 채 가만히 있었다.

"뭐가……요?"

"오해하게 해서."

* * *

"……그러니까, 통화 상대는, 의사였다고요?"

김이 모락모락 오르는 말차 라떼를 테이블 위에 둔 채, 나는 얼이 빠져 중얼거렸다.

"네. 정기적으로 승혁 씨를 봐 주시는 의사분이세요. 도준 씨라고, 한국의 척추 손상 관련 전문의 중에선 탑 중에 탑이라나? 하여튼 그분의 요청으로 매일 철저하게 보고하고 있어요. 혈당 수치부터 운동량, 거기다 대화 시간까지."

백 집사는 한숨을 쉬며 책상 위를 손톱으로 긁었다. 지익, 지익.

"알아요. 솔직히 대화 시간은 왜 필요한지 저도 이상하긴 한데, 뭐 심리적인 것 때문이래요. 보통 승혁 씨같이 후천적으로 마비가 된 케이스는, 우울증에 빠지기 쉽다고……. 하여튼 나보다는 의사 선생님이 더 잘 아실 테니까, 일단 데이터는 꼬박꼬박 드리고 있어요."

"아……."

그러니까 전부 치료의 일환이었다, 이건가. 그 말을 듣고 자연스레 궁금한 것이 생겼다. 왜 사실대로 말하지 않았나? 아니, 그 말은 전제부터가 틀렸다. 엄밀히 말하면 이쪽이 먼저 훔쳐봤으니까. 이런. 죄책감에 마음이 검게 물들었다. 고개를 떨구고 한숨을 쉬었다. 진짜 난 항상 왜 이럴까? 그때 백 집사가 말했다.

"그날 밤 이후로 곰곰이 당신 말을 생각해 봤어요."

당신 말, 이라고? 무슨 소리……. 나는 뒤늦게 아, 소리를 냈다. 그 무시무시한 말을 스스로 뱉어 놓고 깜빡 잊고 있었다니. '독은 당신이야.' 나는 꿀꺽 침을 삼켰다. 설마 말싸움하자는 건……?

"맞는 말인 것 같더라고요, 아무리 생각해도."

"네……?"

"승혁 도련님, 저 앞에선 많이 안 웃으세요. 그런데 지은 씨에 이어서 당신까지…… 새로운 간병인 앞에서 웃는 모습을 본 것만 이번이 두 번째거든요? 어제, 그쪽이 승혁 도련님이랑 같이 정원에 가서 산책을 하는 동안…… 승혁 도련님이 웃는 모습을 본 그때…… 깨달았죠. 그러고 보니 독은 정말로 내가 아닐까. 저렇게 도련님을 웃게 만들지도 못하는 내가."

그래서 그때, 눈을 마주쳤을 때, 귀신처럼 허겁지겁 사라진 걸까. 몰래 엿보느라 그런 게 아니라, 정말 당황한 나머지 도망친 건가. 자신은 몇 년 동안 보지 못했던 도련님의 웃음을, 또다시 보게 되었으니. 백 집사는 더듬거리며 말을 계속 이어 나갔다.

"생각해 보니 너무 내가 강압적이었어요. 이기적이었고. 도련님을 생각한다고 맨날 말은 하지만, 말만 한 거지. 사실 지금까지, 엄밀히 따지자면, 나만 생각한 거잖아요. 안 그래요?"

물 밖에 널브러진 물고기처럼 백 집사는 숨을 헐떡거렸다. 눈에는 눈물이 그렁그렁 어려 갔다. 나는 백 집사에게 몸을 가까이 내밀며 속삭였다.

"백 집사님은 백 집사님대로 노력한 거잖아요. 그냥 몰랐을 뿐이고……."

"모른다고 잘못이 안 되는 건 아니잖아요. 특히 저 같은……."

백 집사는 말을 잇지 못했다. 고개를 숙이고는 흐느끼는 듯했다. 나는 입을 떡 벌린 채 굳어 버렸다. 눈앞의 광경을 받아들이기가 어려웠다. 평소에는 진중하기 짝이 없는, 흔들리지 않는 석고상 같았던 백 집사가, 갑자기 어린애처럼 무장 해제되어 우는 모습이라니. 뒤늦게 정신을 차린 나는 고민 끝에 손을 뻗었다. 그녀의 등을 토닥였다. 그녀의 널찍한 등을 손바닥으로 쓸어 주면서 몇 번이고, 몇 번이고, 토닥였다.

"괜찮아요, 괜찮아요."

7월 30일

Dear Diary

뭐? 갑자기 왜 영어냐고?

그냥. 옛날 영화를 보면 일기장을 이렇게 시작하는 경우가 많길래, 따라 해 봤다.

자, 그럼 다시. 디어 다이어리. 내 일기장에게. 오늘은 좋은 소식과 나쁜 소식이 있다. 어느 것부터 먼저 풀어 볼까?

그래, 나쁜 소식부터…… 풀면 기분 꿀꿀하니까, 기분 좋은 소식부터.

백 집사와의 갈등은 끝났다! 엉엉 울던 그녀의 등을 토닥여 준 탓일까? 날 바라보는 그녀의 눈빛은 이제 180도 달라졌다. 예전에는 눈을 마주칠 때마다 나를 어딘가 경계하거나 감시하는 느낌이었다면, 지금은 정말 친구를 보듯 따뜻한 눈길을 보내온다. 요즘엔 그쪽에서 먼저 눈웃음을 지으며 인사해 오기도 한다니까!

자, 그럼 나쁜 소식이 뭐냐?

⋯⋯내 건강이다. 원래 몸이 좋은 편은 아니지만, 어째선지 최근 들어 몸이 안 좋아지는 것을 부쩍 느낀다. 시작은 늦잠이었다. 평소에는 멀쩡해야 할 타이밍에, 자꾸만 피곤을 느꼈다. 마치 잠을 적게 잔 것처럼. 일찍 잠자리에 들어 봤지만, 소용없었다. 뇌가 피곤에 찌든 건지 몽롱한 느낌이 도저히 가시질 않았다. 정신을 바짝 차릴 유일한 방법은 하나뿐이었다. 주방으로 달려가 카페인이 좍악 농축된 커피를 목구멍으로 꿀럭꿀럭 넘기는 것. 인간 연료를 주입하고 나서야 간신히 하루를 시작할 수 있었지만, 그것도 결국 얼마 가지 못했다.

어느 날이었다. 그날도 여느 때와 같이 피로에 찌들어 있었지만⋯⋯ 몸이 이상했다. 평소에는 커피를 마셔도 즉각 각성 효과가 나오지 않았다. 카페인을 워낙 매일 들이켜 뇌가 중독된 탓이다. 그날은 아니었다. 심장이 가슴을 찢고 튀어나올 듯 쿵덕, 쿵덕거렸다. 아, 커피 괜히 마셨나. 뒤늦은 후회를 하며 복도를 걷던 그때였다. 점차 눈앞이 흐려졌다. 눈곱이 낀 건가 싶어 눈을 힘차게 몇 번 깜빡여 봐도 초점은 돌아오지 않았다.

순간 바닥이 기우뚱 움직였다. 몸에 힘이 들어가지 않았다. 입으로 '어' 소리를 내기도 전에 내 머리는 바닥에 쾅 소리를 내며 부딪혔다. 어이가 없었다. 잠깐, 나 죽는 거야? 정말? 이렇게 허무하게? 죽음은 급작스럽다는 옛말이 있지만, 아무리 그래도 이렇게는 아니잖아. 하지만 정신도 점점 몽롱해져 갔다. 눈앞이 서서히 어두워졌다. 마침내 어둠이 완벽하게 나를 잠식하기 전 귓가에 뭔가가 들려왔다.

비웃는 듯한 아이 웃음소리였다.

* * *

"마음 놓고 푹 쉬세요."

백 집사가 말했다. 정신을 차린 후 전후 사정을 들었다. 다행히 기절한 지 얼마 되지 않아 그녀가 나를 발견했다고 한다. 복도 한가운데에 시체처럼 축 늘어진 나를 등에 업고 허겁지겁 내 방까지 데려왔다고. 백 집사는 내 손을 토닥이며 안타깝다는 듯 중얼거렸다.

"하긴, 요즘 너무 무리한다 했어요. 좀 쉬엄쉬엄하지……."

"무리한 적 없는데……."

진심이었다. 백 집사보다 일을 덜 했으면 덜 했지 더 하진 않았는데.

"됐고, 그냥 쉬세요. 지금부터 나을 때까지 침대에서 한 발자국도 나오지 말구. 알았어요?"

백 집사는 그렇게 말했지만, 말투는 명령조라기보다는 부탁에 가까웠다. 마치 넉살 좋은 친언니가 5천 원만 빌려 달라고 설득하는 것처럼.

나는 고개를 끄덕인 뒤 침대에 누워 가슴 끝까지 이불을 끌어당겼다. 베개에 얼굴을 파묻자 향긋하면서도 꿉꿉한 냄새가 풍겼다. 후우, 숨을 천천히 내쉬는데 문득 한 가지 불길한 상상이 머리를 스쳤다. 그러고 보니 '지은'이라는 여자도 나처럼 이러지 않았나? 갑자기 몸이 안 좋아졌고, 갑자기 기행을 보였다고…….

고개를 저었다.

쓸데없는 상상은 그만두자. 얼른 몸을 추슬러서 낫기나 하자.

8월 1일

아아…….

이 저택에 온 이후로 가장 공포스러운 하루가 어제 벌어졌다. 하루가 지난 지금 간신히 정신을 붙든 채 일기를 쓰고는 있지만, 손이 아직도 덜덜 떨린다. 아니다. 정신을 다잡기 위해서라도, 악몽에서 벗어나기 위해서라도 적어야 한다. 이 일에 대해…….

어젯밤의 일이다.

이불에 누워 생활하고 있는데도 몸은 도저히 나아질 기미를 보이지 않았다. 시도 때도 없이 식은땀이 흘렀고, 정신은 몽롱했다.

신체적으로 힘든 건 그나마 참을 만했다. 진짜 문제는 정신적인 부분이었다. 꿈을 꿔도 공포스러운 꿈만 꿨다. 연쇄 살인마에게 다리가 잘린 채 절뚝거리며 달아나는 꿈이라든지, 밤중에 요트에서 내던져져 검은 망망대해에서 서서히 익사한다든지. 대체 나한테 왜 이러는 건데? 내 뇌가 저주스러웠다. 왜 이런 끔찍한 것만 보여 주는 거야.

꿈도 꿈이었지만 그중에서도 가장 끔찍한 꿈이 하나 있었다. 인간 공. 그래, 그 일지에서 건축가가 꿨던 바로 그 꿈이다. 그때 일지를 본 것이 영향이 된 건지 몰라도, 그와 같은 꿈을 꾸었다.

눈을 뜨면, 나는 바닥에 앉아 있다. 저 멀리서 공이 굴러온다. 인간으로 구겨진 공. 도망치고 싶지만 나는 아무것도 할 수 없다. 그저 다리가 굳은 채 바닥에 앉아 공이 날 납작하게 만들기를 기다리는 수밖에 없다. 이윽고, 공은 내 앞까지 다가오고…… 나를 삼킨다. 수십 개의 팔이 뻗어 나와 나를 공 안쪽으로 데리고 간다. 공의 안쪽은 악몽 그 자체다. 어둠 속, 수십 개의 얼굴이 나를 향해 미소를 흘리고, 얼굴 사이사이에서 팔이 또다시 뻗어 나온다. 팔은 내 온몸을 더듬는다. 쥐어짠다. 비틀고 터뜨린다.

악몽에서 간신히 깨어났을 땐 땀범벅이 되어 있었다. 끔찍한 기분이 들어 울고 싶었지만, 곧 현실감이 돌아오며 기분이 점차 진정되었다. 인상을 찌푸리며 배에 손을 댔다. 그러고 보니 아까부터 아래쪽이 욱신거렸다. 오줌을 너무 오래 참았다. 잠자기 전 화장실에 갈 걸 그랬나.

간신히 침대에서 벗어나 화장실로 향했다. 시원하게 볼일을 보며 후우, 한숨을 쉬었다. 조금은 살 것 같았다. 화장지를 뜯은 후 물을 내리기 직전, 흘긋 변기 안을 본 나는 헉 소리를 내며 숨을 들이켰다.

빨갰다.

물론 그렇게 이상한 일은 아니다. 그러니까, 그날이라면. 하지만 예상되는 날짜는 8월의 2주 차 정도였다. 8월 초는 절대 아니었다. 게다가 저 색깔, 저 농도. 평소와는 전혀 달랐다. 누군가 붉은 물감을 가득 풀어 놓은 것처럼 빨갰다. 마치 내 몸속의 정수가, 생명력이, 한 번에 빠져나간 듯한 기분이었다.

구역질이 났다. 황급히 변기 물을 내린 뒤 화장실에서 나왔다. 팔로 입을 틀어막았다. 어서 침대 위로 도망치자, 당장. 하지만 몸이 내 마음대로 움직여 주질 않았다. 한 걸음 옮기는 것조차 고역이었다. 순간 현기증이 일었다. 눈앞이 빙글 돌았다. 안 돼, 지금 쓰러지면 안 돼. 조금만 버텨. 조금만 더. 연신 치밀어 오르는 헛구역질을 삼키며 침대에 거의 도착했다.

쿡쿡쿡쿡쿡쿡……

누군가의 웃음소리가 들렸다.

그 소리를 듣는 순간 헛구역질도, 현기증도 뚝 멈췄다. 공포가 모든 것을 압도했다. 등줄기에 좌악 소름이 돋았다.

문제의 소리는 분명 침대 아래서 났다.

절대 확인하면 안 된다.

무시하고 침대로 가야 한다.

꺼지기 직전의 초록불처럼 그런 생각이 머릿속에 깜빡였지만 몸은 반대로 행동했다. 나는 화장실 쪽으로 비틀비틀 뒷걸음질 쳤다. 화장실의 문틈에서는 주황색 불빛이 뻗어 나오고 있다. 그 불빛은 바닥에 길쭉하게 뻗어 있었고, 침대 밑까지 비추고 있었다. 당장 고개를 숙인다면 저 아래 대체 무엇이 있는지 충분히 보일 터였다.

나는, 고개를 숙였다.

그것이 눈에 들어왔다.

입술이 빨간 남자.

입술을 제외하면 모든 것이 하얀색인, 시체나 다름없는 꼴의 남자가, 개구리처럼 침대 밑에 납작 웅크리고 있었다. 비현실적인 각도로 고개를 꺾은 채, 입을 쩍 벌리며 미소 짓고 있었다. 머리가 새하얘졌다. 비명을 지르고 싶었지만 그럴 수 없었다. 입에서 흘러나오는 것은 목구멍 안쪽에 쓰레기라도 틀어막힌 듯 꺽꺽대는 소리뿐이었다.

그때 남자가 부자연스러운 자세로 침대에서 기어 나오기 시작했고…….

모든 것이 검게 변했다.

* * *

손이 간지러웠다. 뭐지? 렉스? 어렴풋이 미소를 지으며 눈꺼풀을 조금 들어 올렸다.

눈앞에 보이는 것은 낯선 남자였다. 털수염이 그득한 40대 중년의 남자가, 음흉한 미소를 지으며 내 손을 만지작거리고 있다. 그제야 현실 감각이 돌아온 나는 기겁했다. 손을 휙 뺀 다음 몸을 튕기듯 벌떡 일으켰다.

"다, 다, 당신 누구……?!"

몸을 일으킨 나는, 뒤늦게 남자 근처에 낯익은 얼굴이 있는 것을 발견했다. 승혁과 백 집사였다. 두 명 다 걱정스러운 표정으로 나를 보고 있다. 남자는 한숨을 푹 쉬며 중얼거렸다.

"네, 은주 씨. 의사입니다, 승혁 씨 요청으로 왔고요."

"의사……요?"

그러고 보니 낯선 남자가 입고 있는 복장이 다름 아닌 하얀 의사 가운이었다. 명찰에는 '정형외과 전문의 박도준'이라는 글씨가 박혀 있었다. 아, 그때 백 집사가 말했던 그 의사구나.

"아…… 박도준 선생님. 네."

"네. 승혁 씨가 은주 씨께서 몸이 좀 안 좋으시다며 진찰이 필요하시다고 하셔서."

도준이 머쓱한 듯 코를 긁적거렸다. 나도 뻘쭘한 기분이 들어 살짝 고개를 끄덕였다.

"아…… 감사합니다."

"그래서, 진료 결과는요?"

백 집사가 끼어들어 물었다. 의사는 콧잔등에 걸친 안경을 고쳐 쓰며 말했다.

"뭐, 다행히 질병이나 다른 기타 징후는 보이지 않습니다. 아무래도 피로 같긴 한데……. 혹시 은주 씨, 최근 들어서 막 심하게 일을 했다거나 그런 적이 있으셨나요?"

그 말을 듣자 백 집사가 눈에 띌 만큼 동요했다. 저기요, 가만있어요. 누가 들으면 진짜 죄지은 줄 알겠네. 나는 한숨을 쉬었다.

"없는데. 오히려 편하게 지냈으면 지냈지. 뭐 정말 다른 이유는 없어요?"

그러자 도준은 안도한 듯 미소 지었다.

"뭐, 그렇다면 다행이네요. 다른 이유라고 해 봤자 심각하지만 않으면 됩니다. 지금 제가 봤을 때 은주 씨는 심각한 상황은 아니고요. 푹 쉬세요. 아마 별일 없으면 며칠 안에 나으실 겁니다. 만약 안 나아진다면 꼭 저희 병원 들러 건강 검진 받아 보시고요."

* * *

그날 밤, 또 악몽을 꾸었다. 악몽의 가장 무서운 점. 아무리 철저하게 마음의 준비를 한들, 악몽을 꾸기 시작하면 그 무엇도 소용없어진다는 것. 그저 꿈에 불과한데도, 꿈을 꾸는 동안은 현실보다 더 현실 같다. 내가 겪는 고통도, 공포도.

그날 밤에도 날 찾아온 것은 인간 공이었다. 구체는 나를 향해 천천히 굴러오기 시작했고, 여느 때처럼 나는 비명을 지르며 움직이려 했다. 당연하지만, 몸은 움직이지 않았다. 이윽고 공이 날 집어삼키려던 그때였다. 이마에 차가운 느낌과 함께 내 몸이 붕 떠올랐다. 잠시간의 시간이 지나고 나서야 내가 꿈에서 깨어났다는 사실을 깨달았다.

"정신이 들어요?"

소리가 들리는 쪽으로 고개를 돌아본 나는 눈을 크게 떴다.

"승혁 씨……?!"

내 침대 바로 옆에 앉아 그는 머쓱한 표정으로 물수건을 들고 있었다. 무슨 일이냐고 내가 묻자 그는 뒤늦게 설명했다.

"걱정이 되어서 방에 들어와 봤어요. 그런데 은주 씨가 막 땀을 줄줄 흘리면서 헛소리를 하고 있더라고요. 체온계로 열을 잠깐 쟀는데 38도 가까이 돼서……."

승혁이 핸드폰을 꺼냈다. 그가 핸드폰을 만지작거리는 모습은 많이 못 봤기에 약간 놀랐다.

"검색을 해 봤어요. 그러니까 인터넷에서 그러더라고요. 물수건으로 이마를 적시면 몸의 온도가 좀 내려갈 거라고. 그래서 후딱 화장실 가서 수건이랑 물 받아 왔죠, 이렇게."

나는 승혁을 보았다. 그의 따뜻한 눈빛과 마주친 순간 얼굴이 난로를 가까이 댄 듯 뜨겁게 달아올랐다. 나는 간신히 속삭였다.

"이런 건 백 집사님한테 시켜도 되잖아요."

"알아요. 근데, 제가 직접 하고 싶었어요."

"대체 왜……?"

승혁은 이마에 얹은 물수건을 부드럽게 떼어 양동이 손잡이에 걸고 비틀어 물기를 짜냈다. 그런 다음 다시 수건에 물기를 머금게 했다.

"저 말예요, 빚지곤 못 사는 성격이에요."

"언제 그쪽이 저한테 빚을 졌다고……."

"목숨 살려 줬잖아요. 그날, 기억 안 나요?"

승혁이 커튼을 목에 걸고 극단적 선택을 시도했던 그날.

"그땐 진짜 이성이 마비된 상태라, 머리보다 몸이 먼저 움직였죠. 지금도 종종 그때 생각하면 아찔해져요. 만약 그때 진짜 죽었으면, 유령이 되어서도 후회했을 거예요. 아쿠아리움에 갈 기회를 놓쳤으니까. 은주 씨랑 컬렉션 룸을 구경할 기회도 없었을 테고."

갑자기, 부끄럽게 왜 이래. 나는 미소가 치밀어 오르는 것을 간신히 참았다.

"하여튼 저 이제 괜찮아요. 괜찮으니까, 승혁 씨도 얼른 다시 방으로 돌아가시고……."

"이번만큼은……."

"네?"

"저한테 맡겨 주세요, 은주 씨."

그 후로 몇 시간 동안 승혁은 쉬지 않고 나를 간병했다. 물수건을 빨고, 해열제를 가져와 먹이고, 다시 물수건을 얹고. 나로서는 도저히 견딜 수가 없었다. '이제 됐어요'라는 말을 몇 번이고 반복한 것도 잠시, 나는 반항할 힘조차 떨어져 결국 푹 쓰러지고 말았다.

별안간, 나는 쿡 웃었다. 승혁이 호기심 가득한 눈을 반짝였다.

"왜 웃어요?"

"아니, 간병인이 간병을 받잖아요. 아이러니해서요."

예를 차리려는 건지 아니면 정말 우스워서 웃는 건지, 승혁도 웃음소리를 냈다. 그는 잠시 휴우, 하고 한숨을 쉬더니 나를 쳐다보았다.

"저는요, 또다시 잃고 싶지 않아요."

"뭐를요……?"

"저에게 소중한 사람을요."

승혁이 애를 써서 식혀 놓은 내 얼굴이, 다시 뜨거워졌다.

8월 4일

승혁이 헌신적으로 간호를 해 준 덕분일까? 며칠 만에 몸이 나아졌다. 거의 마법처럼. 펄펄 끓는 것 같은 열도 쑥 내렸고, 더 이상 현기증도 나지 않았다. 하지만 가장 큰 변화는 더 이상 피곤하지 않다는 것! 아침에 눈을 뜨니 평상시에 느꼈던 그 상쾌함, 그 개운함이 느껴지며 온몸에 활력이 넘쳤다. 몸이 다시 정상으로 돌아온 기분이다.

백 집사가 말했다. '완벽하게 나을 때까진 가만히 있어 달라'고. 완벽히 나은 건지는 모르겠지만, 어쨌든 상태가 나아진 건 분명했다. 오히려 가만히 있는 게 독이 될지도 모른다는 생각이 들었다. 잠시 고민한 끝에 나는 결심했다. 그래, 차라리 일을 하자.

침대에서 몸을 벌떡 일으켰다. 여느 때처럼 옷을 갈아입고 주방으로 향했다. 문을 열자마자 백 집사가 보였다. 분주히 움직이며 주방 바닥에 걸레질을 하다가, 소리를 들었는지 고개를 휙 들었다. 그녀는 나를 보자마자 육성으로 "컥." 하는 소리를 냈다.

"뭐야, 왜 여기 있어요?!"

"일하러 왔죠."

나는 능청스럽게 말했다. 백 집사가 미간을 팍 찌푸렸다.

"아직 다 낫지도 않았으면서! 오버 떨지 말고 돌아가요. 얼렁!"

"다 나았어요, 진짜로."

"어이구, 어제까진 골골 앓았는데?"

"왜, 의심돼요? 그럼 시험해 보시든가."

나는 억지로 자신감 넘치는 미소를 흘렸다. 백 집사는 잠시 입을 비죽 내밀고 나를 보았다.

"혹시라도 억지로 일하다 탈 나면, 아주 가만 안 둘 테니까, 응? 그리 알아요."

그러고는 본격적으로 일을 시켰다. 몇 분 전까지만 해도 나한테 일을 시킬지 말지 고민했으면서, 지금은 한 치도 주저하지 않았다.

"자, 오늘의 메뉴는 영국식 브랙퍼스트. 지금부터 재료들 가져와 줘요. 베이컨, 소시지, 계란, 버섯, 토마토, 베이크드 빈스랑 토스트용 빵. 콩 다 떨어졌으면 얘기하고, 여분 있으니까."

시키는 대로 빠릿빠릿하게 움직인 지 20분. 어느새 영국식 브랙퍼스트가 만들어졌다. 그릇 위에서 노릇노릇하게 구워진 베이컨이 은은한 기름 향과 함께 고소한 풍미를 자아낸다. 옆에는 진한 향을 풍기는 소시지가 자리 잡고 있고, 베이컨과 소시지 사이에는 반으로 잘라 노릇하게 구워진 토마토가 붉은빛을 발한다. 쟁반의 구석에는 따뜻한 차가 담겨 있다. ……그녀의 본업은 가정부가 아니라 셰프 아닐까?

잠시 후, 우리는 승혁의 방으로 향했다. 이번에 밥을 먹이는 것은 백 집사 차례였기에 나는 설거지를 했다. 정신을 차리니 어느새 백 집사가 돌아와 있었다. 굳이 그러지 않아도 되는데도 설거지를 도와줬다. 고마워라.

"그러고 보니 그거 알아요?"

백 집사는 다 씻은 쟁반을 건조대 위에 하나씩 걸었다.

"그거?"

"승혁 도련님 생일, 얼마 안 남았거든. 준비해야 할 것 같은데, 슬슬. 내일모레거든."

내일모레면…… 설마 8월 6일? 아니, 그걸 왜 지금 말해요!

"승혁 도련님 말로는 떠들썩하게는 안 해도 된다고 하는데……. 뭐 예전에는 떠들썩한 파티도 몇 번 열었으니까. 어느 쪽으로 준비할지는 은주 씨 편한 대로. 도련님은 둘 다 좋다고 하더라고."

무리다, 이틀 안에 떠들썩한 파티를 준비하는 것은. 내가 무슨 백만장자도 아니고……. 그러다 떠올랐다. 파티의 주인공이 백만장자라는 사실을.

"……그럼 해 볼까요? 떠들썩하게?"

8월 5일

아아, 망했다.

아직까지 선물을 고르지 못했다.

나에게 선택 장애가 있는 건 둘째치더라도, 어떤 선물을 고르는 게 좋을지 아예 감조차 잡을 수 없었다. 그 어떤 선물을 들고 와도 승혁을 놀라게 해 줄 순 없을 것 같았다. 승혁에겐 세상의 그 어떤 것이든 가질 수 있는 능력이 있으니까. 하아. 결국 답이 안 나오는 고민은 나중으로 미뤄 두기로 했다. 일단은 당장 눈앞에 놓인 문제들이 산더미니까.

바로 생일 파티 준비!

백 집사의 말을 들은 직후, 나는 결심했다. 승혁에게 떠들썩하면서 파티 같은 생일을 선사해 주기로. 그 계획을 말하자 백 집사는 좋은 생각이라며 박수를 짝 쳤다.

"하긴, 도련님이 최근 들어 소셜 활동을 너무 덜 하셨거든요. 그렇게라도 파티에서 사람들 만나고 말도 하고 하면 확실히, 기분이 더 나아질 거야."

그러더니 자신의 방에서 노트북과 카드를 가져와 나에게 내밀었다.

"3억 이하로만 해 줘요. 그게 도련님 평소 마지노선이거든."

이런 미친. 손이 벌벌 떨렸다. 3억이라니. 생일 파티는커녕 결혼식을 몇 번이나 할 수 있는 금액 아냐? 내 선에서 '비싼 생일 파티'는 아무리 생각해 봐야 저기 홍대에서 룸 잡고 친구들이랑 음식 시켜 먹는 건데, 대체 사는 세계가 달라도 너무 다르다. 너무나도.

잠시 후, 나는 엑셀 파일을 보며 각종 연락처에 접근했다. 숫자와 이름이 빽빽이 나열되어 있어 어디서부터 시작해야 할지 막막했는데, 다행히 백 집사가 도와주었다.

"자, 여기가 저희 쪽과 자주 연락해 온 케이터링 업체고, 플로리스트는 이 사람으로 정해 놨으니까 그냥 연락하면 돼요. 은주 씨가 할 일은 초대할 사람들한테 일일이 연락해서 올 수 있는지, 알레르기는 있는지, 경호 업체 따로 필요한지, 뭐 그런 것들. 알겠죠?"

"옛 설."

나는 장난스레 손을 머리 쪽에 갖다 대며 거수경례 자세를 취했다.

"오케이. 자세 바로. 나는 은주 씨 마실 특제 차 만들어 올 테니까. 일 파이팅하구."

나는 눈웃음을 지으며 떠나는 백 집사에게 고개를 끄덕였다.

자, 이제 시작해 볼까.

그로부터 몇 시간 동안, 나는 내가 콜센터 직원이 된 줄 알았다. 쉬지 않고 다음 사람에게, 그다음 사람에게 계속 전화를 걸어 댔다. 여보세요? 참석 가능하신가요? 여보세요? 승혁의 친구들은 나나 내 친구들처럼 한두 명 정도가 아니었다. 거의 수십 명에 달했다. 하지만 그보다 더 놀라운 것은 대부분의 사람들이 참석 의사를 비쳤다는 사실이다. 아무리 친한 친구의 생일 파티라고 해도 하루 이틀 전 갑자기 통보를 받으면 거절할 법도 한데, 이렇게 순순히 방문하겠다고 해 줄 줄이야. 다들 돈 많고 시간 많은 그런 족속들인 걸까?

됐어. 그러든 말든 무슨 상관이야. 할 일이나 잘하자!

한바탕 전화를 돌리고 나자 진이 빠진 나는 휴우 소리를 내며 뻗어 버렸다. 갑자기 의문이 들었다. 그렇게 친한 친구들이면, 왜 내가 간병 일을 할 때 한 번도 얼굴을 본 적이 없는 걸까? 그저 타이밍이 안 좋았던 걸까? 아니면…….

8월 6일

아침 일찍 눈을 떴다. 오늘은 하루 종일 움직여야 할 것이 분명했기에 간단히 몸을 풀었다. 옷을 갈아입고 주방으로 향했다. 백 집사는 이미 거기서 나를 기다리고 있었다.

"준비됐어요?"

"네, 가죠."

저택이 큰 만큼 할 일도 산더미였다. 미리 섭외해 둔 이벤트 플래너들이 재빠르게 준비 작업을 해 두었지만, 관건은 파티를 몇 시간 앞둔 바로 지금이다. 출장 뷔페와 연락을 하고 미리 섭외해 둔 도우미들이 제대로 오고 있나 점검했다. 모두 이상 무였다.

이제부터 할 일들은 저택을 청소하는 일이다. 오전의 대부분은 저택 청소로 시간을 보냈다. 바닥을 열심히 쓸고 닦는 사이 어느새 오후가 되었다.

첫 차가 들어온 것은 1시경이었다. 람보르기니. 내가 아무리 차에 대해 문외한이라고 해도 저 차가 엄청나게 비싸다는 것 정도는 안다. 잠시 후, 문이 열리고 차에서 한 남자가 내렸다. 정장에 선글라스 차림의 남자와, 그 남자의 파트너쯤 되어 보이는 여자. 둘은 "터가 이상하네.", "무슨 유령의 집이냐." 구시렁대며 저택으로 다가왔다.

"오셨어요?"

나는 애써 밝은 표정을 하며 현관으로 뛰쳐나갔다.

"승혁이 어딨어요? 2층에 있나?"

남자는 나를 휙 지나치고는 곧장 저택 안으로 들어갔다. 뒤늦게 따라온 여자가 "미안해요, 오빠가 싸가지라." 하며 눈웃음을 짓고는 재빨리 남자의 뒤를 쫓아갔다.

이 저택의 구조는 마치 미로 같다. 그래서 남자가 길을 잃어버리는 것 아닌가 싶어 걱정했지만, 그는 놀라울 정도로 빠르게 메인 룸에 도달했다. 저택에 온 첫 며칠, 나는 자칫하면 길을 잃곤

했다. 저 남자는 어떻게 한 번에 승혁의 방에 도달한 걸까? 한두 번 온 모양이 아닌 것 같다. 역시 친구이긴 한 건가?

남자는 승혁의 방으로 들어갔다. 떠들썩한 목소리로 한 3분가량 대화를 나누더니, 그는 곧장 방에서 나왔다. 그는 땀을 삐질삐질 흘리며 나에게 명령했다.

"더워 뒈지겠으니까, 이 성에서 가장 시원한 방으로 좀 데려다줘요. 에어컨도 풀로 틀고."

이후로 속속 다른 손님들이 도착했다. 다들 행동 패턴이 비슷비슷했다. 저택 욕을 한 뒤, 승혁을 만나 인사하고, 테라스에 짱박혀 휴대폰을 두드렸다. 물 좀 갖다줘요, 샴페인은 어디 없어요, 먹을 것 좀 미리 주세요. 남자들은 온갖 명령을 해 댔고, 나는 그들의 말을 따를 수밖에 없었다.

6시. 마침내 본격적인 생일 파티가 시작되었다.

* * *

"업체에서 아주 예쁘게 꾸며 놨어. 은주 씨 눈으로 봐도 못 믿을걸?"

백 집사가 말했다. 나는 주방에서 벌컥벌컥 물을 들이켜고 있던 참이었다.

"그래요?"

나는 그렇게 대답했지만 속으로는 회의적이었다. 바뀐들 얼마나 바뀌었겠어.

그로부터 몇 분 후 정원에 나갔을 때, 나는 내 눈을 믿을 수 없었다. 사실 평소의 정원은 그저 그랬다. 백 집사가 노력을 해도 완벽하게 관리가 되진 않아서 군데군데 잡초가 보일 정도였다.

지금은 완전히 탈바꿈한 상태였다. 진입로부터 환영 문구가 쓰인 아치형 장식물이 자리 잡고 있었고, 잘 다듬어진 잔디밭은 짙은 푸른색을 띠고 있었다. 시원한 물줄기를 뿜어내는 중앙의 커다란 분수는 햇빛을 받아 반짝였고, 정원의 가장자리에는 다채로운 꽃들이 가득했다. 장미, 라벤더, 튤립 등이 만발하여 각기 다른 색깔과 향기를 풍기고 있었다.

곳곳에 설치된 파라솔 아래에는 우아한 테이블과 의자가 배치되어 있었다. 테이블 위에는 흰색 리넨 테이블보가 깔렸고, 신선한 꽃다발이 중앙에 놓여 있었다. 그 위에는 고급 와인과 샴페인, 다양한 종류의 칵테일과 함께 고급스러운 핑거푸드가 준비되어 있었다.

과일 타르트, 미니 퀴시, 캐비어 카나페. 보기만 해도 군침이 도는 음식들을 멍하니 쳐다보는데 옆에서 뭔가 움직이는 듯한 느낌이 들었다. 고개를 돌리자 연못이 보였다. 원래 황량해 보이는 구덩이가 패어 있던 곳인데, 거기 연못을 조성한 모양이다. 그 한가운데에 수련이 둥실둥실 떠 있었다.

고작 하루 만에 이런 공간을 만들어 내다니. 대체 얼마나 많은 돈이 들었을까 생각하니 정신이 아찔해졌지만, 곧 심호흡하며 진정했다. 이제부터 정신줄을 꽉 잡아야 한다. 본격적인 파티의 시작이니까.

얼마 지나지 않아 손님들이 가득 들어찼다. 한쪽에서는 라이브 밴드가 잔잔한 클래식 음악을 연주하고 있었다. 요즘 꽤 뜨고 있는 밴드라고 한다.

도우미들과 함께 본격적으로 일손을 도왔다. 빈 접시를 재빠르게 치우는 한편 손님들이 요청하는 음료를 준비해 왔다. 처음 듣는, 세상에 존재하는지도 몰랐던 다양한 종류의 샴페인들을 부지런히 날랐다. 잘되어 가고 있는 것 같아 기분이 좋았다.

하지만 그것도 잠시뿐이었다. 흘끔 승혁의 쪽을 본 나는 가슴이 내려앉았다. 그는 구석의 테이블 앞에 앉아 느긋하게 샴페인을 기울이고 있었다. 근처에는 사람이 아무도 없었다. 처음에는 승혁이 자리를 비켜 달라고 했나 싶었지만, 아무리 생각해도 그럴 일은 없었다. 그렇다면 손님들은? 주변을 둘러보았다. 손님들은 각자 따로 테이블 앞에 모여 이야기를 나눌 뿐이었다. 흘긋 엿들으니 대부분이 일 얘기였다. 그러다 한 '대화'가 내 귀에 걸렸다.

"내가 말하는데, 이거 실화다."

"뭐가?"

"인간 피 말이야. 그거, 재생 능력 진짜 있다니까."

나는 흘끔 돌아보았다. 남자들이 샴페인 테이블 옆에 어정쩡하게 선 채 수다를 떨고 있었다. 통통한 인상을 가진 남자 옆에는 날렵한 남자가 서 있었는데, 그는 한숨을 푹 쉬며 쭛 소리를 냈다.

"이 새끼 또 지랄한다."

"아니, 레알이야. 연구 자료까지 있다니까? 임상 노화 생물학 저널이야. 쥐를 대상으로 한 실험이었거든? 나이 든 쥐에게 젊은 쥐의 피를 주입했더니 결과가 대박이었어. 인지 기능 향상, 수명 증가. 사실이라니까. 실제 용어까지 있어, 파라비오시스."

"그래서, 뭘 말하고 싶은 건데."

"기회가 생기면 안 할 거야?"

순간 긴장한 나머지 숨 쉬는 것을 까먹었다.

이 남자들, 지금 제정신인가?

그때 날렵한 남자의 날카로운 웃음소리가 모든 긴장을 깨트렸다.

"안 하지, 병신아. 난 멀쩡하거든. 인지 능력 향상? 야, 걍 피처바르지 말고 오메가 쓰리나 꼬박꼬박 처먹어. 그 출렁거리는 뱃살이나 빼고."

뚱뚱한 남자의 인상이 팍 찌그러들었다.

"에휴, 멘사 회원으로서 역시 너 같은 놈이랑 난 대화가 안 된다."

"뭐래, 병신이."

"맞다. 병신 하니까 말인데…… 승혁 저 새낀 대체 어떻게 사는 거냐?"

"뭔 소리야? 숨 쉬니까 살지, 병신아."

"아니, 장애잖아. 거기도 안 설 텐데, 그럼 인생이 좀 의미가 없지 않냐?"

그 말을 들은 나는 선 채로 몸이 굳어 버렸다. 남자는 계속 떠들어 댔다.

"거기도 안 서고 몸도 안 서고. 하긴 내가 만약에 저 꼴 나잖아? 난 그냥 뒈졌을 거야. 어디 6층이나 7층에서 각 잡고 다이빙하는 거지."

둘이 낄낄거리며 웃었다. 처음에는 잘못 들은 줄 알았다. 대화의 내용이 너무 사악한 나머지 현실감이 들지 않았다. 내가 멍하니 있는 동안 남자들의 대화는 점점 더 가속 페달을 밟았다.

"네가 만약 승혁이 저 새끼 애비였으면 어쩔래? 저런 아들 키울 거야, 어쩔 거야?"

한 남자가 툭 묻자 뚱뚱한 남자가 턱을 쓰다듬으며 주변을 둘러보았다.

"음, 여기 딱 좋지 않냐? 절벽도 있고. 뭐 떨어지면 사고사로 하기도 간편할 거 같고."

또다시 박장대소. 나는 숨이 턱 막혔다. 날카로운 눈빛으로 남자들을 쳐다보았지만, 그들은 떠드느라 정신이 없었다. 그저 낄낄거리며 샴페인을 계속 들이켤 뿐이었다.

"넌 진짜 악마 새끼야."

"악마는 무슨, 내 딴에는 축복 베풀어 주는 거다. 뒈지기 직전에 처음으로 자유를 경험할 거 아냐. 공중에서 날아오르면서. 플라이 미 투 더 문. 달구경도 하고 좋잖아?"

아아, 더 이상 들어 줄 수가 없다. 그 순간, 나는 이성의 끈을 놓고 말았다. 소위 '친구'들에게 성큼성큼 다가갔다.

"뭐라고 했어요, 방금?"

나의 위협적인 태도에 뚱뚱한 남자의 표정이 일순간 굳었다.

"뭐야?"

"그쪽이 하는 말이 듣기 좀 거슬려서요."

남자는 아, 하면서 혀로 볼 안쪽을 꾹 눌렀다.

"거슬려? 뭐가 그렇게 거슬리셨는데?"

"방금 승혁 씨더러 죽는 게 나을 거 같다고 하셨잖아요."

"뭐? 죽는 게 나아? 미쳤어, 당신!"

뚱뚱한 남자는 적반하장으로 빽 소리쳤다. 난데없는 소란에 근처에 있던 손님들이 우르르 이쪽을 돌아봤다. 그러거나 말거나 남자는 가슴을 펴고 더욱 당당하게 소리쳤다.

"나 승혁이 친구야. 내가 왜 그딴 말을 해. 돌았어?"

"아뇨, 제가 똑똑히 들었거든요. 그쪽이 하는 말!"

"야, 얘들아. 내가 그랬어?"

뚱뚱한 남자는 항변하듯 주변을 둘러보았다. 그의 곁에 서 있던 친구들은 머뭇거리더니 일제히 고개를 저었다. 척척 거짓말을 하는 모습이 아주 예술이다. 결국 참지 못한 나는 소리쳤다.

"당장 나가요! 당신들은 친구도 아니야."

"뭐야, 왜 그래요?"

그때 등 뒤에서 목소리가 들렸다. 뒤를 돌아보자 어느새 승혁이 휠체어를 끌고 와 있었다.

* * *

솔직히 그 남자들과 끝까지 한바탕하고 싶은 마음이 굴뚝같았지만, "나는 괜찮으니까 제발 참아요." 하며 애원하는 듯한 승혁의 말에 마음이 약해졌다. 결국 설득을 못 이기고 등을 돌려 저택으로 돌아갔다. 등 뒤에서 남자들이 변명하는 소리가 어렴풋이 들렸다. 저 여자 분명 헛것을 들은 거라고, 자신들은 절대 그런 말 하지 않았다며 잡아떼는 소리였다. 나는 속으로 이를 갈았다. 하느님, 저 자식들을 꼭 지옥에 데려가 주세요. 가능한 빨리.

저택 화장실에서 찬물로 세수를 하고 나오자 백 집사가 보였다.

"괜찮아요? 아까 정원에서 화내던데……."

"죄송합니다. 제가 소란을 피워서……."

백 집사는 이해한다는 듯 고개를 끄덕이며 내 어깨에 손을 얹었다.

"그냥, 손님들 가까이 가지 마요. 몇몇은 정말 질 안 좋은 인간들이니까."

* * *

결국 백 집사의 말대로 하기로 했다. 음식을 나르기보다는 저택에서 물건을 나르고 뒷정리를 했다. 도우미들을 도와주지 않아도 될까 걱정이 되었지만, 흘끔 보니 자기들끼리도 충분히 잘하고 있었다. 정장을 입은 도우미들은 무표정한 얼굴로 척척 할 일들을 해냈다. 마치 파티에만 숙련된 로봇처럼. 그런 그들을 보고 있으니 애초에 내가 일을 잘했는지 부끄러워질 지경이었다.

그로부터 5분쯤 지났을까, 문득 한 가지 사실을 깨달았다. 파티의 분위기가 바뀌었다. 아까 전까지만 해도 술에 취해 떠들썩하던 사람들이, 지금은 어째선지 소곤거리며 대화를 나누고 있었다. 그중 몇몇은 나를 보고 낄낄 웃었다. 그러자 면접 날이 떠올랐다. 테라스에 나 혼자 덩그러니 남겨졌던 바로 그때. 조금 발끈했지만, 그냥 고개를 숙이고 할 일을 계속했다. 웃으라지, 그래. 어차피 웃을 일을 제공한 것은 나니까. 그냥 실수만 하지 말자. 후회할 짓을 하지 말자.

……그렇게 생각했는데.

바로 방금, 아무래도 또 후회할 짓을 한 것 같다.

잠시 숨이라도 돌릴 겸 테라스에 나가 있는데 승혁이 조심스레 다가와 물었다. 남자들이 대체 어떤 말을 했냐고. 나는 안 듣는 게 낫다며 몇 번이고 거절했지만 승혁은 상관없다며 부탁하고 또 부탁했다. 결국 털어놓을 수밖에 없었다. 그 모든 더러운 말들을. 고개를 돌린 채 승혁은 미동도 하지 않고 들었지만, 욕설이 등장하는 순간 손가락이 살짝 움찔거리는 것이 보였다. 내 마음속에 다시금 죄책감이 밀려들었다.

"죄송해요. 역시 괜히 알려 드렸나요, 제가……."

"아뇨. 아무리 그래도 아는 게 더 좋죠, 모르는 것보다는. 덕분에 내년에는 그 녀석들 안 봐도 되겠네요. 어차피 보고 싶지도 않았지만."

승혁이 자조적인 웃음을 흘렸다. 그런 그를 보며 문득 궁금해졌다. 대체 그 천박한 인간들과 승혁은 어떻게 친해진 걸까? 그것을 묻자 승혁은 애매한 미소를 지었다.

"일하다가 만났죠, 뭐."

"아니, 그래도 그렇지…… 왜 친구 리스트에 넣은 거예요? 그냥 절친만 부르지."

"없거든요, 절친."

아, 소리를 냈다. 이놈의 입. 승혁은 말을 이었다.

"사실, 은주 씨에게 고마워요. 그렇게 떠들썩한 분위기를 가끔

은 바랐거든요. 사람들에게 둘러싸여 있으면 왠지 모르게 편안해져요. 평범한 장소에서 평범하게 있는 보통 사람이 된 기분이 들거든요. 저택에 갇힌 괴짜 은둔자가 아니라."

승혁을 보며 천천히 고개를 저었다.

"이해가 안 돼요. 절친이 없다고요? 다들 학창 시절 친구 하나씩은……."

"네, 뭐, 저도 있었죠, 몇몇. 근데 병 진단을 받고 나서 제가 연락을 안 하니까 걔들도 하나둘 연락을 끊더라고요. 당연한 결과지만. ……하긴, 누가 나 같은 녀석이랑 친구를 하고 싶겠어요? 날 보면서 '그래도 내가 쟤보단 낫지' 하고 자위나 하는 녀석들 빼고."

나는 주먹을 불끈 쥐었다.

"……이만 자러 갈게요. 저 좀 데려다줄래요?"

"네?"

승혁을 보며 나는 잘근잘근 입술을 씹었다. 안 된다는 생각이 직감적으로 들었다. 그의 생일이니만큼 정말 행복한 시간이 되길 바랐는데, 왜 이렇게 된 걸까. 그 남자들 때문이기도 하지만 따지고 보면 나 때문이기도 했다. 대화를 무시하고 그냥 파티를 계속했으면 좋은 분위기로 생일 파티를 마칠 수도 있었을 텐데.

또 나 때문에.

나는 고개를 저었다. 이런 식으로 하루를 끝낼 순 없었다. 마무리가 필요했다. 아름답고 깔끔한 마무리가.

"잠깐만요. 나랑 드라이브 안 갈래요?"

* * *

내심 긴장했다. 승혁을 데리고 저택 인근에 드라이브를 가려면 결국 백 집사의 허락을 받아야 하니까. 저번처럼 거절하지 않을까? 또 싸다귀를 날리지 않을까? 각오를 하고 조심스럽게 물었다. 저기, 저희 드라이브 좀 나갔다 와도 될까요. 그러자 백 집사는 머뭇거리더니 잠시만 기다리라고 했다. 1분 후, 그녀가 돌아왔다. 손에 차 키와 핸드폰을 든 채.

"우리 도련님, 잘 지켜 줘야 돼요."

* * *

차를 운전한 지도 벌써 15분이었다. 나는 사이드미러를 흘끔 보았다. 뒷좌석에 앉은 승혁이 차창 너머를 멍하니 지켜보다가 홱, 고개를 돌렸다.

"우리 근데, 진짜 어디 가는 거예요?"

"음…… 좋은 곳이요."

"……아하."

승혁은 어깨를 으쓱이고는 좌석 위로 힘없이 풀썩 쓰러졌다.

차를 몰고 가는데 갑자기 미안한 감정이 들었다. 승혁이 당장 원하는 건 다름 아닌 휴식이 아닐까? 가뜩이나 아까 전 정신적 충격을 받은 만큼 피로에 찌들었을 텐데. 그런데 간병인이란 년 이 갑자기 야밤에 '좋은 곳'에 데려가겠다며 차에 태우고 어딘가 로 향하고 있으니……. 승혁의 입장에서 생각해 보니 참 어이가 없는 일이었다.

그래서일까, 나는 더욱더 세게 페달을 밟았다. 마침내 5분을 더 달린 우리는 한 장소에 도착했다. 핸드폰을 들어 블로그에 찍 힌 GPS 주소와 비교했다. 그래, 딱 이 자리였다. 이제 여기서 동 쪽으로 3분만 걸으면 된다.

"자, 슬슬 나갈까요?"

밤의 숲은 전혀 다른 세계였다. 나뭇잎 사이로 희미하게 비추 는 달빛에만 의지한 채 나는 승혁의 휠체어를 밀며 걸었다. 한 발짝 한 발짝 내디딜 때마다 부드럽게 낙엽을 밟는 소리가 편안 한 리듬을 만들어 냈다. 찌르레기의 울음소리가 숲의 저편에서 고요를 가르며 울려 퍼졌다. 촉촉하고 신선한 흙내음. 조금 더 걷자 눈이 어둠에 적응해 갔다. 나무들의 실루엣이 보였다. 각기 다른 형태와 크기의 나무들. 걸음을 옮길 때마다 나뭇가지가 부 러지는 소리, 풀잎이 스치는 소리가 귀를 간질였다.

차분하고 정적인 자연 그 자체. 하지만 나는 마냥 이 분위기를 즐길 수만은 없었다. 슬슬 속마음이 불안해졌다. 여기서 길을 잃으면 어떻게 될까? 분명 꼼짝없이 조난이다. 승혁의 상태도 상태이니만큼 정말 목숨이 위험해질 수도 있다. 그렇게 생각하니 정신이 바짝 들었다.

아아, 대체 그 장소는 얼마나 가야 나오는 걸까. 걸어도 걸어도 어둠뿐이었다. 내가 제대로 찾아가고 있는 건지 슬슬 걱정이 되던 그때였다. 빼곡한 수풀 너머로 뭔가가 보였다.

앞을 본 승혁의 입에서 감탄사가 터져 나왔다.

"우와……!"

그야말로 우와였다. 드넓은 호수가 펼쳐졌다. 물비늘 위로 수백 마리의 반딧불이들이 쏟아졌다. 검은 물을 비추는 하얀빛과 반딧불이 특유의 은은한 노란빛. 자연이 만들어 낸 아름다운 그림 그 자체였다. 나는 승혁의 휠체어를 고정시킨 다음 그 옆에 앉았다. 이미 풀이 충분히 자라 있어 바닥은 푹신했다. 그렇게 승혁과 함께 눈앞에서 펼쳐지는 장관을 가만히 감상했다. 마침내 적당한 시간이 흘렀을 때 조심스레 입을 열었다.

"사실 선물을 준비하려고 했어요, 저도. 근데…… 뭘 선물해야 할지 모르겠더라구요."

승혁이 짧게 웃었다.

"에이, 그런 거 필요 없어요. 와 준 것만으로 충분하니까."

"네?"

"당신이 와 준 것, 그게 최고의 선물이라고요, 저한테는."

순간 부끄러워 얼굴이 확 달아올랐다. 오글거리는 작업 멘트라고 받아쳐 주고 싶었지만 워낙에 목소리에 진심이 담겨 있어서 그런지, 전혀 이상하게 느껴지지 않았다.

"웃기지 좀 마요."

억지로 웃어넘기려 했지만, 승혁은 계속 말을 이었다.

"진심이에요. 당신 아니었으면 이런 곳에 올 일도 없었을 거예요. 친구들이 쓰고 있던 가면도 평생 몰랐을 거고. 아마 아쿠아리움도 못 갔겠죠. 당신이 와 줘서 가능했던 거예요, 전부."

가슴이 쿵쾅거렸다. 가능만 하다면 호수에 얼굴을 처박아 달아오른 얼굴을 식히고 싶었다. 하지만 그럴 여지가 없었다. 승혁이 내 손 위에 자신의 손을 살며시 얹었기 때문이었다.

"정말, 고마워요."

승혁은 잠시 숨을 들이쉬더니, 후우 내쉬었다. 그리고 내 눈을 똑바로 보았다.

"저, 당신이 정말 좋아진 것 같아요."

승혁의 입에서 그 말을 듣는 순간, 나는 숨을 들이켰다. 조금 전, 차를 운전할 때까지만 해도 다른 걱정거리들이 계속 머릿속을 휘저었다. 내일 아침에는 어떻게 일어나지? 청소는? 지금 내가 제대로 가고 있는 게 맞나? 그런 잡생각들은 호수의 아름다운 광경을 맞이한 직후에도 계속되었다. 항상 걱정하는 게 습관이 되었기 때문이다.

그런데 지금, 승혁의 고백을 들은 지금, 나는 아무것도 상관이 없어졌다. 온갖 걱정거리는 머릿속에서 깜빡이를 켜듯 사라져 버렸다. 왜냐고? 나를 사랑해 주는 사람이 바로 앞에 있으니까. 나를, 사랑하는, 사람. 속에서 뭔가가 울컥했다.

내가 이렇게 행복해도 되는 걸까?

저택에 와서 각종 잘못만 반복한 데다, 기 싸움이나 하고, 약도 깜빡할 뻔하고, 무단이탈이나 시키고……. 그런데도, 그럼에도, 나를 사랑한다니. 이런 말을 들었던 게 마지막으로 언제였더라? 실은 기억도 나지 않는다. 그 정도로 오래됐다. 그런데 지금, 내가 몰래 짝사랑하던 그가, 먼저 그런 말을 꺼내다니.

너무나도 행복했다.

행복해서 미칠 것 같았다.

눈물이 터져 나오려는 것을 참았다. 고맙다고 말하기 위해 고개를 들다가 승혁의 안절부절못하는 표정을 보았다. 왜 저러나 생각하던 중 문득 깨달았다. 아직 승혁의 고백에 답을 하지 않았다는 걸. 그는 내가 거절할까 봐 안절부절못하고 있었다. 아아, 그 모습이 너무나도 귀여운 나머지 웃음을 터뜨릴 뻔했지만, 간신히 참았다.

"혹시 당신도……."

나는 미소를 지으며 고개를 끄덕였다. 승혁의 얼굴이 금방 환해졌다.

"다행이에요. 나는 나 혼자만 착각한 줄 알고……."

그는 끝까지 말을 잇지 못했다. 내가 승혁에게 다가가 키스했기 때문이다.

너무나도 놀란 나머지 승혁은 몸이 잠시 굳었지만, 곧 서툴게나마 키스를 받아들였다. 입술을 뗀 다음, 나는 미소를 지으며 승혁을 보았다.

"착각, 아니거든요?"

* * *

은주는 일기장에서 펜을 뗐다. 펜이 나오지 않았다. 펜을 흔들어도 보고 기울여도 봤지만 더 이상 잉크는 나오지 않았다. 이상했다. 펜을 바꾼 지 얼마 안 됐는데. 그렇지만 조금 생각해 보니 납득이 갔다. 일기 하나하나를 거의 단편 소설처럼 길게 썼으니 빠르게 닳아 버리는 건 어쩌면 당연한 일이리라. 어쩔 수 없지. 어차피 중요한 순간은 전부 적었으니 오늘은 여기까지 할까.

찌뿌둥해진 몸을 스트레칭한 후 침대 위로 풀썩 몸을 던졌다. 천장에서 전구가 하얀빛을 발하며 눈꺼풀을 찔러 댔다. 일어나서 불을 꺼야 했지만 그럴 힘조차 없었다. 아, 안 되는데. 불 켜 놓고 자면 꿈자리 안 좋은데. 그렇지만 도저히 힘이 들어가지 않았다. 물을 부은 모닥불처럼 의식이 서서히 사그라들었다. 잠의 심연으로 가라앉던 은주의 귀에 조그맣게 소리 하나가 들렸다.

끼이익.

* * *

메인 룸. 아까부터 계속 뒤척이던 승혁은 돌연 앓는 소리를 냈다. 눈을 감아도 도무지 잠이 오지 않았다. 아까 전의 일이 머릿속에서 떠나지 않았다. 은주가 "착각 아니거든요."라고 말했을 때, 긴장이 풀린 나머지 한숨까지 쉬고 말았다. 그런 자신의 모습을 보고 그녀가 실망하지는 않았을까? 절박해 보였다고 느끼지는 않았을까? 아니, 됐다. 한숨 하나 쉰다고 사랑의 불이 식을 리는 없지 않은가?

하지만 은주가 사라지면 어떡하지? 눈을 감았다가 다시 떴을 때 흔적도 없이 사라져 버리면? 완전히 불가능한 이야기도 아니다. 전에도 그런 일이 있었지 않았던가.

결국 몇 번이나 고민한 끝에, 승혁은 몸을 일으켰다. 잠들기 전 그녀를 다시 한번 봐야만 했다. 자신의 두 눈으로, 직접.

잠시 후, 승혁은 휠체어를 끌며 은주의 방으로 향했다. 끼익 소리가 나지 않도록 조심스럽게 문을 열었다. 그러고 보니 은주는 항상 문을 잠그지 않았다. 그만큼 자신과 백 집사를 믿는다는 뜻일까. 승혁은 소리 죽여 방 한가운데까지 휠체어를 끌고 간 다음, 침대 위의 은주를 지그시 바라보았다.

아아~ 정말이지, 그녀의 모든 것이 사랑스러웠다.

살포시 감긴 눈, 새근거리는 숨소리, 귀여운 핑크빛 고양이 잠옷, 꼼지락거리는 새끼발가락. 마치 세상모르고 쿨쿨 자는 아기 고양이 같다. 승혁은 미소 지었다. 자신은 행운아였다. 이런 완벽한 여자가 자진해서 이곳에 간병인으로 들어왔다는 사실도 믿기 힘든데, 그 여자가 자신에게 서서히 마음을 열고, 마침내 고백까지 하다니. 이게 정말 현실에서 일어나는 일이 맞긴 할까?

물론 은주가 자신에게 관심이 있다는 사실은 일찌감치 알아챘다. 아쿠아리움에 갔을 때, 굳이 번거롭게 TTS를 이용해 자신을 도와줬다. 아쿠아리움을 돌아다니던 내내, 그녀는 물고기를 보는 척 흘끔흘끔 자신을 훔쳐보았다. 아마 물고기보다 자신을 더 많이 구경했겠지. 그뿐인가? 쉬는 시간마다 자신과 수다를 떨고, 굳이 읽지 않아도 될 책을 찾아 읽었다. 마지막으로 생일인 오늘, 떠들썩한 파티를 마련하려고 행사 업체를 준비하고 굳이 '친구들'까지 불렀다. 이게 사랑의 징후가 아니면 무엇이란 말인가.

그래서 용기를 내자고 마음먹을 수 있었다. 적절한 때에, 적절한 타이밍에 고백을 하자고 결심했다. 가능하면 의미 있고 분위기 좋은 곳에서. 그런데 은주가 먼저 선수를 쳤다. '반딧불이 호수'라는 완벽한 공간으로 자신을 데려갔다. 이 장소를 보는 순간, 바로 여기라고 확신했다. 사랑 고백에 이보다 더 걸맞은 곳은 없다고.

마침내 때가 왔을 때, 승혁은 눈을 질끈 감고 고백했다.

정적이 흘렀다.

설마 거절당하는 걸까 싶어 순간 안절부절못했지만 이어진 것은 키스였다.

천국보다 달콤한 키스.

저도 사랑해요, 은주 씨.

승혁은 속으로 중얼거렸다.

할 수만 있다면 여기서 몇 시간이고 그녀를 지켜보고 싶었지만, 은주가 한밤중에 깨어나 미소 짓고 있는 자신을 발견한다면 분명 소름이 끼칠 테지. 지금까지 얼마나 애써 왔는데, 들키지 않으려 노력했는데, 그런 위험을 감수할 수는 없다. 승혁은 한숨을 쉬었다. 그래, 슬슬 돌아가는 게 좋겠다. 어차피 나만의 시간도 보내야 하니까.

자, 그럼 슬슬…….

승혁은 휠체어에서 일어섰다.

미러하우스

8월 8일

아아, 또 몸이 좋지 않다. 대체 왜 그럴까. 여기 와서 오히려 도시에서보다 건강한 생활을 했는데. 담배도 덜 피우고 운동도 열심히 했는데. 쥐가 치즈를 야금야금 갉아먹듯 내 기력은 확실하게 닳아 가고 있다. 그래도 불행 중 다행인 건 예전처럼 일을 못 할 정도로 아프진 않다는 것. 그래도 움직이고 행동할 정도는 된다.

아침이 되자 나는 평소처럼 행동했다. 샤워를 하고 옷을 갈아입었다. 백 집사를 도와 아침을 만들기 위해 주방으로 향하는데,

문을 열기도 전 향긋한 냄새가 물씬 풍겨 왔다. 설마. 중얼거리며 문을 열었다. 예상은 들어맞았다. 주방 조리대 위에 쟁반들이 놓여 있었고, 위에는 이미 먹음직스럽게 요리된 음식들이 배치되어 있었다. 백 집사는 주방 구석에 서서 뭔가를 씻고 있었다. 요리를 다 끝내고 설거지를 하는 모양이었다.

"오늘은 내가 다 했어요."

백 집사가 말했다.

"……왜요? 제가 도와드릴 수도 있었는데."

"오늘은 바쁠 테니까. 일도 있고."

일?

무슨 일?

* * *

1층 식당. 고풍스러운 문양으로 도배된 목제 테이블 위에 영국식 브랙퍼스트가 놓여 있다. 승혁과 나는 마주 앉아 있었지만 백 집사는 아직이었다. 그녀는 고급 식당의 웨이터처럼 분주히 돌아다니며 수저를 놓고 물컵을 준비했다. 나는 승혁을 보고 살며시 미소 지었다. 승혁도 웃음으로 화답했다. 별안간 이런 착각마저 들었다. 승혁과 내가 어떤 고급 레스토랑에서 데이트를 하는 것이 아닐까 하는. 하지만 그런 환상은 백 집사의 한마디에

깨지고 말았다.

"자, 식사할까요?"

"아, 좋죠."

내가 말했다.

"감사히 먹겠습니다."

승혁이 수저를 집어 드는 것을 본 뒤, 나는 포크로 반숙 계란의 노른자를 찍어 입에 가져갔다. 와, 소리가 절로 흘러나왔다. 노른자가 혀 위에서 은은하게 퍼져 나갔다. 고소한 맛에 적절한 양념까지 더해진 계란은 환상적이었다. 입술 바깥으로 노른자가 살짝 흘러나오려는 걸 재빠르게 냅킨으로 닦아 낸 다음, 이번에는 베이컨과 밥을 조금씩 먹었다. 감탄의 연속. 혼자서도 이렇게 맛있는 음식을 만들다니, 백 집사는 역시 대단하다. 아니, 잠깐. 지금 음식에 감탄할 때가 아니지.

그릇을 절반 정도 비웠을 때, 나는 눈치를 본 다음 입을 열었다.

"맞다, 그런데 일이 뭐예요?"

"일?"

승혁이 움찔 놀라더니 백 집사를 바라보았다. 백 집사가 "그러네, 설명을 안 드렸구나." 하며 함박웃음을 지었다.

"오늘 승혁 도련님 대학 병원 정기 검진 가요. 1년에 한 번씩 가서 의사 선생님께 간단하게 케어받는 거예요."

"아……."

나는 고개를 끄덕였다. 근데 그게 하필 오늘이구나.

"그러면 집사님도 가시나요?"

"당연하죠. 제가 같이 가야 제대로 의사분께 말씀드리죠. 제가 은주 씨보다 승혁 도련님 옆에서 지낸 시간이 더 많잖아요? 게다가, 의사 선생님께 여러 가지로 물어볼 것도 많고."

나는 묵묵히 고개를 끄덕였다. 전부 맞는 말이었다. 그렇지만……

"그럼, 저는요?"

잠시 정적이 흘렀다. 백 집사는 타다닥 하고 손가락으로 테이블을 두드리더니 입을 열었다.

"혹시…… 은주 씨, 오늘만 집에 계실 수 있어요?"

"아……."

빈말로도 좋죠, 라고 할 순 없었다. 실은 정말 싫었다. 지금까지 몇 주를 여기서 생활하긴 했지만, 여전히 저택이 풍기는 으스스한 느낌은 도저히 익숙해지지 않았다. 그렇지만 여기서 또 "싫어요."라고 하면 그것도 웃기지 않는가. 초등학생이 투정을 부리는 것도 아니고.

"당연하죠, 그 정도야 뭐."

3초간의 침묵 끝에 그렇게 내뱉었다. 백 집사가 "다행이네." 하며 중얼거린 뒤, 나는 억지 미소를 유지하며 슬쩍 식탁 아래를 보았다. 아까 전부터 나도 모르게 다리를 떨고 있었다.

* * *

다행히도, 밤까지는 아무 일도 없었다. 복도를 돌아다니다 귀신과 마주치는 일도, 피 분수 샤워를 하는 일도, 유령의 목소리를 듣는 일도 없었다. 녀석들도 지친 걸까? 그런 엉뚱한 상상을 하자 괜히 웃음마저 나왔다. 그래, 괜히 걱정했다. 이 저택은 어디까지나 인간이 지은 인공적인 저택일 뿐, 그 이상도 그 이하도 아니다.

깊은 밤, 나는 내 방 침대에 누워 있었다. 눈을 감았지만 도무지 잠이 오지 않았다. 그렇게 10분 정도 있다가 한숨을 쉬며 벌떡 일어났다. 책상에 앉아 그동안 쓰지 않던 일기를 썼다. 그래, 그게 바로 지금 당장의 상황이다.

하루 동안 아무 일도 일어나지 않은 것은 사실이지만…….

그럼에도 두 가지가 자꾸만 거슬렸다.

불안한 분위기. 뭔가 터질 것 같은 긴장감.

물론 알고 있다. 내 심리 상태가 정상이 아니라는 건. 그래도 오늘따라 이런 느낌이 유독 심했다. 잠이 제대로 안 오는 것도 이것 때문인 게 분명했다.

하아…….

안다고 한들 뭘 어떻게 할 수 있는 것도 아니고…….

그래, 일단 오늘의 일기는 여기까지. 그리고 다음에 또 쓸 일이 있다면, 그땐 좋은 일만 적자. 승혁 씨가 돌아오고, 모든 것이 정상으로 돌아왔을 때. 그 전까진 잠시 일기장을 쉬는 것도 괜찮으리라.

그럼 일기장을 끝내기 전에, 적절한 마무리 멘트나 써 볼까.

디어 다이어리, 는 이미 써먹었으니까…….

그래, 이게 좋겠다.

……고마워, 일기장아. 그동안 내 충실한 감정 쓰레기통 역할을 해 줘서.

아, 쓰다 보니 갑자기 졸음이 몰려온다. 글씨체도 흐트러지고.

그래, 됐다. 슬슬 자야겠다.

그럼 진짜, 안녕.

나중에 보자.

별일 없이.

* * *

웅웅웅웅웅웅웅.

이 빌어먹을 환풍구 소리를 처음 들었을 때, 혁수는 죽을 만큼 거슬렸다. 하지만 6개월이 흐른 지금은 나름 익숙해졌다. 오히려 계속 듣고 있으니 마음이 조금 평온해지는 기분이다. 이런 걸 백색 소음이라 하던가? 순간 겁이 났다. 만약 지금 저 소리가 뚝

멈춘다면, 상상도 못 할 정도의 무시무시한 스트레스를 받는 게
아닐까? 산소 호흡기를 단 환자의 마스크를 쑥 뽑아 버리는 것처
럼? 아니, 잠깐. 왜 지금 그딴 걸 걱정하고 있는 거지?

"아이, 씨발⋯⋯."

혁수는 중얼거렸다. 어이가 없었다. 자신의 처지가. 이 모든
상황이. 아무리 객관적으로 생각해도 혁수 자신은 '이딴 짓'이나
하고 있을 사람이 아니었다. 그래도 대한민국 최고의 헤지펀드
회사에 다니는 A급 금융 분석가 아닌가. 만약 평소의 그라면 이
런 '비생산적인' 상황은 용납하지 않았으리라.

멀티태스킹은 그의 재능이었다. 일을 할 때, 그는 최소 세 가
지 일을 동시에 진행했다. 눈으로는 오르락내리락하는 모니터
차트를 보며, 한 손으로는 키보드를 두드리고, 다른 손으론 마른
레몬처럼 쪼그라든 안구에 안약을 처넣으며, 입으로는 인이어에
대고 게으른 부하 새끼들에게 소리를 질러 댔다. 손익 분기 체크
했어? 씨발, 리밸런싱 타이밍 안 맞으면 존나 털리는 줄 알아. 알
아들어?

그런데 지금, 그는 입을 헤 벌린 채 모니터만 쳐다보고 있다.
아니, 그뿐인가? 문명사회와 완전히 고립되어 있다. 첩첩산중에
위치한 어느 고성 지하실에 처박힌 채, 정체도 모르는 웬 여자를
감시하고 있다.

맙소사. 모니터를 볼 때마다 열불이 터졌다. 자신이 맡은 프로

젝트 시장 가치의 100분의 1도 안 되는 여자를, 대체 왜 이렇게까지 감시해야 한단 말인가.

……'그 자식'의 부탁을 받았으니 어쩔 수 없지만.

평소라면 부탁을 받는다 해도 죽어도 하지 않을 일이지만, 이 번만큼은 예외였다. 부탁을 한 대상이 그 누구도 아닌 승혁이었으니까. 연이은 리스크 관리 실패로 사장에게 쌍욕을 처먹고 정신이 피폐해져 있을 때 승혁의 연락은 사막의 단비와도 같았다.

"보고 싶은 거, 보게 해 줄게. 한 달 휴가 낼 수 있냐?"

모르겠다고, 혁수는 중얼거렸다. 솔직히 한 달이나 휴가를 낼 수 있으리라고는 생각하지 않았다. 그런데 바로 그 순간, 운이 미친 듯이 따라 줬다. 신생 반도체 회사에 과감히 모든 자금을 꼴아박는 미친 수를 둬 버리고 며칠 후, 그 회사가 갑작스러운 혁신 기술을 발표했다. 가치는 단숨에 두 배로 뛰었고, 그러자 며칠 전까지만 해도 그를 핵폐기물 보듯 하던 사장 새끼는 이제 혁수를 황금알 낳는 거위인 양 조심스럽게 대했다. 한 달 휴가를 달라고 하자 움찔하긴 했지만 그래도 끝내 허락했다.

그 한 달 휴가로 '미러하우스'를 택한 것은 혁수의 결정이었다. 평소에 가고 싶던 바베이도스나 유럽으로 여행을 갈 수도 있었지만, 고민 끝에 '미러하우스'를 택했다. 이유는 분명했다. 보고 싶은 것을, 마침내 보기 위해.

상황은 순탄히 흘러가지 않았다. 저택에 머무르는 동안 지켜야 할 조건들이 너무 많았다. 그중 승혁이 가장 신신당부한 것은, 절대 여자의 눈에 띄면 안 된다는 것. 따라서 자신을 포함한 승혁의 '친구들'은 통제실에 갇혀 있을 수밖에 없었다. 게다가 통제실에서 여자를 감시해야 한다니! 친구들을 노예로밖에 보지 않는 건가 싶어 분노했지만, 승혁의 해명을 듣자 분노가 약간 사그라들었다.

"물론 아무것도 안 해도 돼. 하지만 한 가지 명심해. 내가 시키는 대로 하면, 네가 원하는 걸 더 빨리 얻을 확률이 커져. 무슨 말인지 알겠지?"

여자의 일거수일투족을 감시한 것은 그래서다. 그녀가 어떤 시간대에 '미러하우스'의 어디에서 뭘 하고 있는지를 철저하게 감시하는 한편, 하나도 놓치지 않으려고 밥도 전부 컵라면으로 때웠다. 하지만 그런 열정도 초반에만 잠깐이었을 뿐, 시간이 흐를수록 점차 사그라졌다. 그리고 지금, 혁수는 화면을 보는 둥 마는 둥 하면서 휴대폰을 만지작거리고 있다. 저택에 오기 전에 깔아 둔 오프라인 퍼즐 게임의 마지막 스테이지를 풀자 'Congratulations' 하는 효과음이 터져 나왔다.

혁수는 한숨을 쉬며 테이블에 휴대폰을 던졌다.

이제 밥이나 먹을까? 아니면······.

그때 휴대폰이 진동했다.

승혁에게서 온 메시지.

혁수는 굶주린 개가 밥그릇에 달려들듯 허겁지겁 화면을 열었다.

다음 스테이지

"뭐?"

혁수는 휴대폰을 손에 든 채 우뚝 움직임을 멈추었다. 자신의 두 눈을 믿을 수 없었다.

벌써 다음 스테이지라고?

다음 스테이지. 현재가 두 번째 스테이지니 다음 스테이지는 세 번째다. 세 번째이자 마지막 스테이지. 혁수의 경험상, 보통 이 메시지가 뜨면 '하루나 이틀' 안에 모든 게 끝났다. 다시 말해 '이제 슬슬 끝내자'는 의미나 다름이 없었다.

배신감이 몰려들었다. 저택에 오기 전, 자신이 원하는 것을 분명히 승혁에게 말해 뒀는데. 그런데 마지막 스테이지라니. 지금까지 저택에 와서 본 거라곤 그 여자가 멍청한 장치들에 낚여 비명을 질러 대던 것뿐이었다.

비명. 예전부터 혁수는 비명을 사랑했다. 모든 감정이 하나로 쏟아질 때의 그 충격. 거기서 나오는 청량하고 순수한 고통은 작위적으로 만들어 낼 수 없다. 한 인간이 진짜 상황에 처해 이 상황을 진짜라고 믿어야만 나오는 감동적인 결과물. 그것이 바로 '비명'이다.

처음에는 이 갈증을 공포 영화로 해소했지만, 배우들이 '진짜 공포의 비명'을 지르는 경우는 드물었다. 물론 예외가 없진 않다. 셜리 듀발이 〈샤이닝〉에서 질렀던 비명 같은. 그렇지만 그 외에는 전부 가짜 같았다. 스너프 필름이나 실제 사람들이 죽는 영상도 마찬가지다. 비명에 잡음이 섞이거나, 지저분한 영상 촬영이 오히려 비명의 임팩트를 줄였다. 쾌감을 주지 못했다. 그런 혁수에게 승혁의 '미러하우스'는 완벽했다. 자신의 성적 판타지를 실현할 완벽한 장소. 그런데 알고 보니 그 판타지를 실현할 수 있을 거라 여긴 자신의 믿음 자체가 판타지였다.

혁수는 실실 웃었다. 그 웃음은 곧 낄낄거리는 실소로 바뀌었다. 도저히 믿을 수가 없었다. 그러니까 그동안 자신을 노예처럼 부려 먹은 것이다. 감히 자신을.

"씨발, 개 좆 같은 새끼가!"

혁수가 발을 휘둘렀다. 바닥에 놓여 있던 컵라면 용기들이 우수수 흩어졌다. 잠시 분을 삭인 뒤 모니터를 보았다. 저 여자, 저 풍선은 터지기 직전이다. 바늘로 딱 한 번만 찌르면 그 달콤한 비명 소리를 들을 수 있을 텐데.

문득 그런 생각이 들었다.

들키지만 않으면 되잖아?

승혁 그 자식은 매사에 철저한 척은 존나게 해 대지만 사실은 허술하기 짝이 없다. 게다가 자신이 알기로 오늘 놈은 저택에 없지 않은가? 만약 기회가 있다면 바로 지금이었다. 고민 끝에 혁수는 스위치 위로 손을 가져다 댔다. 승혁이 '웬만하면 쓰지 말라'고, 위험하다고 경고했던 바로 그 버튼. 하지만 상관없다. 어차피, 끝이지 않은가. 그럼 할 수 있는 건 다 해 봐야지.

혁수는 모니터를 보았다. 여자는 어느새 자신의 방에 누워 잠을 청하고 있었다. 안 된다, 잠들게 놔두면. 혁수는 공포를 듣고 싶었다. 한 인간이 정말 비현실적이고 충격적인 일을 겪었을 때의 공포. 그때 터져 나오는 진짜 순수한 비명.

……그래, 아직 늦지 않았다.

혁수는 고심 끝에 집게손가락을 뻗었다.

버튼을 눌렀다.

철커덕.

* * *

눈을 뜨자 푸른빛이 온 사방을 감돌고 있었다. 은주는 실눈을 뜨고 어렴풋이 미소 지었다. 아직 꿈속이구나. 그렇게 생각하며 다시 눈을 감았지만 정신은 점점 더 또렷해졌다. 하품을 하며 다시 한번 눈을 떴다. 푸른빛은 눈을 감았다 떠도 그대로였다.

뭐지?

은주는 천천히 몸을 일으켰다. 눈앞에 푸른빛이 감돌고 있었지만 여전히 흐릿했다. 시야가 제대로 보이지 않았다. 하아. 은주는 비틀거리며 침대에서 일어났다. 머릿속에 있는 대략적인 방의 이미지에만 의지한 채 어둠 속을 한 걸음씩 내디뎠다.

딸깍. 스위치를 눌러 불을 켰다.

"어……."

천장에서 쏟아진 건 하얀 불빛이 아니었다. 여전히 푸른빛이 감도는 조명이었다.

은주는 고개를 들고 인상을 찌푸렸다. 저건 특수 조명 아닌가? 클럽에서나 볼 법한 빛 같은 게, 왜 여기 있는 거지? 은주는 하품을 하며 주변을 한 바퀴 둘러보았다. 그제야 뒤늦게 '이상한 것'들이 눈에 들어왔다.

얼룩.

온 사방에 얼룩이 있었다. 핏자국 비슷한—아니, 사실상 핏자국이라고 할 수밖에 없는—얼룩들이 벽에 튀어 있었다. 어떤 얼룩은 바닥에 동그랗게 고여 있었다. 원래라면 보이지 않아야 할 얼룩들이, 지금은 푸른빛에 의해 선명하게 드러나고 있었다.

얼룩의 정체가 무엇일지는 생각하지 않아도 곧장 알 수 있었다. 건축가의 일지. 그때 그 사건이 분명했다. 그렇다는 말은, 자신이 자고 있던 장소가 사건 현장이었단 말인가?

설마, 설마, 설마.

은주는 고개를 돌렸다. 자신이 방금 전까지 잠을 잤던 침대 위를 보았다. 얼룩이 가장 심한 곳은 다름 아닌 침대 위였다. 거의 푸른색으로 젖다시피 한 시트와 이불. 은주는 숨을 삼켰다. 숨이 턱턱 막혀 오고 심장이 오그라들었다. 벌벌 떨며 한 걸음씩 뒷걸음질하던 은주는 이내 등을 돌려 허겁지겁 방을 빠져나왔다.

순간, 날카로운 비명이 그녀의 생각을 끊었다.

마치 모든 고통을 한 번에 응축한 듯한 비명.

은주는 휙 고개를 돌렸다.

복도 끝에 무언가가 서 있었다.

여자였다.

40대 초반 정도 되어 보이는 젊은 여자. 역시 몸 전체에 푸른 빛이 감도는 그녀는, 복도 한구석을 바라보며 손을 뻗고 있었다.

"그만해, 여보…… 제발……."

손을 뻗은 여자의 팔은 완전히 검붉은색으로 물들어 있었다. 하지만 가장 큰 문제는 여자의 머리였다. 강아지들이 흔히 갖고 노는, 그래서 머리통이 찢어지기 직전의 곰 인형처럼, 여자의 머리는 당장 떨어질 듯 덜렁거리고 있었던 것이다. 그런 그녀의 눈이, 일순간, 은주와 마주쳤다.

"도와줘……."

더 이상 비명을 참을 수 없었다. 이것이 현실이든, 아니면 정말 귀신이든 상관없었다. 공포는 이성을 완전히 마비시켜 버렸으니까. 입을 벌리고 막 비명을 지르려던 그 순간…….

예상치 못한 일이 벌어졌다.

모든 것이 사라졌다.

사방의 모든 것이 검게 변해 버렸다.

완벽한 암흑 속에 서서, 은주는 생각했다. 자신이 또 기절한 것이 분명하다고. 하지만 기절했다면 생각을 할 수 없다는 사실을 뒤늦게 인지했다. 그렇다는 말은?

한 가지뿐이었다.

저택의 모든 전기가 한 번에 나가 버렸다.

블랙아웃이었다.

* * *

"아, 씨발, 엿됐다."

혁수가 중얼거렸다. 그제야 뒤늦게 한 가지 사실이 떠올랐다. 왜 승혁이 홀로그램을 건드리지 말라고 했는지.

"전력 소모량이 일시적으로 증가하면서, 가끔 두꺼비집이 내려가더라고. 고치는 데 애먹으니까 웬만하면 절대 켜선 안 돼."

젠장, 젠장, 젠장.

괜히 버튼을 눌렀나? 아니, 이게 왜 내 잘못이야? 이 저택이 빌어먹을 정도로 낡아 빠진 거잖아. 이런 두 가지 생각이 머릿속에서 전쟁을 벌이는 동안, 혁수는 관자놀이를 손바닥으로 탁탁

쳤다. 고개를 저었다. 아니다. 지금 중요한 건 그게 아니다. 당장 뭘 어떻게 할지, 그게 가장 중요하다.

중요한 건 행동.

혼란이 조금은 걷히자 혁수는 휴대폰 플래시를 켜고 모니터를 비췄다. 블랙아웃이 되었기 때문인지 화면은 시커멓게 변해 있었다. 그 여자는 지금쯤 어디 있을까. 문득 두려워졌다. 그동안 화면을 통해 계속 감시하는 건 솔직히 지긋지긋해 미칠 일이었지만, 막상 모니터에 그녀가 보이지 않으니 불안함이 하늘을 찔렀다.

"씨발!"

머리를 감싸 쥐고 고민하던 혁수는 휴대폰을 집어 들었다. 솔직히 말해서 가장 하기 싫은 행동이었다. 그래도 그렇지, 이 초유의 상황을 스스로 감당할 용기 따위 없었다. 그래, 결국 매뉴얼대로 하자. 이런 일이 벌어졌을 때 최고의 선택은, '책임자'에게 연락하는 거니까. 잠시 주섬거리던 혁수는 떨리는 손으로 전화 버튼을 눌렀다. 몇 번의 신호음이 가더니 상대가 전화를 받았다. 혁수는 곧장 대략적인 상황을 설명했다. 정적이 흘렀다.

[지금 뭐라 그랬어?]

"홀로그램 장치를 켰더니……."

그 즉시 욕이 쏟아졌다. 혁수는 수화기를 쥔 채 묵묵히 들었다. 기분 나쁘긴 했지만 참을 수 없을 정도는 아니었다. 돈을 잃은 클라이언트에게 더 센 욕을 매일같이 들어 왔으니까. 한바탕 폭풍이 지나간 뒤, 승혁은 잠시 한숨을 쉬며 중얼거렸다.

[일단 백 집사를 보낼 테니까 백 집사랑 같이 해결해. 맞다, 명심해. 절대 들키지 마.]

전화가 뚝 끊어졌다. 혁수는 한숨을 쉬며 이마에 흘러내린 땀을 소매로 훔쳤다. 그래도 백 집사가 와서 다행이다. 그녀는 베테랑이다. 이 집의 구조를 비롯해 비밀 공간까지 모든 것을 꿰고 있다. 아마 끊긴 전력을 복구하는 것은 일도 아니리라.

잠깐, 그럼 자신이 할 일은…….

혁수는 가만히 서서 생각해 봤지만 아무것도 없었다. 그 여자에게 들키지 않는 건 일도 아니었다. 그저 이 방에 처박힌 채 가만히 있으면 되는 것 아닌가. 혁수는 테이블 근처에 있던 의자에 앉아 숨을 깊이 들이쉬고 내쉬었다. 잠시 호흡을 정리하기 위해 한 행동이었을 뿐인데 잠이 서서히 밀려왔다. 뭐야, 설마 잠드는 건가? 하고 의식하기도 전에, 잠의 늪은 혁수를 깊은 심연 속으로 집어삼켰다.

5분 후, 혁수는 번쩍 눈을 떴다. 잠시 멍하니 있었다. 이런 상황에 닥쳤는데 느긋하게 잠이나 자고 있었다고? 스스로 한심하기도 하고 웃기기도 해서 혁수는 쓴웃음을 흘렸다. 그래, 빨리 정신 차리고 일어나 하자. 쓴웃음을 지으며 앞을 바라보던 혁수는 곧 온몸이 굳어 버렸다. 그동안 모니터로만 보던 그 여자가 바로 코앞에 서 있었으니까.

*　*　*

5분 전.

완벽한 패닉. 은주의 상태를 설명할 말은 그것뿐이었다. 누가 봐도 유령 같은 여자가 자신을 향해 살려 달라고 울부짖었다. 유령은 현실에 존재하지 않는다. 그 사실을 알고 있어도, 그 여자를 본 순간, 그녀의 덜렁거리는 머리를 본 순간, 그런 지식은 아무 소용이 없어졌다.

블랙아웃이 벌어진 직후, 은주는 뒤돌아 달렸다. 다행히 1층으로 향하는 계단까지는 빛이 없어도 무리 없이 도착할 수 있었다. 워낙 자주 돌아다녔으니까. 문제는 이후였다. 1층에 도착한 뒤, 저택 현관으로 향하는 길을 도저히 찾을 수 없었다. 문이 있을 거라 생각한 곳에 몇 번이고 손을 뻗었지만 잡히는 건 손잡이가 아닌 까끌까끌한 나무 벽뿐. 그렇게 같은 행동을 다섯 번쯤 반복하고 깨달았다. 자신이 완벽하게 방향 감각을 상실했다는 것을 말이다.

이제 어떡하면 좋지…….

두근거리는 마음을 진정시키자 뒤늦게 아이디어가 하나 떠올랐다. 고전적인 방식이었다. 어떤 미로든 한쪽 벽을 주욱 따라가면 언젠가는 출구에 닿는다는 말을 어디선가 들은 적이 있다. 그래, 그 말대로 해 보자. 은주는 벽에 손을 짚으며 걸었다. 얼마 지나지 않아 마침내 손잡이가 손에 잡혔다. 익숙한 문손잡이의 감촉.

여기는…….

"서재인가……."

맞다. 밤에 가끔 책을 한 권씩 빌리러 오던 그곳. 비록 그 기괴한 일지를 본 뒤로는 잘 내려오지 않았지만, 그래도 이 저택에서 테라스와 승혁의 방 다음으로 가장 자주 들락거리던 곳이다. 은주는 서재 안으로 들어갔다. 낡은 책 특유의 묵직하고 퀴퀴한 냄새가 방 안을 가득 메우고 있었다.

깊게 숨을 들이쉬고 내쉬었다. 낯익은 냄새가 폐를 채우니 방금 전까지 미칠 듯이 뛰던 심장이 조금은 차분해졌다. 차라리 여기서 밤을 보낼까. 사실 밖으로 나간다고 해도 그다음에 뭘 할지 계획조차 없다.

진짜 궁지구나 싶어 한숨이 나오려던 그때였다.

뭔가 이상한 것이 눈에 들어왔다.

빛이었다.

서재 구석에 위치한 책장 뒤에서 하얀빛이 새어 나오고 있었다. 동그랬다. 마치 영화에 흔히 나오는 천사의 후광처럼. 은주는 책장 가까이 다가섰다. 저건 대체 어디서 나오는 거지? 책장 뒤편? 말도 안 되는 소리였다. 거기엔 벽밖에 없을 텐데. 하지만 그렇다면 지금 자신의 눈에 보이는 건 뭐란 말인가.

그녀는 손을 뻗어 책장에 꽂힌 책들을 무심코 더듬었다.

"어……?"

소름이 끼쳐 손을 뒤로 뺐다.

굳은 얼굴로 멍하니 책장을 응시했다.

손끝에 느껴진 것은 까끌까끌한 종이의 촉감이 아니었다.

플라스틱 특유의 미끌미끌한 촉감이었다.

다시 만져 보았다.

플라스틱이 분명했다.

전부 가짜 책이었다.

말도 안 돼. 말도 안 돼……. 은주는 같은 말을 앵무새처럼 중얼거리며 책장에 꽂힌 수많은 책을 만졌다. 전부 미끌거렸고, 뽑히지도 않았다. 카페에서 흔히 볼 법한 가짜 책들에 불과했다. 대체 서재에 이런 게 왜 있지? 책이 부족하기라도 했나? 혼란스런 그때, 책 한 권이 유난히 눈에 띄었다. 다른 책들보다 모서리가 살짝 튀어나와 있었다. 마치 당장이라도 자신을 집어 달라는 듯.

은주는 침을 꿀꺽 삼켰다. 모서리를 건드린 다음 무심코 앞으로 밀었다.

철커덕.

순간, 거대한 톱니바퀴가 돌아가듯 묵직한 소리가 책장 뒤편에서 울려 퍼졌다. 은주는 깜짝 놀라 한 걸음 뒤로 물러섰다.

지이이이이잉~

책장이 움직였다. 마치 문이 열리듯, 책장이 옆으로 조금씩 이동했다. 그렇게 40초 정도 지났을까. 마침내 쿵, 하는 소리와 함께 책장이 멈췄다. 은주는 멍한 표정으로 앞을 바라보았다.

"진짜 장난하냐고⋯⋯."

눈앞에 등장한 것은 사방이 밝은 조명으로 빛나는 새하얀 통로였다. 비현실적인 광경에 온몸이 부들부들 떨렸다. 우주선에서나 볼 법한 광경이 지금 눈앞에 있었다. 대체 이 건물의 정체는 뭐란 말인가.

은주가 생각했을 때 당장의 선택지는 두 가지였다. 저 안에 들어가거나 아니면 지금이라도 건물 밖으로 달아나거나. 솔직히 이성적인 인간이라면 후자를 택하리라.

하지만 은주는 이성적인 인간이 아니었다. 통로를 보면서, 머릿속에서 그동안 저택에 머물며 벌어진 괴상한 일들이 스쳐 지나갔다. 피 분수, 귀신 목소리, 컨디션은 하루하루 안 좋아졌고, 마지막으로 그 귀신까지⋯⋯. 그러자 확신이 들었다. 저 복도 끝에 뭐가 있든, 그것이 아마 진실일 거라고. 그 모든 것을 설명해 줄 거라고.

진실이 바로 눈앞에 있는데 도망칠 순 없다.

잠시 고민한 끝에, 은주는 몸을 숙였다.

복도 안으로, 빛 속으로 걸음을 옮겼다.

땀이 흘렀다. 얼마 걷지도 않았는데. 사방에 붙어 있는 하얀 조명들이 장시간 켜져 있었는지 후끈후끈한 열기를 내뿜었다. 위가 조여들었다. 가뜩이나 컨디션도 좋지 않은데 이런 짓을 하고 있다니. 당장 정신을 잃고 쓰러져도 이상하지 않았다. 하지만 은주는 대신 주먹을 꽉 쥐었다. 여기까지 들어온 이상 두 눈으로 확인해야만 했다. 대체 그놈의 진실이 뭐든 간에, 알아내야 했다.

얼마나 걸었을까. 앞에 또 다른 문이 나타났다. 푸른빛이 감도는 문이었는데 오른쪽에 녹슨 손잡이가 달려 있었다. 쿵쾅거리는 심장을 억누르며 은주는 손을 뻗었다.

손잡이를 잡아당겼다.

문이 열린 순간 처음 느낀 것은 악취였다. 음식물이 썩어 가는 듯한 퀴퀴한 냄새. 반사적으로 얼굴을 찌푸리며 눈을 감은 은주는 서서히 눈꺼풀을 올렸다.

"어……."

눈앞에는 방이 있었다. 회색 방이었는데 사방이 물건으로 꽉 차 있었다. 천장의 벽면과 구석진 곳에는 자그마한 모니터들이 달려 있었고, 바닥에는 비닐 쓰레기들이 나뒹굴고 있었다. 구석의 쓰레기통 옆에는 먹다 버린 컵라면들이 산더미처럼 쌓여 있다. 누군지는 몰라도 이곳에서 상당히 긴 시간을 보낸 것이 분명했다.

저택에 대체 왜 이런 공간이 있는 거지? 도대체 누가 이 공간을 이용한 걸까? 논리적으로 생각해 보려 했지만 악취 때문에 불가능했다. 역겨운 냄새가 다시 위장을 주물렀다. 역한 기분에 허겁지겁 입을 틀어막던 그때였다.

"커커컥."

은주는 숨을 멈췄다.

자신은 여기 혼자 있는 게 아니었다.

누군가도, 이 방 안에 있다.

은주는 소리가 들린 쪽으로 삐그덕 고개를 돌렸다. 컴퓨터 모니터 앞에는 의자가 있었고, 그 의자에는 사람이 앉아 있었다. 뚱뚱한 체형의 남자. 조그마한 의자가 뚱뚱한 몸을 간신히 지탱하고 있다. 여기서 생활한 인간이 저 남자일까? 그런데 잠깐, 저 남자를 본 적이 있었나? 완전히 낯선 얼굴은 아닌데…….

잠깐만, 지금은 그런 걸 생각할 때가 아니다. 들키기 전에 얼른 여기서 나가야 했다. 은주는 입술을 잘근 씹었다. 앞으로 갈까, 뒤로 갈까. 들어온 길을 따라 다시 나갈 수도 있겠지만 그건 싫었다. 그 머리 덜렁거리는 귀신과 다시 마주치는 건 죽어도 싫다. 결국 이 방에서 출구를 찾아내는 수밖에 없는 걸까? 어떻게든 저 남자를 피해서?

은주는 몸을 꼿꼿이 세우고 눈을 굴렸다. 주변을 샅샅이 뒤져보던 그때, 방구석에 문 비슷한 것이 눈에 띄었다. 혹시 저게 출구일까? 확신하진 못했지만, 그럼에도 이 방에서 유일한 '출구'로 보이는 것은 저 문뿐이었다. 저기까지 가려면 방을 가로질러야 한다. 남자를 깨우지 않고. 은주는 흘긋 남자를 보았다. 코까지 골며 깊이 잠든 걸로 보아 그리 불가능한 일은 아닐지도 몰랐다.

'그래, 해 보자.'

은주는 발을 뗐다. 터널 밖으로 나온 뒤 한 걸음씩 방을 가로질렀다. 평소라면 세 걸음이면 도달했을 거리가 지금은 100미터 트랙보다 더 길게 느껴졌다. 한 걸음, 한 걸음. 다행인 건 바닥이 매끄러운 재질로 되어 있어 '삐그덕' 소리가 나진 않는다는 것. 그래도 남자가 언제 깨어나도 이상하지 않은 상황이었다.

그렇게 방을 절반쯤 가로질렀을 때, 불현듯 그런 생각이 들었다. 완전히 미친 짓을 하고 있다고. 그 귀신이 뭐라고. 생각해 보니 자신을 직접적으로 해치려고 하지도 않았다. 차라리 그냥 뒤로 돌아갈걸. 하지만 치솟는 후회를 억누르며 계속 걷고 또 걸었다. 그렇게 계속 걸음을 옮기니 마침내 코앞이었다. 멀찍이 떨어져 있던 문은 어느새 손 닿을 거리에 있었다. 됐다. 이제 손을 뻗어 문을 열기만 하면……

딸그랑.

엄지발가락에 차가운 감촉이 느껴진 것 같다는 판단을 하기도 전에 그 소리가 들렸다. 은주는 황급히 아래를 내려다보았다. 찌그러진 맥주 캔이 바닥에 나뒹굴고 있었다.

3초 정도 걸렸다. 자신이 발가락 끝으로 바닥에 놓인 캔을 건드려 버렸다는 사실을 깨닫는 데까지는. 아아, 안 돼. 속으로 비명을 지르던 중, 또 다른 깨달음이 머리를 강타했다. 등 뒤에서 계속 들려오던 커커컥 소리가 별안간 뚝 멈추었다는 것.

은주는 다급히 뒤를 돌아보았다. 남자가 눈을 크게 뜬 채 중얼거렸다.

"당신…… 어떻게……?"

정적.

둘은 얼빠진 얼굴로 서로를 멍하니 바라보기만 했다. 공포스럽지만 동시에 조금은 우스꽝스러운 광경이었다. 마치 누군가 리모컨으로 '정지' 버튼을 누르면 딱 이런 느낌이 아닐까. 둘 중 먼저 정적을 깬 것은 남자였다.

"저기, 그러니까, 이게 다 뭐냐면……."

은주는 뚱뚱한 남자를 그저 바라보았다. 남자는 목 뒤편을 긁으며 고개를 까딱거렸다. 마치 뭔가를 말하려다 삼키기를 반복하는 것 같았다. 남자가 계속 말했다.

"잠깐만, 진정 좀 해 줄래요? 은주 씨, 이게 다 이상하게 보일 수 있는데……."

등 뒤로 소름이 오싹 돋았다. 내 이름을 어떻게. 남자는 아직 자신이 저지른 실수를 알아차리지 못한 듯 보였지만 은주의 반응을 보고 뒤늦게 깨달은 듯했다.

"아, 그쪽 이름은…… 그러니까…… 어…….."

"괜찮으니까."

은주가—전혀 괜찮지 않았지만—억지 미소를 지으며 말했다.

"천천히 말해요."

솔직히 말하면 남자의 말을 들을 생각은 전혀 없었다. 고개를 끄덕이는 척하며 조금씩 뒷걸음질을 쳤다. 몸을 조금씩 조금씩 '출구' 쪽으로 향하고 있었다. 저 문만 열면 된다. 그래, 저 문만 열면…….

순간, 남자가 은주에게 달려들었다. 마치 새끼 시절 자신을 학대한 주인을 몇십 년 만에 마주한 맹견처럼.

은주는 비명을 지르려 반사적으로 입을 벌렸지만, 남자의 육중한 몸집이 은주를 덮침과 동시에 비명이 맥없이 끊겼다. 숨을 쉴 수가 없었다. 갈비뼈가 당장이라도 부러질 것만 같았다. 숨을 들이쉬는 것 자체가 하나의 고역이었다. 입에서 씨익, 씨익 하는 소리만이 흘러나왔다.

"조금만 참아요, 조금만. 아주 조금만……."

남자가 뻗은 두 손이 서서히 은주의 목을 향해 다가왔다.

"그냥 포기해요, 네?"

그는 은주의 목을 감싼 손에 힘을 주었다. 숨도 못 쉬는 데다 목까지 졸리고 있으니 정신이 몽롱해졌다. 이대로 끝이구나, 생각했다. 정체 모를 곳에서, 이 뚱뚱한 남자의 땀 범벅이 된 손에 짧은 생을 마감하는구나. 하지만 순간, 목에 느껴지던 압박감이 사라졌다. 남자의 손이 땀 때문에 미끄러졌다. 남자도 당황했는지 어, 하는 소리를 냈다. 은주는 그 순간을 놓치지 않았다. 온 힘을 쥐어짜 무릎으로 남자의 가랑이를 가격했다.

남자의 입에서 커억 하는 신음이 터져 나왔고, 그는 힘없이 쓰러져 바닥을 굴렀다. 식은땀을 훔치며 은주는 일어섰다. 가랑이를 붙잡은 채 아이처럼 울먹거리는 남자를 흘끔 내려다보다 구석에 위치한 문을 열었다.

그래, 일단 나가야 했다.

대체 저 남자는 누구고, 모니터의 정체가 뭔지는 저택 밖으로 나간 다음 생각해도 늦지 않았다.

* * *

통로는 끝도 없이 이어졌다. 달리고 또 달려도 똑같은 공간만 나왔다. 불길한 예감이 들었다. 문밖에서 그 귀신이 기다리고 있을 것만 같은 그런 예감. 하지만 돌아가는 건 선택지에 없다. 희미한 빛이 보인 것은 그때였다.

설마 바깥일까.

두근거리는 마음으로 문을 열었다.

"아……."

로비였다. 저택 1층.

그 말인즉슨……

은주는 황급히 고개를 돌렸다. 지금까지 그토록 찾던 단 하나의 문이 앞에 있었다. 바로 현관문. 은주는 곧장 문 앞으로 달려들어 문손잡이를 돌렸다.

잠겨 있지 않았다.

힘을 주어 밀자 문은 가볍게 열렸다.

열린 문틈 사이로 따뜻한 산들바람이 들어와 뺨을 간질였다.

나왔다.

드디어 나왔다.

은주는 크게 숨을 들이마셨다. 방금 전까지 막연한 악몽 속을 헤매는 듯한 느낌이었는데, 이젠 아니었다. 이제부터 벌어질 모든 일들은 손에 잡힐 듯 선명했다. 이제 숲길을 내려가면 된다. 그리고 지나가는 차를 멈춰 세우고 도움을 청한다. 그들의 도움을 받아 경찰을 부르면 저택 앞을 둘러싸는 경찰차들. 잡혀가는 남자들의 울상 가득한 얼굴.

순간 코에 느껴지는 이상한 감촉.

은주는 자신의 코 앞에 천이 닿았음을 깨달았다. 황급히 숨을 참았지만, 머릿속으론 이미 늦어 버렸다는 것을 알고 있었다.

그 즉시, 온 세상이 슬로 모션으로 흘러갔다. 몸에서 힘이 빠졌다. 머리가 빙글빙글 돌며 바닥에 거칠게 넘어졌다. 간신히 고개를 돌렸다. 백 집사였다. 그녀는 자신을 내려다보며 깔보듯 입꼬리를 올리고 있었다.

"좀 더 자요."

그녀가 다시 한번 천을 코 앞에 들이밀자 은주의 눈앞은 완벽한 어둠에 휩싸였다.

* * *

적잖은 시간이 흘렀다. 몽롱한 기운이 가시자 은주는 정신을 차렸다. 몸을 움직이려 했지만 그럴 수 없었다. 몸이 안 좋나? 몸을 일으키려 했으나 손목이 의자 언저리에서 꿈쩍도 하지 않았다. 무언가에 손목이 묶여 있는 것을, 뒤늦게 알아챘다. 심장이 쿵쾅거리며 온갖 생각이 휘몰아쳤다. 대체 자신을 여기 끌고 온이는 누굴까. 대체 왜 묶은 걸까. 앞으로 나에게 무슨 일이 벌어지는 걸까. 모든 것이 불확실하던 그때, 눈앞에 뭔가가 보였다. 익숙한 뒤통수였다.

"승혁……."

씨, 하고 말을 끝마치려 했지만 그럴 수 없었다. 눈앞에 보이는 광경을 믿을 수 없었다.

사지 마비로 몸을 꼼짝도 할 수 없던 승혁.

그동안 휠체어에 앉아 있고, 가끔 팔만 간신히 움직일 수 있던 승혁.

그런 그가 눈앞에 서 있었다.

멀쩡히.

두 발로 일어서 있다.

승혁이 달콤한 목소리로 중얼거렸다.

"아, 일어났어요?"

잠시 침묵이 흘렀다. 은주는 그가 설명해 주길 바랐다. 대체 지금 무슨 일이 벌어지고 있는 건지. 허무맹랑한 설명이라도 좋았다. 그 빌어먹을 병원에서 기적의 약물을 발견해서, 불치병을 치료할 수 있었다, 같은. 승혁은 그런 대답조차 하지 않았다. 아무 말도 없이 은주의 뒤로 성큼성큼 걸어갈 뿐이었다.

심장이 쿵쾅거렸다. 설마 해치려는 걸까. 순간 덜커덕, 그녀가 앉아 있는 휠체어가 흔들렸다. 승혁이 휠체어 뒤쪽의 손잡이를 잡은 모양이다. 곧, 그는 은주가 묶인 휠체어를 끌며 방구석으로 향했다. 앞에는 문이 있었다. 승혁이 발로 턱 하고 차자 맥없는 끼익 소리와 함께 문이 열렸다.

"친구들한테 들었어요. 오고 싶어 했다면서요, 이곳이요."

속에서 감정이 울컥 치솟았다. 오고 싶었던 것이 아니다. 그저 이 방에서 탈출하려는데, 당장 보이는 '문'이라곤 저것뿐이었다.

그때 몸이 끼익거리며 앞으로 움직였다. "잠깐만." 하고 은주가 중얼거렸지만 승혁은 무시하고 계속 앞으로 이동했다. 앞을 보았다. 복도 너머에는 검은 심연이 끝없이 뻗쳐 있었다. 저항하고 싶었지만 승혁 때문에 저항도 하지 못하고 그 속으로 속절없이 빨려 들어갔다. 잠시 후, 문이 닫히는 소리가 들렸다. 그렇게 어둠 속에 아무 소리 없이 앉아 있으니 점차 현실 감각이 사라졌다. 감각 차단 탱크에 갇혀 있기라도 한 듯한.

'딸깍' 소리와 함께 모든 것이 달라졌다.

"어……."

불이 켜졌다. 복도 천장에 위치한 LED 등이 일제히 빛을 발하며 어둠이 순식간에 달아났다. 그제야 은주는 복도가 얼마나 깊고 좁게 뻗어 있는지 볼 수 있었다. 끝이 없었다. 마치 도심 한복판에 있는 기다란 가로수길을 보는 기분.

충격에 말문이 막혔다. 그렇지만 여전히 이 '시설'의 용도가 뭔지는 짐작할 수 없었다. 그때 또다시 휠체어가 앞으로 움직였다. 은주는 뒤를 돌아보았다. 승혁은 묵묵한 표정으로 계속 휠체어를 밀고, 또 밀 뿐이었다. 왜 설명을 하지 않는 걸까. 답답했는데 몇 초도 채 지나지 않아 이유를 알 수 있었다. 설명이 필요 없을 정도로 단순했기 때문이다.

끝도 없이 뻗은 복도의 벽면에는 각각 유리창이 달려 있었는데, 그 너머로 무언가가 보였다. 저택 내부였다.

혼란에 헐떡거리는 와중, 뒤늦게 머릿속 깊이 묻혀 있던 한 가지 기억이 떠올랐다. 그러고 보니 거울들은 이 저택의 벽면을 뒤

덮은 채였다. 그래서 이 건물의 별명이 '미러하우스'라고 했지. 승혁은 단순히 '전 주인이 거울 컬렉터'였다고 설명하고 넘겼지만, 지금은 그 말을 믿은 자신이 얼마나 어리석었는지 안다.

벽에 붙은 거울들은 죄다 이중창이었다. 경찰 드라마에서 자주 등장하는 물건. 하지만 이 경우는 반대였다. 드라마 속 이중창은 밖에서 안을 들여다보기 위한 의도지만, 이것은 그와 반대였다. 안에서 밖을 볼 수 있도록 만들었다.

만약 누군가가 이 복도에 서 있었다면, 그는 저택의 모든 것을 볼 수 있을 게 분명했다.

자신이 어딜 가는지도. 자신이 뭘 하는지도.

맙소사. 맙소사. 맙소사.

당장이라도 구역질이 나올 듯 머리가 어지러웠다. 알겠으니까, 이제 다 알겠으니까 제발 돌아가자고 애원했지만, 끔찍한 '투어'는 계속되었다.

승혁은 은주가 탄 휠체어를 끌고 복도 사이사이를 지나 끝 쪽에 위치한 휠체어 리프트를 이용해 2층으로 올라갔다. 2층은 1층과 달리 더욱 구조가 복잡하고 다양했다. 좁은 복도부터 넓은 복도까지, 그 통로들은 한 통로에서 다른 통로로 뻗어 나가며 마치 개미굴 같은 미로를 만들었다. 미로는 복도에도, 테라스에도, 주방에도, 심지어는 자신의 방에도 이어져 있었다.

당연하지만, 빌어먹을 자신의 방에도.

                                    * * *

　투어를 마친 후, 은주는 승혁에 의해 다시 통제실 안으로 돌아
왔다.

　"어때요⋯⋯?"

　승혁이 슬그머니 물었다. 은주는 아무 말도 하지 않았다. 그럴
필요도 없었다. 방금 전 모든 진실을 이 두 눈으로 확인했으니까.

　미러하우스의 진짜 모습은 유령의 성이 아니었다.

　치밀하게 설계된 관음의 성이었다.

　의식을 하기도 전에, 은주는 바닥에 요란하게 토를 하고 말았다.

                                    * * *

　"⋯⋯대체 왜?"

　몇 분이 지난 후, 은주가 중얼거렸다. 승혁은 깊은 한숨을 내
쉬었다. 그래, 당연히 궁금하겠지. 왜 이런 짓을 저질렀는지. 솔
직히 말하면, 길고 복잡한 이야기다. 꺼내기도 귀찮은. 그렇지만
승혁이 봤을 때 은주는 그 정도 보상을 받을 가치가 있었다. 최
근 만난 여자들 중 가장 큰 '재미'를 주었으니까. 승혁은 구석에
서 의자를 끌어와 은주의 앞에 앉았다.

　"먼저, 아빠 얘기는 사실이에요. 그 또라이한테서 벗어났다는

것도 어느 정도는 맞고."

바닥을 묵묵히 바라보는 은주를 보며, 승혁은 말했다.

"근데, 살다 보니 점점 나 자신을 더 잘 알게 되더라고요. 내가 '진짜'로 뭘 원하는지. 그리고 깨달았어요. 성적 취향도 결국은 가족 내력이란 걸."

은주가 몸을 움찔하더니 천천히 고개를 들었다. 그녀의 눈에 공포와 혐오감이 어려 있었다. 승혁은 쓸쓸한 미소를 흘렸다.

"여자들을 만나도 항상 똑같았어요. 처음에는 여자들의 사랑을 원했지만…… 정신을 차려 보면 그 여자들을 '지켜보고' 있더라고요. 정확히는, 그들의 일거수일투족을 감시했죠. 시간 단위로 어떻게 움직이는지. 아침에는 뭘 먹었고, 저녁에는 누굴 만났는지. 그걸 알지 못하면 답답해 미칠 것 같았어요. 머리가 부글부글 끓는 느낌이랄까."

한숨을 쉰 다음, 승혁은 두 손을 모았다.

"그래서 결심했어요. 제대로 감시를 못 한다면, 차라리 직접 조종하기로. 아빠가 예전에 나한테 그랬듯이. CCTV부터 시작해 각종 최첨단 기기들을 사들인 다음, 본격적으로 '작전'을 시작했죠. 여자들을 감시하고, 그들이 어디서 뭘 할지를 세세히 지시했어요. 물론 명령조로 말하면 말을 듣지 않는 게 인간이니까, 최대한 부탁하듯이 말했죠. 그렇게 여자들의 심리를 조종했어요. 미묘하지만 분명하게."

"그래서⋯⋯ 여자들이, 다 당신 말을 들었어요?"

"물론 한계가 있었죠. 여자들은 눈치가 빠르거든요. 심지어 며칠 만에 숨겨진 카메라를 발견한 여자도 있었으니까. 그렇게 그 사실을 알아채면⋯⋯ 그냥 헤어졌죠. 그런 다음 제 말을 잘 들을 것 같은 다른 여자를 만나고⋯⋯ 그걸 반복했어요. 계속, 계속."

잠시 허공을 맴돌던 승혁의 눈이 다시 은주에게로 꽂혔다.

"하지만 그것도 어느 순간부턴 그럴 수 없었어요, 그 사건 때문에."

"사건⋯⋯?"

"⋯⋯빌어먹을 미투."

그랬다. 미투 운동이 한창일 때 승혁은 불안에 떨었다. 혹시 자신에게 당한 이들이 용기 내어 폭로할까 봐. 가뜩이나 걸려 있는 것들이 많은 시기였기에 특히나 안절부절못했다. 하루하루가 지옥이었다. 일어나자마자 트위터를 체크하고 자신의 이름을 검색하는 나날이 계속되었다. 그렇지만 아무 일도 없었다. 여자들은 모두 침묵했다. 겁을 먹었던 걸까. 아니면 삶이 더 복잡해지길 원하지 않아서였을까.

미투 운동이 식고 몇 개월 정도가 흐르자 마침내 자신의 삶이 다시 안정권에 들었다는 확신이 생겼다. 그러자 용기를 낸 승혁은 다시 여자를 만났다. 그리고 그녀와 데이트를 했다.

"그러던 어느 날, 영화 한 편을 봤어요. 아마 아실 수도 있을 텐데……."

승혁은 잠시 뜸을 들이더니 영화 제목을 말했다. 그러자 은주의 입에서 "아." 하는 소리가 흘러나왔다. 역시 봤구나, 승혁은 속으로 웃었다. 뭐, 이상한 일은 아니다. 그 영화는 전 세계적으로 히트한 로맨스 작품이니까. 심지어 원작 소설도 베스트셀러였지, 아마.

이야기의 내용은 흔했다. 하반신 마비가 된 백만장자의 간병인이 된 여자의 이야기. 또 다른 흔하디흔한 신데렐라 스토리였지만, 딱 하나 그럴듯한 차별점이 있었다. 간병인과 환자라는 설정.

"그 영화를 보던 중, 문득 이런 생각이 들더라구요. 내가 만약 저 남자처럼 행동한다면?"

승혁이 눈을 빛냈다.

"감시를 하는 건, 말했다시피 품이 드는 일이거든요. 엄청나게. 여자가 바뀌거나 어디 이동할 때마다 장치들을 새로 설치해야 하니까. 하지만 공간이 움직이지 않는다면? 저 영화처럼 여자가 한 장소에 '머무를 수밖에' 없게 만든다면? 게다가, 이 영화를 좋아하는 건 대부분 여성이었잖아요? 그들의 판타지를 영화가 충족시켜 준 거지. 그리고 나한테는 그 판타지를 충족시킬 돈도 있고."

딱, 하고 승혁이 두 손가락을 부딪쳤다.

"바로 그때 아이디어가 떠올랐어요. 이 미러하우스라는 아이디어가."

휠체어 손잡이를 잡은 은주의 팔이 벌벌 떨렸다. 마치 바다 위에 떠 있는 유일한 부표라도 되는 양, 그것을 필사적으로 끌어 쥐고 있었다.

승혁은 더욱더 흥이 났다.

"물론, 상황이 영화처럼 설정된다고 여자가 저절로 넘어올 거라곤 기대하지 않았어요. 그래서 시나리오를 썼죠. 원래 이야기가 그냥 밋밋한 로맨스였다면, 양념으로 호러를 첨가했달까. 알다시피 이 저택이 귀신 나올 것처럼 으스스하잖아요? 그래서 완벽하다고 생각했어요. 귀신 서사가 끼어들고, 무서운 상황들이 저택에서 벌어지는 거죠. 그렇게 되면…… 미스어트리뷰션이 벌어져요."

승혁은 흘끔 은주를 보았다. 아아, 아무것도 모르겠다는 저 순진한 표정, 너무나도 귀엽다.

"미스어트리뷰션 또는 미스어트리뷰션 이론이라고도 하는데, 간단히 말하면 공포를 사랑으로 착각하는 거예요. 스트레스나 두려움 같은 흥분 상태를 '사랑'으로 잘못 해석하는 거. 개인이 자신의 감정을 정확히 인식하지 못하면 특히나 벌어질 확률이 더더욱 크죠."

벌벌 떨리던 은주의 팔이 조금은 가라앉았다. 진정한 걸까, 체념한 걸까. 상관없다. 승혁은 손을 뻗어 은주의 어깨를 쓰다듬었다.

"하지만 당신이 당신 감정을 확실히 파악하지 못한 것은……
그건 당신 잘못이 절대 아니에요. 사실 따지자면 저희 잘못이 크
죠. ……혹시 이 저택에 와서 일하면서, 컨디션이 안 좋아지거나
정신이 조금 몽롱한 기분 안 들었어요? 마치 조금 취한 것 같은."

은주가 화들짝 고개를 들었다. 두 눈에 핏발이 선 모습이 조금
그로테스크했다.

"설마, 당신 약을……."

"맞아요……. 약물을 넣었어요. 바비튜레이트 계열 약물을 살
짝씩, 당신의 차나 식사에다가."

자칫하면 까다로울 수 있는 작업이었지만, 백 집사 덕분에 전
부 가능할 수 있었다. 요리를 준비하고 나르는 동안 약을 은주의
차나 음식에 섞는 것은 일도 아니었다. 적어도 그녀에겐 말이다.
은주는 당장이라도 토할 것처럼 헐떡였다.

"그럼…… 유령들이랑…… 목소리랑…… 괴현상 그거 다 전
부……."

승혁은 한숨이 절로 나올 지경이었다. 이 여자는 대체 지금까
지 뭘 들은 건지.

"네. 피 분수는 식용 색소였어요. 통제실에서 버튼 하나만 누
르면 나올 수 있도록 했죠. 저택에서 들리는 아이 울음소리는 거
울 뒤에 설치한 스피커. 소리의 출처는 80년대 싸구려 공포 영
화였는데, 제목이 뭔지는 잘 기억도 안 나네."

"하지만 여자 귀신은……."

"홀로그램. 솔직히 그건 전기 문제도 있었지만, 너무 짜쳐서 일부러 안 쓰려 그랬어요. 푸른색으로 붕 떠 있으니까. 뭐 대형 콘서트 몇 번 가 본 사람이라면 당장 눈치챌 수도 있을 것 같아서……."

승혁은 작게 웃었다.

"그런데 은주 씨한테 제대로 먹힌 걸 보니, 뭐…… 그런 덴 자주 안 갔나 보네요?"

그때 은주가 컥 하는 소리를 냈다. 당장이라도 헤어볼을 뱉어낼 것 같은 고양이처럼 컥, 컥, 하며 몸을 움찔거렸다. 승혁은 신기했다. 스트레스를 받은 인간들이 지금까지 다양한 행동을 하는 걸 봐 왔지만 이런 건 또 처음이었다. 승혁은 은주에게서 한 발자국 떨어졌다. 혹시라도 토사물이 소중한 신발에 묻으면 안 되니까. 얼마짜리 물건인데.

은주의 기행이 멈추길 기다리며 승혁은 느긋하게 눈앞의 상황을 음미했다. 저 여자의 머릿속에선 지금 어떤 생각이 휘몰아치고 있을까? 굳게 믿어 왔던 현실이 산산조각 난 지금, 저 여자의 뇌는 어떻게 되어 있을까? 슬러시처럼 완전히 녹아내렸을까?

"남자 귀신."

"뭐라고요?"

딴생각에 빠져 있던 승혁이 갑자기 움찔했다. 은주는 몽유병 환자처럼 중얼거렸다.

"남자 귀신. 침대 밑에 있었던 그 귀신. 진짜였어. 홀로그램도 아니었고……. 그건 그럼……."

아, 그거. 좀 복잡하긴 한데.

승혁은 뒷머리를 벅벅 긁다가 손가락으로 딱 소리를 냈다.

"잠깐만. 그 '귀신'을 설명하기 전에, 잠깐 미러하우스 이야기로 돌아가죠. 어때요?"

약간의 침묵. 그 침묵을 멋대로 동의로 받아들이며, 승혁은 말을 이어 나갔다.

"이 건물을 미러하우스로 개조한 다음, 시나리오까지 완성한 뒤 본격적인 작전을 곧장 시작하진 않았어요. 막상 지어 놓고 보니 아깝더라고, 나 혼자만 즐기기에는. 돈도 꽤 들었고, 게다가 솔직히 말해 진짜 기막힌 아이디어잖아요. 그런데 아무에게도 공유를 안 한다고? 그거야말로 자원 낭비잖아요."

혓바닥으로 입술을 살짝 훔친 뒤, 승혁은 말했다.

"그래서 결심했죠. 소수 정예로, 몇몇 '참가자'들을 받기로."

사실 처음에는 이 시설을 친구들에게 공개할 생각은 없었다. 처음부터 끝까지 승혁 자신이 만든 만큼, 오로지 자신만의 은신처로 즐기고 싶었으니까.

문제는 유지비였다. 백 집사의 월급부터 건물 곳곳을 수리하는 데 드는 비용, 마지막으로 외부에 들키지 않도록 운영하는 감시팀까지 전부 합치면 비용이 상당했다. 그 모든 돈을 충당할 방법이 필요했지만, 굳이 자신의 돈을 쓰고 싶진 않았다. 그보다 더 현명한 방법이 있을 터였다. 더 깔끔하고 스마트한 방법이.

친구들을 끌어들이기로 결심한 것은 그래서다. 비슷한 취향을 가진 친구들. 놈들도 자신처럼 정상은 아니었다. 돈 많고 시간은 넘쳐나는데 욕구를 해소할 방법이 없는 녀석들. 그런 놈들의 성적 취향은 이미 정상을 넘어 아스트랄의 경지에 다다른 상태였다. SM, 난교 같은 것들은 그들에게 있어 연속극 드라마만큼 지루하기 짝이 없는 것이었다. 그래서일까. 신선한 것, 충격적인 것에 목마른 놈들에게 '미러하우스'는 신이 내린 선물이나 마찬가지였다. 뒤틀린 관음벽부터 가스라이팅, 마지막으로 밤마다 행해지는 비밀스런 의식까지.

모든 환상이 충족되는 뒤틀린 놀이동산.

그러나.

아무리 행복하고 즐거워야 할 놀이동산에서도 '사건'은 벌어진다.

한두 명의 병신들 때문에.

'남자 귀신' 사건이 바로 그랬다.

두통이 확 올라왔다. 승혁은 미간을 마사지하며 입을 열었다.

"그런데 어느 날, 제 친구들 중 한 명이 그랬어요. 당신이 정말 보고 싶다고. 거울 너머로 보는 것만으로는 도저히 못 참겠다고.

직접 보고 싶다고. 아주 미친 듯이 졸라 댔죠. 솔직히 거절하려 했지만, 그날 밤은 은주 씨가 정말 깊게 잠든 것 같아서……. 가뜩이나 약물도 평소보다 더 많이 썼고. 그래서 괜찮을 줄 알았어요. 하지만……."

"깨어났어."

은주가 중얼거렸다. 승혁이 고개를 끄덕였다.

"맞아요. 인기척을 느낀 건지, 아니면 꿈자리가 사나웠던지, 은주 씨가 일어나 버렸죠. 그 녀석은 당황한 나머지 허겁지겁 침대 밑에 숨었어요. 하지만 결국 들키고 말았죠. 그나마 다행인 건, 은주 씨가 약에 절어 있던 상태였다는 거. 어쨌든 은주 씨가 그 자리에서 기절하는 바람에 무사히 넘길 수 있었지만……. 와, 그때 생각하면 진짜 지금도 살이 떨려요. 자칫하면 다 끝날 수도 있었으니까."

은주가 천천히 고개를 돌렸다. 눈이 마주친 승혁은 움찔했다. 아까 전까지만 해도 혼이 나가 있던 눈빛이었는데 지금은 살기로 가득 차 있었다.

"친구들을 모아서 또 뭘 했는데? 정말 날 구경만 했어? 절대 그랬을 거 같진 않은데."

드디어 머리가 조금씩 돌아가는 걸까. 승혁은 성장하는 듯한 은주의 모습에 괜히 기특함을 느꼈다.

"……아뇨. 의식도 했죠."

"의식······?"

"네. 보여 드릴게요, 지금."

* * *

은주가 대답을 채 하기도 전에, 승혁은 주머니에서 핸드폰을 꺼냈다. 통제실 중앙에 있는 모니터와 자신의 폰 화면을 페어링했다. 잠시 후, '연결 성공' 표시와 함께 플레이 버튼이 화면에 떴다. 동영상 플레이 버튼을 보자마자 은주는 반사적으로 눈을 질끈 감았다. 무서웠다. 앞으로 뭘 보게 될지 모르니. 차라리 어떤 '의식'인지 약간의 힌트라도 들으면 조금은 마음의 대비를 할수 있을 텐데, 승혁은 한마디도 하지 않았다. 이유는 뻔했다. 보고 싶으니까. 자신이 또다시 고통받고, 토할 듯이 컥컥거리고, 울먹이는 모습을.

정말이지 미친 또라이 새끼였다.

은주는 의자의 손잡이를 꽉 쥐었다. 절대 저놈이 원하는 것을 주지 않겠다. 설령 비디오에서 그 어떤 끔찍한 일이 벌어지더라도 움찔조차 하지 말자. 눈을 뜨고 고개를 들었다. 단단히 이를 악물었다. 아무리 고통스러워도 외면할 순 없었다. 확인해야만 했다. 자신이, 자신도 모르는 사이에, 대체 어떤 일을 당했는지.

마침내, 영상이 재생되었다.

흔들리는 화면.

거친 입자.

잠시 후, 화면이 고정되자 카메라는 '미러하우스'의 로비를 비추고 있다. 어두컴컴하고 텅 비어 있는, 평소의 로비다. 어둑어둑한 조명을 보니 밤인 듯했다. 은주는 탄식을 흘렸다. 그러고 보니 방금 전까지 저곳에 있었지. 아아~ 이 빌어먹을 저택에서 나갈 수 있었는데. 왜 방심한 걸까.

영상은 계속되었다. 쾅 하는 소리가 들리더니 왼쪽과 오른쪽 문에서 남자들이 줄지어 등장했다. 후드를 쓴 남자들이었는데, 얼굴에는 각자 마스크를 쓰고 있다. 핼러윈 용품점에서나 팔 법한 기괴한 마스크들. 이른바 '승혁의 친구들'일까. 승혁의 생일 파티에 온 인간들도 저 인간들이었을까.

빨리 감기. 시간이 흘렀다. 남자들이 로비에 둥그렇게 원형으로 줄지어 선 모습은 기묘했지만 조명이 어두워지며 더더욱 괴상한 일이 벌어졌다. 은주는 두 눈을 의심할 수밖에 없었다. 사방이 캄캄해지는 즉시, 바닥 한가운데에 뭔가가 떠올랐다. 아니, 떠올랐다기보다 '감춰져 있던 것'이 드러났다고 해야 맞을까.

그것은 형광빛으로 빛나는 문양이었다.

원형 안에 그려져 있는 별 문양.

……오각성.

은주가 오컬트에 대해 무지하더라도, 그 문양이 무엇을 의미하는지는 알고 있었다.

악마 숭배.

이 인간들은 완전히 미쳤다.

은주가 공포에 떨고 있던 그때, 로비 한가운데에 위치한 문이 열렸다. 후드를 쓴 남자들이, 흰 가운 차림의 여자를 들쳐 업고 옮기고 있었다. 그 여자는…… 은주 자신이었다.

남자들은 깊이 잠든 은주를 오각성의 중심으로 데려간 다음, 문양 위에 조심스레 눕혔다. 얼마나 지났을까. 끼이익, 소리와 함께 방에 긴장이 감돌았다. 남자들이 일제히 소리가 난 쪽을 돌아보았다. 아까 남자들이 들어온 문으로, 한 남자가 걸어 들어왔다.

가면을 쓴 자들 사이에서 유일하게 가면을 쓰지 않은 자. 승혁이었다. 평소 은주 앞에서 보여 주던 허약하고 힘없는 모습과는 전혀 다른, 카리스마와 자신감이 넘치는 모습이다.

남자들이 그의 등장에 일제히 박수를 쳐 댔다. 귀를 찌르는 듯한 박수 소리는, 승혁이 손을 천천히 들자 사그라들었다.

그가 마침내 입을 열었다.

"오늘 12시 기준으로, 시나리오를 절반이나 마쳤다. 물론 그동안 문제가 없었던 건 아니었지만 뭐, 전이랑 비교하면 순조로운 편이지. 너희들 덕분이다. 너희가 도와주지 않았으면 여기까지 오지 못했어."

박수가 이어졌다. 승혁은 몇 번 고개를 끄덕인 다음 다시 손을 치켜들었다.

"자, 그럼…… 다들 모였으니 의식을 시작해 볼까."

승혁의 말이 떨어지기 무섭게, 서 있던 남자들 중 하나가 고개를 끄덕이더니 은주의 앞으로 다가갔다. 그는 주머니에서 칼을 꺼내더니 자신의 팔에 상흔을 입혔다. 한 치의 망설임도 없이. 남자의 검붉은 핏줄기는 깊게 잠든 은주의 하얀 가운 위로 투두둑 떨어졌다. 그것을 필두로, 남자들이 하나둘 은주의 곁으로 다가왔다. 방금 전 남자와 같은 행동을 반복하고, 또 반복했다. 은주가 입은 가운은 이제 빨갛게 물들다 못해 빛나기 시작했다. 피로 범벅이 되어. 이 모든 과정을 지켜보며 승혁은 그저 미소 지었다.

"자, 다들 명심해. 뭘 해도 좋지만, 절대 상처 같은 흔적은 남기지 마. 아직 시나리오 안 끝났으니까, 마지막까진 참자고."

절대 비명을 지르지 않겠다고 생각한 은주였지만, 여기까지 본 이상 터져 나오는 비명을 참을 순 없었다.

이건 그냥 말 그대로의 지옥이었다.

* * *

승혁은 압도당한 나머지 꼼짝도 할 수 없었다. 영상이 끝나기 직전, 은주가 길고 긴 비명을 토해 낸 것이다.

감미로우면서도 고통스러운 비명. 그것은 승혁에게 몇 년 전 오스트리아 극장에서 봤던 공연을 떠올리게 했다. 필하모니 공연의 클라이맥스였다. 그때, 그 아름다운 선율에 온몸이 압도당한 나머지 숨조차 쉴 수 없던 순간의 희열이 지금도 생생하다. 지금 승혁이 느끼고 있는 감정이 바로 그랬다. 이 '미러하우스'를 지을 때, 언젠가 느끼고자 욕망했던 바로 그 감정. 그 감정이 지금 승혁을 완전히 압도하고 있었다.

미칠 듯이 좋았다.

당장 죽어도 좋을 만큼.

흐느끼던 은주가 갑자기 한마디를 중얼거렸다.

"악마 숭배…… 결국 그런 거였어? 그딴 것 때문에 이런……."

미소가 가득했던 승혁의 얼굴은 순식간에 찌그러들었다. 지금 악마 숭배가 메인이라 생각하는 건가?

"아뇨, 전혀요."

"그럼 저건 대체?!"

"오각성? 바닥에 그려진 거요? 아아, 그건 그냥 장치예요. 아까 말했잖아요. 내 친구들, 돈 많고 시간 남아도는 놈들이라고. 그런 놈들일수록 이상한 것들에 심취하는 경우가 많아요. 그리고 솔직히, 저도 별로 하고 싶지 않았어요. 본질을 흐리는 것 같아서. 그런데 친구들이 자꾸 조르니까."

"……본질? 본질이 대체 뭔데?"

"사랑."

승혁이 진심으로 말했다.

"당신을 사랑하는 이 마음, 그게 미러하우스를 움직이는 동력이자 본질이에요."

잠시 침묵을 지킨 끝에, 은주가 한마디를 토해 냈다.

"또라이 새끼."

"……뭐라고?"

"모르겠어? 이건 가스라이팅이야. 그냥 쌩 범죄라고. 그걸 그딴 식으로 포장하겠다고?"

승혁은 입을 떡 벌렸다. 어이가 없었다. 물론 자신이 저지른 짓이 떳떳한 건 아니다. 그 정도의 자기객관화 정도는 가능하다. 하지만 그래도, 아무리 화가 났다고 해도 그렇지, 이렇게까지 모든 것을 깎아내릴 필요는 없지 않나? 게다가, 지금까지 자신에게 애정 어린 시선과 관심을 보인 건 은주 본인이 아닌가. 이제 와서 욕설을 퍼붓는다 해도 그 사실은 변하지 않는다.

"아니야. 아닌 척해도…… 당신은 날 사랑했어, 분명히."

"무슨 개소리야……?"

은주가 입가를 움찔거렸다. 승혁은 반박하듯 말했다.

"당신은 날 사랑했잖아. 기억 안 나? 너무 날 사랑해서, 그걸 매일 일기장에 적었잖아."

은주의 눈이 순간적으로 커지자 승혁은 움찔했다. 괜히 말했나? 아니, 뭐 이제 상관없다. 어차피 다 공개하는 타이밍이 아닌가. 굳이 일기장을 숨길 필욘 없지.

"본…… 거야?"

"응, 당신의 모든 것을 알고 싶었으니까. 그래서 매일 봤어. 백집사를 시켜서, 당신이 잠든 사이 복사해 오게 했지. 그런 다음 읽었어. 내 침대 위에서. ……한 줄, 한 줄. 당신의 사랑이 자라나는 걸 지켜봤어."

승혁이 감정에 북받쳐 울먹였다.

"몇몇 구절은 너무 좋아서, 진짜…… 외우기까지 했을 정도였다니까."

* * *

'일기장 고백'으로부터 10분.

승혁은 뒤늦게 후회했다. 일기장을 읽었다는 사실을 밝히자마자 은주는 이전과 같은 반응을 보이지 않았다. 더 이상 울지도, 토하지도, 분노하지도 않았다. 그저 인형처럼, 무표정한 얼굴로 바닥만 쳐다볼 뿐이었다. 그런 은주를 보면서 승혁은 생각했다.

이제 슬슬 끝인가?

물론 지금까지 충분히 즐기긴 했다. 살면서 한 번도 듣지 못한, 온몸이 압도당하는 절규. 그리고 그녀의 멘탈이 한 조각 한 조각 무너지는 것까지 전부 VIP석에서 지켜봤으니까. 이미 시나리오를 통해 달성할 목표는 전부 달성했다. 솔직히 멈추고 싶으면 지금 멈춰도 상관은 없었다.

하지만 승혁이 보기에 은주에겐 아직 '단물'이 남아 있었다. 낙농업자가 소에게서 아침 우유를 절반만 짜고 멈추지 않는 것처럼, 그 마지막 한 방울까지 짜내야만 했다. 하지만 어떻게? 어떻게 해야 저 '망가진 인형' 모드가 된 은주로부터 마지막 단물을 쥐어짜 낼 수 있을까? 승혁의 머릿속에 번뜩이는 아이디어가 떠올랐다. 그래, 그거다.

……완벽하다.

머릿속으로 멘트를 연습한 승혁은 은주에게 다가가 조심스레 입을 열었다.

"근데, 이거 하나는 은주 씨가 꼭 알아줬으면 해요."

침을 꿀꺽 삼킨 후, 승혁은 자신이 낼 수 있는 가장 진정성 있는 톤으로 말을 이어 갔다.

"나는 정말 하기 싫었어요, 진짜로."

은주가 반응했다. 아직 완전히 영혼이 돌아온 것 같진 않았지만, 죽은 눈으로라도 살짝 자신을 봤으니까. 희망이 있다. 승혁은 말을 이어 갔다.

"저도 알아요. 이게…… 정말 역겹고…… 끔찍하고…… 옳지 않다는 건. 진심이에요. 물론 뒤틀린 욕망 채우려고 시작한 건

인정할게요. 미러하우스까지 만든 것도. 그런데…… 방금 봤던 그 영상부터 시작해서 전부…… 그런 건 제가 주도한 게 아니었어요. 친구 놈들이 강요한 거지. 나도 솔직히, 정말 싫었다고요."

은주가 피식 웃었다. 그 작은 반응이 승혁의 심장을 다시 두근거리게 만들었다.

"아니, 제 친구 놈들…… 그놈들 진짜 보통 또라이가 아니에요. 국내 상위 1퍼센트의 1퍼센트, 그런 놈들이라고요. 그놈들이 어떤 짓까지 하는지 알면, 은주 씨한테 저는 천사나 마찬가지일걸요? ……그놈들은요, '프로젝트'가 끝날 때마다 철저하게 감시해요. 여자들이 확실히 '처리'되었는지를……."

"처리……?"

은주가 중얼거렸다. 이제야 슬슬 감이 오겠지. 자신이 무슨 말을 하는 건지.

"잠깐만. 나는 그럼…… 이제 어떻게……?"

승혁은 울먹이는 표정을 지었지만, 실은 행복해 미칠 지경이었다. 다시 은주를 조종하고, 다시 입을 열도록 유도했으니까. 그래, 아무리 상처받고 다친 영혼이라 해도, 당장 자신의 목숨이 걸린 상황에서 끝까지 입을 다물고 있을 이는 없다. 물론 예외가 있긴 하다. 진짜 멘탈이 완전히 부서진 인간들. 그렇지만 승혁이 보기에 은주는 그 정도까진 아니었다. 말이 통할 정도로 이성이 남아 있다는 사실에 그는 안도했다. 이제 그 남은 이성마저 꽉 잡고 쥐어짜 줄 시간이다.

"아마, 그놈들, 당신을 죽이려 할 거예요."

은주가 헉 소리를 내며 숨을 멈췄다. 승혁은 조곤조곤 말을 이어 나갔다.

"한 사람이라도 살려 두면…… 언젠가 후환이 되어 돌아올 수 있으니까."

긴 정적이 흘렀다. 각자의 숨소리밖에 들리지 않는. 잠시 후, 은주는 천천히 고개를 들더니 글썽이는 눈을 한 채 중얼거렸다.

"나…… 죽는 거네요, 여기서……."

"아뇨."

승혁이 곧장 말했다.

"은주 씨는요, 내가 반드시 지킬 거예요. 비록 제가 은주 씨에게 지금까지 수많은 거짓말을 했지만 이거 하나만큼은 진짜 믿어 주세요. 제 친구들, 그 미친놈들이 은주 씨에게 손가락 하나 대지 않게 할 테니까. 그러니까 지금부터 편하게 있어도 돼요. ……걱정하지 마요. 힘든 부분은 전부 끝났으니까."

은주의 흔들리는 눈동자를 보며, 승혁은 또다시 웃음을 참았다. 자신이 방금 한 말을 이 여자가 믿는지 안 믿는지는 상관없었다. 중요한 건 하나였다. 자신이 마지막 순간까지, 고작 단순한 혓바닥 놀림만으로, 이 여자의 영혼을 쥐고 흔들었다는 사실. 그것은 그 어떤 환상적인 오르가슴보다 승혁에게 더한 쾌감을 가져다주었다.

* * *

　은주의 속박을 풀어 주러 온 사람은 백 집사였다. 아무래도 당한 전적이 있기에 그녀를 보자마자 몸이 반사적으로 움츠러들었지만, 백 집사는 묵묵히 할 일만을 했다. 백화점 마네킹처럼 무표정한 얼굴을 유지한 채, 그녀의 손목에 묶인 플라스틱 케이블을 펜치로 뚝, 끊었다.

　"따라와."

　백 집사가 차가운 목소리로 말했다.

　은주는 말대로 했다. 백 집사의 뒤를 따라 복도를 걸었다. 반쯤 걸었을 때 흘긋 뒤를 돌아보았다. 승혁은 여전히 통제실 의자에 앉아 있었다. 이쪽에는 눈길도 주지 않고, 멍한 표정으로 자신의 스마트폰을 두드리고 있다. 그러나 은주가 다시 백 집사 쪽으로 막 고개를 돌리려던 순간, 승혁의 얼굴에 미소가 스쳐 지나간 것 같았다. 뭐지? 잘못 봤나 싶어 다시 돌아봤지만, 보이는 건 승혁의 뒤통수뿐이었다. 어느새 의자를 돌려 자신을 등진 자세로 앉아 있었다. 문득 궁금해졌다. 승혁은 방금, 자신을 비웃은 걸까? 아니면 단순히 핸드폰 때문일까.

　……둘 중 답이 무엇이든 간에 이제는 놀랍지도 않지만.

　　　　　　　　　* * *

"궁금한 게 있어요."

차가 미러하우스를 떠난 지 10분. 조수석에 앉은 은주가 마침내 침묵을 깼다. 운전하는 내내 아무 말도 하지 않을 줄 알았기에 백 집사는 솔직히 조금 놀랐다.

"내가 왜 대답해 줄 거라고 생각하는 거지?"

흘끔 은주를 보았다. 당황했는지 놀란 토끼처럼 눈을 크게 뜬 그녀를 보며, 백 집사는 피식 웃었다. 원래 이렇게 감정이 바로바로 얼굴에 드러나는 여자였던가?

"됐어. 뭐, 물어보든가."

"⋯⋯왜 그런 거예요?"

"나?"

은주는 고개를 끄덕였다.

"왜 그런 인간을 옆에서⋯⋯ 계속 도운 거예요?"

백 집사는 집게손가락으로 운전대를 툭툭 두드렸다. 할 말이 없는 거야 아니지만 굳이 이 여자에게 말해 줄 필요가 있을까? 어차피 죽을 여자에게? 백 집사가 고민에 빠져 있는 사이, 은주는 불안한지 계속 지껄여 댔다.

"혹시 당신도 강제로 그런 상황인 거 아니에요? 나나 다른 피해자들처럼⋯⋯."

귀를 의심했다.

잠깐만, 뭐? 피해자라고?

백 집사는 참을 수 없었다. 운전대를 꽉 붙잡았다. 피해자, 피해자라니. 맙소사. 결국 참지 못하고 웃음을 터뜨리고 말았다. 갓길에 차를 간신히 멈추고 한참을 웃었다. 시간이 흘렀다. 겨우 진정한 다음 은주를 보자 그녀는 완전히 공포에 질린 모습이었다. 궁지에 몰린 쥐의 표정이 딱 저런 꼴일까?

"아니, 그쪽 워딩이 웃겨서. 피해자라니, 전혀 아니거든. 그보다는 뭐랄까……."

백 집사는 호흡을 가다듬고 잠시 생각에 잠겼다.

"그래…… 신하에 가깝지."

"신하?"

백 집사는 룸미러를 기울인 다음 흐트러진 머리를 매만졌다.

"그래. 신하는 말이야, 자신이 따를 왕을 고르잖아. 나도 마찬가지였어. 승혁 도련님이 날 선택한 게 아니야. 내가 승혁 도련님을 선택했지. 승혁 도련님이 갓난아기일 때 기저귀를 간 사람이 바로 나야. 옆에서 커 가는 걸 지켜본 사람도 나고. 승혁 도련님에게 특별한 '능력'이 있는 걸 먼저 알아챈 사람도…… 나라니까."

"능력이라니…… 설마…….."

"그래, 그 설마야. 너도 체험해 봤으니 알겠지. 당사자가 '조종당하고 있다'는 생각이 들지도 못하게, 타인을 교묘하고 은밀하게 조종하는 능력. 그런 걸 아무나 할 수 있는 줄 아니?"

백 집사는 룸미러를 원래대로 돌려놓았다.

"게다가 그분의 계획력이란, 경이로울 정도지. 모든 상황과 시나리오를 고려해서 계획을 세우시잖아. 자기, 그거 알아? 당신이 그 저택에서 어떤 헛짓거리를 했든, 전부 승혁 도련님의 계획 안에 있었어. 내가 일부러 신경질을 내는 타이밍부터, 당신에게 유하게 대하는 타이밍까지, 전부 시나리오에 있었다고. 그런 완벽한 계획에 하나의 부품으로써 일하게 된다는 건 말이야, 아름다운 경험이야. 일종의 최면 치료라고. 세상에서 가장 가치 있고, 가장 유능한 사람이 된 듯한 기분이 든다니까."

백 집사는 그렇게 중얼거리더니 작은 한숨을 내뱉었다.

"뭐, 딱 하나 아쉬운 건…… 내가 보통 '준비하는' 입장이니…… 승혁 도련님에게 '당하는' 입장은 못 된다, 뭐 그 정도일까. 그런데 어쩔 수 없지. 소설가가 자기가 쓴 책을 재미있게 읽지 못하는 것처럼."

백 집사는 말을 마친 뒤 차 키를 돌렸다.

"당신…… 그 인간 사랑하는구나."

은주가 입을 틀어막았다.

백 집사는 순간 속마음을 들킨 것 같아 간담이 서늘해졌지만, 이내 애써 능글맞은 미소를 흘렸다. 하긴, 이 정도까지 생각을 털어놓았는데 오히려 그걸 들키지 않는 게 이상한 걸지도. 그래,

자신은 승혁을 사랑했다. 죽을 만큼. 할 수만 있다면 자신의 목숨을 바칠 수도 있을 만큼. 이런 사랑을, 은주는 평생 한 번이나해 봤을까? 당연히 아니겠지. 만약 승혁을 진심으로 사랑했다면, 아마 그때 통제실에서 완전히 부서져 버렸을 테니까.

별안간 은주가 욱, 하는 소리를 냈다.

"나, 나…… 토할 것 같……."

백 집사는 시동을 걸고 액셀을 밟았다.

"조금만 참아. 어차피 딴 곳으로 갈 거니까 거기서 토해."

핸들을 움직이며 백 집사는 미소 지었다.

타이밍은 완벽했다. '딴 곳'으로 어딜 갈지까지, 이미 승혁 도련님은 계획을 세워 두었으니까.

이제 자신이 할 일은 단 하나다.

완벽한 부품이 되는 것.

* * *

백 집사는 차를 세웠다. 장소는, 절벽 근처. 미러하우스의 테라스에서 한눈에 보이던 바로 그 장소다. 차가 멈추자마자 은주는 입을 틀어막고 차 밖으로 뛰쳐나왔다. 벼랑 끝으로 달려가는 그녀의 뒷모습을 백 집사는 운전석에 앉아 유심히 지켜보았다. 만약 저 기세로 계속 달려서 절벽에서 뛰어내려 준다면 얼마나 좋을까? 그러면 자신이 할 일이 줄어들 텐데…….

그러나 은주는 그냥…… 있었다.

토하지도 뛰어들지도 않았다. 그저 멍하니 서서 파도치는 바다를 바라볼 뿐이었다.

백 집사는 쯧 소리를 냈다. 하긴, 세상일이 원하는 대로 풀리길 바라는 게 이상한 거지.

은주가 이쪽을 보지 않는 것을 다시 한번 체크한 후, 백 집사는 조심스럽게 주머니에서 물건을 꺼냈다. 아까 전에 썼던 수법이었다. 클로로포름 약통과 솜. 전이랑 같은 수법이라 솔직히 지겹긴 하지만, 상대를 짧은 시간에 제압하기에 이만큼 효과적인 것도 없다. 칼로 찌르는 것보다 훨씬 깔끔하기도 하고. 솔직히 배려심도 넘치지 않는가?

백 집사는 숨을 있는 대로 참았다. 실수로 약을 들이마시지 않도록 조심하면서, 솜 위에 약을 천천히 뿌렸다. 그러는 사이 계속 창문 너머를 흘끔거렸지만 은주는 미동도 하지 않았다. 그나저나 저 여자는 심리적으로 완전히 망가진 걸까? 상황을 냉정하게 놓고 보면 그렇다고 해도 이상하지 않다. 그녀가 그동안 승혁의 마음을 얻기 위해 얼마나 애를 썼던가. 게다가 그 감정이 들끓는 듯한, 오글거리는 일기장까지…….

백 집사는 피식 웃었다. 하지만…… 일기장을 읽으며 약간의 질투를 느낀 것도 사실이었다. 그녀의 순수함이, 사랑에 대한 열정이 부러웠다. 왜냐하면…… 자신에게는 그럴 가능성이 없었으니까.

백 집사는 그 사실을 잘 알고 있었다. 나이도 나이거니와, 승혁도 자신을 여자로 보지 않는다. 그보다는 또 하나의 엄마, 혹은 유능한 부하 직원처럼 대할 뿐. 한때 승혁을 남자로 본 적도 있었지만 백 집사는 일찌감치 포기했다. 염치란 것이 있으니까. 하지만 은주의 경우는 다르다. 젊고, 아무 짓이나 할 수 있다. 가능성이 넘치는 나이. 그래서 그런 염치 없는 짓도 저지를 수 있었던 거다.

뭐, 그래 봤자 경험도 많고 실력도 많은 자신에겐 못 당하지만.

준비가 끝나자 백 집사는 클로로포름 적신 솜을 주머니에 넣고 차에서 나왔다. 은주에게 한 걸음, 한 걸음 천천히 다가갔다. 사랑하는 이에게 영혼까지 배신당한 여자의 뒷모습을 향해. 손에 쥔 클로로포름 천 조각을 주무르며, 백 집사는 다시 한번 감탄했다.

역시 승혁 도련님은 대단해.

실은, 이 '결말'도 승혁의 시나리오 중 일부다.

승혁은 자신의 '타깃'이 된 각 여인들에게 그들만의 피날레를 선물해 주었다. 그것이 차 사고이든, 자살이든, 뭐든, 각각의 피날레는 그들이 살아온 서사에 완벽하게 어울렸다. 로맨틱할 정도로. 그리고 은주의 결말은…….

"깊은 바닷속에 잠들게 해 줘, 최대한 고통 없이 해 주고."

네.

그럴게요, 도련님.

백 집사는 앞을 보았다. 이제 은주는 코앞에 서 있었다.

이제 피날레다.

백 집사는 손을 뻗었다.

* * *

약간 우여곡절이 있었지만, 잘 마무리 지었다.

후련함과 약간의 씁쓸함을 느끼며 승혁은 차에 올랐다. 시동을 걸고 액셀을 밟으려는데 기분이 돌연 꺼림칙해졌다. 지금 여기서 출발하면—그래야 하지만—다시 일상으로 돌아가게 된다. 연기가 아닌 진짜 생활. 거긴 더러운 정글이었다. 각종 계산 미스와 고성과 사내 정치질이 뒤섞인 전쟁터. 스트레스와 긴장이 한데 올라오며 머리가 빙글거리고 지끈거렸다. 아니다, 됐다. 참자. 몇 주만 참으면 된다. 새로운 여자를 구해 새로운 프로젝트를 시작할 수 있을 테니. 그사이 간간이 느껴지는 공허한 기분은⋯⋯.

물건으로 메우면 된다.

승혁은 '물건'을 꺼내기 위해 글러브 박스를 열었다. 박스 안을 뒤적거린 끝에 마침내 그것을 손에 쥐었다. 은주와 함께 아쿠아리움에서 샀던, 물고기 모양 목걸이. 그것을 손으로 주물럭거리자 방금 전까지 쿵쾅거리던 심장이 조금은 가라앉았다.

후우, 만족스런 한숨을 내쉬었다.

고마워요, 은주 씨.

목걸이에 입을 맞춘 뒤 다시 글러브 박스에 넣었다. 그 안에는 그런 물건들이 가득했다. 기억이 안 나는 어떤 여자의 귀걸이, 해변에 데이트를 나가서 주워 온 돌, 그리고 영화 티켓 같은. 가끔 회사에서 스트레스를 받을 때면 승혁은 직원용 엘리베이터를 타고 내려와 차에 올라서는 그 물건들을 만지작거렸다. 그러고 있으면 갈증들이 전부 씻겨 내려갔다. 글러브 박스는 승혁에게 있어 하나의 보물 상자였다.

누구에게도 절대 내어 줄 수 없는, 자신만의 보물 상자.

* * *

회사 건물에 도착하자마자 승혁은 곧장 뉴스를 체크했다. 혹시라도, 그럴 리 없겠지만, 미러하우스에 대한 정보가 인터넷에 올라왔을까 봐서였다.

사실 '미투' 사건이 한창이던 시기를 무사히 넘어간 이후로 뉴스 체크는 많이 하지 않았다. 쓸데없이 스트레스만 받는 짓이라는 걸 깨달았기 때문이다. 하지만 이번에는 상황이 달랐다. 은주의 일기장 때문이었다.

수지였나? 그 빌어먹을 년은 대체 누구지?

일기장에서 그 이름을 본 순간, 곧장 백 집사에게 뒷조사를 시켰다. 하지만 그녀가 말했던 괴담 사이트도, 심지어 수지라는 이름을 가진 작가도—동명이인을 제외하면—존재하지 않았다. 시간이 흐른 지금에서야 승혁은 수지가 누구인지 약간 짐작이 갔다. 불쌍한 인간이 아닐까? 작가를 지망하면서 열심히 글은 쓰지만 정작 출간한 책은 한 권도 없고, 그러면서 작가의 삶은 살고 싶으니 '자칭 작가' 행세를 하며 돌아다니는 그런 슬픈 부류 중 하나가 아닐까.

그래, 걱정하지 말자. 수지는 그냥 관종 같은 여자다. 그런 여자에게 휘둘리지 말고, 일단 주어진 현실에나 집중하자. 미러하우스도 믿어 보자. 그렇게 위치와 정체가 쉽게 밝혀질 시설도 아니지 않은가.

승혁은 미소 지었다. 그 시설은 완벽했다. 산중에 적당히 고립되어 있는 듯하지만, 그렇다고 도심과 완전히 떨어져 있는 곳도 아니다. 자신의 회사와 그리 멀지도 않다. 지리적으로도 환경적으로도 오로지 자신을 위해 지어진 장소가 아닌가 싶을 만큼.

아, 잠깐. 딱 하나를 빼고.

역사적인 면에서 약간의 문제가 있었다.

그 으스스한 건축가 사건.

몇십 년 전, 그러니까 자신이 본격적으로 건물을 뜯어고치기 전에, 이 건물은 기본적으로 흉가였다. 건축가 사건 때문이었다. 은주가 읽은 뉴스는—비록 원본 신문을 구할 수 없어 만들긴 했지만—진짜였다. 미쳐 버린 건축가가 자신의 모든 가족을 죽이고 본인도 자살했다.

물론, 그런 이유로 건물 구입을 망설이지는 않았다. 거래할 때는 이성과 숫자만이 중요할 뿐, 초자연적인 것이 개입할 여지는 없다. "정말 괜찮겠어요?" 하고 되묻는 업자에게 승혁은 비웃음으로 화답했다. 만약 귀신이 정말 있다면, 이미 자신은 한참 전 저주받아 죽었을 거라 생각하며.

그렇지만.

그 건물에서 밤을 보낼 때마다 어딘가 으스스한 기운이 도는 것은 사실이었다. 게다가 마치 누군가 지켜보고 있는 것 같은 기분이 드는 때가 한두 번이 아니었다. 물론 통제실의 친구들이 자신을 흘끔거리는 것일 테지만, 그래도. 가끔 거울을 볼 때면…….

그때 알람이 울렸다. 승혁은 욕을 씹어 뱉었다. 이제 사무실로 가야 했다. 마음 같아선 차 근처에서 빈둥거리고 싶었지만, 여기서 더 시간을 끌었다가는 비서로부터 짜증 섞인 전화가 올 게 분명했다. 그래, 복귀해야지. 엘리베이터 버튼을 누르고 휘파람을 불며 기다리는데 전화벨이 울렸다. 백 집사였다.

무슨 일이지? 백 집사가 이 시간에 전화를 할 리가 없는데?

"여보세요?"

승혁이 전화를 받았다. 대답 대신 정적만이 흘렀다.

"여보세요."

뭔가 이상했다. 보통 백 집사는 전화를 하면 곧장 용건부터 말하는, 실용적인 부류의 인간이었다. 그래서 승혁은 백 집사가 좋았다. 자신과 마찬가지로 1분 1초를 허투루 쓰지 않으려는 계획형 인간이니까.

그런데 지금은 수화기 너머에서 아무 소리도 나지 않는다……

무슨 일이라도 벌어진 걸까?

"백 집사, 내 목소리 안 들려?"

승혁이 투덜거리던 그때였다.

[그래, 이렇게 죽은 거구나.]

뚝, 전화가 끊겼다.

온몸을 얼음이 훑고 지나간 듯 등골이 서늘해졌다.

분명 백 집사의 번호였는데……

들린 목소리는 은주의 목소리였다.

"뭐야, 대체?"

* * *

5분 전, 백 집사가 막 은주의 코에 클로로포름 적신 솜을 갖다 대려던 순간, 은주가 갑자기 고개를 돌렸다.

"다 끝났어요."

끝났다고? 뭐가? 설마 차 안에서 약 준비한 걸 봤나? 백 집사는 순간 섬뜩해졌지만, 곧 그것이 단순히 '이제 가자'라는 뜻임을 깨달았다. 다행이다, 들키진 않았구나. 안도하는 기색을 감추며 백 집사가 물었다.

"정말? 속이 안 좋다면서. 한번 안 비워도 괜찮겠어?"

말을 하자마자 아차, 싶었다. 너무 친절하게 군 것은 아닐까. 혹시 자신의 속내를 들킨 것은 아닐까. 쓸데없는 걱정이었다. 은주는 생각할 힘도 남아 있지 않은지 고개를 숙인 채 차로 터덜터덜 돌아갔다.

"집에 가죠, 그냥."

* * *

차 안, 은주와 함께 앉아 있는 동안 백 집사의 머릿속엔 한 단어만이 맴돌았다. 타이밍. 이미 클로로포름으로 은주를 기절시킨 적이 있는 만큼 두 번째도 어렵진 않을 것 같았다. 문제는 타이밍이었다. 아무리 쉬운 일이라고 해도 타이밍이 따라 주지 않으면 상황은 복잡해진다. 게다가 솔직히 말해 완력으로 은주를 이길 자신은 없었다. 나이 차도 나이 차고, 괜히 싸웠다가 몸에 멍이라도 든다면……. 그래, 역시 깔끔하게 끝내야 했다. 아까처럼. 완전히 방심하고 있을 때를 노려서…….

백 집사는 키를 돌렸다. 차가 으르렁거리며 시동이 걸렸다. 그 사이 조수석에 축 늘어진 은주를 흘끔 보았다. 근처에 인적 드문 휴게소가 있던 것 같은데…… 거기서 처리할까? 그래, 일단 출발하고 나서 생각하자. 타이밍은 어차피…….

"잠깐만요."

백 집사는 은주를 보았다.

"응?"

숨을 멈췄다.

그녀의 눈빛이 달랐다.

아까 전에 보았던, 반쯤 혼이 나가 있던 눈이 아니다. 뭔가 확신하고 있는, 뭔가를 계획하고 있는 자 특유의 날카로운 눈빛.

순간, 번뜩이는 고통이 백 집사의 얼굴을 덮쳤다. 눈앞이 하얗게 번쩍였다.

믿을 수 없었다. 3초도 채 안 되는 사이에 은주가 한 손으로 머리 받침대를 잡고 한 손으로 백 집사의 얼굴을 운전대에 짓눌렀다. 이빨이 부러지는 끔찍한 감각과 함께, 뜨끈한 피가 코를 타고 바닥에 떨어졌다.

"미친년이……."

백 집사는 비명을 내지르며 은주에게 덤볐다. 은주는 재빠르게 몸을 옆으로 피하면서 팔을 뻗었다. 손끝에는 안전벨트가 쥐어져 있었다. 아까 축 늘어진 때부터 잡고 있었던 것이 분명했다. 처음부터 이럴 생각으로 여기 오자고 한 걸까? 토할 것 같다고 한 것도 설마 연기였나?

은주는 벨트로 백 집사의 목을 휘감고는, 힘껏 당겼다. 숨통이 조여 왔다. 백 집사는 손톱으로 벨트를 긁고 잡아당겨 봤지만 벨트는 벨트였다. 그리 쉽게 끊어질 리 없었다.

"대체 무슨……."

쥐어짜듯이 한마디를 중얼거린 직후, 백 집사의 시야는 서서히 어두워졌다.

* * *

정적이 흐르는 차 안, 은주는 조심스럽게 숨을 골랐다. 사이드 미러로 자신의 얼굴을 체크했다. 핏줄기가 하얀 피부를 타고 흘렀다. 아까 백 집사가 몸부림치면서 자신의 얼굴을 손톱으로 할퀸 것이리라. 손가락 끝으로 흉터를 톡 누르자 찌릿 하는 고통이 뇌를 엄습했다. 좋았다. 아프다는 건, 살아 있다는 증거니까.

백 집사는 이제 다신 느낄 일이 없을 감각이다. 은주는 축 늘어진 백 집사를 뒷좌석으로 밀어낸 뒤 운전석에 앉았다. 잠시 심호흡을 한 후 핸들을 잡고 운전을 했다. 절벽에서 멀어지며 은주는 깊은 숨을 내쉬었다. 앞을 노려보며 그녀가 중얼거렸다.

"이제 시작이야, 지은아."

카르마 폴리스

 차를 몰며 미러하우스로 다시 향하는 동안 날씨는 점점 흐려
졌다. 차분했던 하늘은 어느새 먹구름으로 뒤덮였고 굵은 빗방
울이 차창을 타고 흘렀다. 투둑투둑. 스콜처럼, 갑작스럽고도 거
친 비였다. 은주는 조그맣게 숨을 내쉬었다.

 비 오는 날엔 불쾌한 기억이 떠올랐다. 전 남자 친구와의 기
억. 인생 처음으로 '이별 문자'를 받은 날에도 지금처럼 비가 내
렸다. 당시 카페에서 시험 공부를 하고 있었는데, 그 메시지를
본 순간 아무것도 할 수 없었다. 그때 자신을 위로해 준 사람이
지은이였다.

 솔직히 처음에는 지은이와 친하게 지내는 것이 조금은 부담스

러웠다. 지은이에 대해 처음 듣게 된 것은 대학 뒤풀이 자리에서였다. 그녀가 '오픈리 레즈', 그러니까 자신이 레즈라는 사실을 거리낌 없이 내보이는 인간이라는 얘기를 들었다. 그것을 들은 첫 감상은 '너무 나대는 거 아냐?'였다. 아무리 한국이 개방적으로 변해 간다고는 하지만, 그래도 유교 사회 아닌가. 그걸 굳이 동네방네 자랑하고 다녀서 '화(?)'를 부를 필요가 있냔 말이지.

그렇게 소문만 듣고 얼마 지나지 않아 현실에서 정말로 지은이를 만나게 되었다. 대학 영화 동아리 때문이었다. 영화를 다 보고 그녀와 술잔을 기울이던 중, 은주는 소문의 진짜 정체를 알게 되었다. 그녀는 '나대는' 것이 아니었다. 그냥 성격 자체가 시원 솔직하기 짝이 없었다. 단지 사람들이 그것을 '동네방네 자랑한다'고 부풀렸을 뿐.

하여튼, 긴 이야기를 짧게 줄이자면 우리 둘은 '친구'가 되었다. 그럴 수밖에 없었다. 영화 취향도 맞고 성격도 맞았다. 조용한 자신에 비해 시원 털털한 지은. 만날 때마다 서로가 서로의 약점을 캐치해 주고 디스해 주는 덕분에 대화 하나하나가 흥미진진하고 아슬아슬했다. 게다가 그녀 덕분에 평소 레즈비언들에 대해 갖고 있었던 편견들이 날아갔다. 아니, 물론 몇 개는 강화되긴 했지만.

그래, 지은이도 결국 예술하는 녀석이긴 했다. 현대 미술. 그에 비하면 자신은 의학과. 전혀 동떨어진 분야였지만, 그래서인지 서로 이야기하면서 배워 가는 것도 더욱 많았던 것 같다.

지은이와 친하게 지내는 동안 귀찮은 일이 없었던 건 아니다. '너희 둘 사귀는 거 아니냐' 하는 헛소리부터 동네 아저씨의 '쯧쯧쯧' 소리까지. 하지만 지은이의 조언—저런 인간들은 어차피 평생에 걸쳐 만나게 되어 있어. 그러니까 시원하게 무시하라는—덕분에 가볍게 넘기는 법도 배웠다.

그런 지은이와 더 가까워진 것은, 바로 그날 밤이었다.

남자 친구의 '문자 이별 통보'를 받은 날.

가장 먼저 자신을 찾아온 것도, 저를 위로해 준 것도 지은이였다. 그녀는 어디 가서 목구멍에 와인이나 때려붓자고 했다. 그러면 기분이 좀 나아질 거라고.

홍대 구석에 위치한 어느 바. 울기도 하고 욕을 하기도 하며 와인을 홀짝이자 조금은 기분이 괜찮아졌다. 바에서 흐르는 부드러운 선율에 마음마저 따뜻해지는 기분이 들었다. 그 따스함 속에서 이상한 용기에 사로잡혔다. 눈앞에서는 지은이가 뭔가를 이야기하고 있지만 말이 더 이상 들리지 않았다. 마음 한구석에서 뜨겁게 일렁이는 무언가가 솟구쳤다. 망설임 없이, 행동했다.

은주는 지은에게 입을 맞췄다.

그 순간, 바에서 흐르던 라디오헤드의 〈Karma Police〉 선율이 아직도 생생하게 기억이 난다. 그녀의 최애곡. 그리고 은주에게도.

* * *

은주는 차를 멈췄다. 아까부터 퍼붓다시피 하던 비는 그쳐 있
었다. 아무래도 지나가는 비였던 모양이다. 차에서 내려, 그녀는
앞에 서 있는 집을 바라보았다.

……미러하우스.

모든 악몽의 시작이자 끝.

오늘, 여기서 모든 것을 끝낼 생각이다.

* * *

미러하우스. 은주는 발코니에 앉아 천천히 손을 스트레칭하며
본격적으로 '계획'을 준비했다. 테이블에 가지런히 놓아둔 '준비
물'들을 눈으로 쭉 훑었다. 모든 물건이 제자리에 있었다. 약제
들도 준비를 마쳤고, 빠뜨린 것은 하나도 없었다.

이제 남은 것은 계획을 실행에 옮기는 것뿐이다.

과연 내가 이 모든 것을 제대로 해낼 수 있을까?

의심과 불안이 가슴을 잠식할 때, 손등에 따뜻한 기운이 닿았
다. 은주는 고개를 들어 하늘을 바라보았다. 해가 완전히 지기
전, 마지막 힘을 다해 그녀의 손등을 부드럽게 어루만지는 햇살
이었다. 따스한 감각이 스며들자 아련한 기억이 떠올랐다.

지은이와 함께한 여행. 전주에 있는 집을 여행 어플로 싸게 렌트하고, 그곳에서 둘이 한가롭고 즐거운 시간을 보냈다. 숙소 근처의 맛집 투어를 마친 뒤 발코니에 나란히 앉아 저무는 해를 바라보았다. 모든 것이 느긋하고 완벽했던 그때, 지은이가 입을 열었다.

"은주야, 우리 언젠가는 이런 곳을 하나 살 거야."

은주는 눈을 가늘게 뜨며 물었다.

"어떤 곳? 해 지는 풍경이 보이는?"

지은이는 고개를 가로저으며 웃었다.

"아니, 모든 게 다 있는."

지은이의 그 말에 은주는 피식 웃었다.

바보 같을 만큼 로맨틱한 말이었지만, 그걸 가지고 놀리려 하지는 않았다.

그때 지은이가 살포시 은주의 손 위로 제 손을 얹었다.

은주는 놀라지도 않고, 손을 빼지도 않았다.

그냥…… 눈을 감았다.

눈꺼풀 너머로 스며드는 석양의 붉은빛과 함께, 현실을 음미하며.

끼이익.

은주는 한순간 상념에서 깨어나 현실로 돌아왔다.

저 차 소리는…….

승혁이었다.

마침내, 그가 도착했다.

심장이 자제할 수 없을 정도로 두근거렸다. 침착하자. 어떻게 움직여야 할지 이미 계획은 다 끝냈지 않은가. 하지만 어느 유명한 과학자가 그랬듯, 모든 것을 예측할 수는 없는 법이다. 작은 변화 하나만으로 모든 게 균열이 갈 수 있으니까.

지은이의 경우도 그랬다. 분명 그녀의 행동에 미묘한 변화가 있다는 것을 무의식적으로 느꼈지만 단지 그뿐이었다. 별다른 행동이나 대처를 할 생각조차 하지 않았다. 지은이는 '예민한 예술가'였고, 그런 변화는 작가들이 흔히 겪는 '성격 변화'라고만 생각했다. 만약 그 '변화'가 이상하다는 사실을 자신이 제대로 인지했더라면. 그랬더라면⋯⋯.

그녀의 죽음을 막을 수 있었을까?

* * *

작은 변화의 시작, 그것은 전화였다. 지은이는 먼저 전화를 걸어 오는 스타일이었다. 낮이든 밤이든 상관없었다. 항상 '네 목소리가 듣고 싶다'며 대뜸 새벽에 전화를 걸어 오곤 했다.

어느 순간부터 전화가 걸려 오는 간격이 뜸해졌다. 전화가 걸려 오지 않는 날이 하루가 되고 이틀이 되었다. 결국 이틀이 조금

넘은 날 밤, 은주는 지은이에게 먼저 전화를 걸었다. 뚜르르, 뚜르르, 통화음이 두 번 정도 울린 후 마침내 딸깍, 소리가 들렸다.

"괜찮아? 무슨 일 있어?"

은주가 물었다.

[아니, 너는?]

"……아무 일 없어."

[그럼 왜 전화한 건데?]

지은이가 중얼거렸다. 그녀의 목소리는 무감정했다. 마치 약에 취한 듯한, 꿈속을 헤매는 듯한.

"그냥, 네가 요즘 전화를 잘 안 하길래. 그래서 무슨 일이 있나 싶어서……."

꺼질 듯한 한숨.

[그냥 좀…… 바빴어.]

"바빴다고? 뭐 하느라? 작품?"

[저기…… 나중에 얘기해도 될까?]

은주는 한숨을 쉬었다. 나중에라니. 지금 설명을 듣지 않으면 나중에도 '나중에' 얘기하자며 피할 것이 분명했다. 그럴 순 없었다.

"지은아, 혹시, 그 일 때문이야? ……간병 일?"

정적이 흘렀다.

설마 정답인가.

하지만 그렇다고 해도 이해가 되지 않았다.

"잠깐만, 그 일은 다 끝났다며. 혹시 거기서 무슨 일이라도……."

뚝.

은주는 눈을 크게 뜨고 자신의 휴대폰을 보았다. 끊겨 있었다.

지은이가 먼저 전화를 끊었다.

이런 일은 한 번도 없었는데.

다시 몇 번이고 전화를 걸어 봤지만 부재중으로 넘어갔다. 자신을 차단했거나 아니면 핸드폰을 방해 금지 모드 같은 걸로 설정해 놓은 것이 분명했다. 카톡을 남겼지만 메시지의 1은 사라지지 않았다. 지은이에게 연락하기를 포기한 뒤 은주의 머릿속에 든 생각은 단 하나였다. 내 잘못인가? 내가 언젠가 실수를 한 걸까?

아니면…… 설마 나에게 질려 버린 걸까?

거기까지 생각이 닿자 확 울분이 치솟았다.

그러면 차라리 그렇다고 평소처럼 시원하게 말해 주지, 왜 이런 식으로 거리를 둔단 말인가. 은주는 눈물을 글썽거렸다. 핸드폰을 책상 위에 거칠게 집어 던지고 베개에 얼굴을 파묻었다. 그리고 이어, 깊이 잠들었다. 몇 시간이 흘렀는지 짐작도 안 갈 만큼.

* * *

미러하우스 2층. 은주는 눈을 떴다. 복도에 서서 1층 로비를 내려다보았다. 잠시 후, 현관문이 열리더니 저벅거리는 발걸음 소리가 들려왔다. 길쭉한 그림자가 로비 한가운데에 드리워졌다. 밤이 되면 오각성이 그려져 빛나던 그곳에. 얼마나 기다렸을까. 마침내, 그가 모습을 드러냈다.

"백 집사?"

승혁이었다. 멀쩡히 두 발로 서 있는 그는 깔끔한 정장 차림이었다. 평소 흰 가운이나 환자복을 입은 모습만 봤기에, 지금 이 모습은 낯설기 짝이 없었다. 그는 손에 뭔가를 들고 있었다.

"백 집사? 거기 없어?"

승혁이 두리번거리며 중얼거렸다. 은주는 눈을 찌푸리고 승혁의 손에 들린 것이 무엇인지 집중했다. 접이식 칼이었다. 비록 작긴 해도 날이 시퍼렇게 서 있는 칼.

역시.

속으로 한숨을 쉬었다. 솔직히 자기방어를 할 물건을 가져올 것이라고 예상은 했다. 아예 칼을 들고 돌아다닐 줄은 몰랐지만.

재빨리 벽 쪽으로 몸을 피했다.

이제 이동할 시간이었다.

은주는 발걸음 소리를 최대한 죽이며 복도를 가로질렀다. 그런 다음 '그 공간'에 들어가 몸을 숨겼다. 승혁이 온다면 미리 숨어 있기로 결심한 바로 그곳. 사방을 감싼 어둠을 음미하며 최대한 몸을 웅크렸다. 심장이 두근거렸다. 좁은 공간에 갇힌 듯한 답답한 감정.

이 감정도 낯설지 않았다.

* * *

지은이의 '잠수'로부터 5일째.

그 긴 시간 동안 은주는 계속해서 지은이에게 전화를 걸고, 메시지를 남겼다. 아무런 응답도 없었다. 믿을 수 없었다. 지은이와 사귄 지 1년밖에 안 되긴 했지만, 자신은 지은이를 알 만큼 안다고 생각했다. 그녀의 성격을 생각하면 이렇게 소리소문없이 잠적할 리 없었다. 무슨 일이 생긴 것이 아닌 이상.

불안이 시도 때도 없이 심장을 주물럭거렸다. 결국 다음 날, 지은이의 아파트를 찾아갔다. 무슨 일이 있었는지 들을 수 있을 거란 기대는 내려놓은 지 오래였다. 은주가 알고 싶은 건 오로지 하나였다. 지은이가 무사하다는 사실. 떨리는 가슴을 억누르며 405호의 문을 두드렸다. 초인종도 눌렀다. 대답이 없었다.

답답했던 감정은 이제 절박함으로 변했다. 제발. 문 너머로 약간의 소리라도 들리길 바랐다. 자신을 의식적으로 무시하는 것이라면 차라리 좋았다. 하지만 그녀에게 정말 무슨 일이라도 생긴 거라면…… 자신은 진심으로 견딜 수 없으리라.

긴 고민 끝에 결단을 내렸다.

강제로 문을 따자.

의뢰를 받은 문 수리 기사는 처음부터 의심의 눈초리를 보냈지만, 은주는 유연하게 설득했다. 자신이 지은이의 친구이며, 직접 부탁을 받은 거라고. 여기 같이 찍은 사진 좀 보라고. 기사는 몇 번이고 본인의 집이 아니면 열 수 없다고 강조했지만, 은주가 끈질기게 부탁하자 결국 어쩔 수 없다는 듯 한숨을 쉬며 문을 열어 주었다.

"은주야……."

조심스레 방 안으로 들어갔다. 익숙한 아로마 향이 맡아지자 잔뜩 긴장했던 마음이 조금 진정되었다. 주욱 방 안을 훑어보았다. 마지막으로 보았을 때와 마찬가지로 지은이의 방은 깔끔했다. 살금살금 거실로 향했다. 둥근 탁자 위에 종이 하나가 놓여 있었다. 문방구에서 파는 500원짜리 편지지 같았다. 은주는 그것을 집어 들고 조심스레 읽었다.

힘없는 필체로 한 문장이 적혀 있었다.

짧고 간단했다.

너무 힘들어. 미안해.

메모를 본 즉시 은주는 경찰에 신고했지만 상황은 뜻대로 흘러가지 않았다. 경찰은 지은이의 실종보다는 무단 침입에 더 관심이 있는 듯했다. 결국 경찰서에 끌려가 강도 높은 추궁을 당했다. 절도가 목적이 아니었냐며, 대체 왜 타인의 집에 침입한 거냐며 경찰들은 윽박질렀다.

그것도 잠시뿐이었다. 두 시간 뒤, 범죄 혐의점이 전혀 없음을 깨달은 그들은 은주를 풀어 주었다. 다음에는 그냥 넘어가지 않겠다는 단순 경고를 덧붙이며. 터덜터덜 경찰서를 나서며 은주는 깨달았다. 성인의 '실종'에 한국의 공권력은 관심이 없다는 걸. 명확한 범죄 가능성이 보이지 않으면 신경도 쓰지 않는다는 걸.

은주는 근처 공원으로 가서 벤치에 앉았다. 주머니에서 편지를 꺼내 그것을 어루만지며 자꾸 머릿속에 떠오르는 끔찍한 '가능성'을 억누르려 노력했다.

……지은이는 죽었다.

……자살했다.

아니다.

절대 그럴 리 없다.

지은이가 대체 왜? 일주일 전까지만 해도 활기찬 목소리로 자신에게 전화를 걸던 지은이가, 왜 자살을 한단 말인가.

게다가…… 날 이렇게 놔두고?

은주는 호흡을 가다듬었다. 지은이의 편지를 주머니에 넣은 뒤 천천히 일어났다. 머릿속에서는 각종 끔찍한 생각들이 서로

치고받는 전쟁을 벌이고 있었지만, 당장 눈앞에 펼쳐진 공원의 모습은 비현실적일 만큼 평화로웠다. 싸구려 헬륨 풍선을 들고 해맑게 웃는 아이들, 느긋하게 드론을 날리며 시시덕거리는 고등학생들. 평화로운 일상, 며칠 전까지만 해도 자신이 속해 있던 바로 그 일상. 이 일상으로 돌아와야만 했다. 지은이와 함께.

설령 그 과정에서 그 어떤 대가를 치르더라도.

* * *

미러하우스 2층.

은주가 잔뜩 숨죽이고 있던 바로 그때, 문 열리는 소리가 들렸다. 두근거리는 마음을 진정시키며 중얼거렸다. 겁먹을 거 없어. 계획대로만 하면 돼. 계획대로. 이윽고 발걸음 소리가 가까워졌다. 지금이다. 은주는 숨어 있던 공간에서 일어나 앞을 보았다.

놈은 앞에 있었다.

방금 전까지 방 안을 두리번거리던 그의 눈이, 마침내 은주와 마주쳤다.

"은주…… 씨?"

승혁이 눈을 휘둥그레 떴다. 승혁은 눈앞의 광경을 도저히 믿을 수 없었다. 자신의 방에, 은주가 있었다. 살아 있었다. 멀쩡하게. 지금쯤 바닷속 깊이 가라앉아, 영영 돌아올 수 없는 곳에 있어야 하는데.

대체 어떻게?

"은주…… 씨?"

승혁이 중얼거렸다. 은주는 겁먹은 토끼처럼 부들부들 떨고 있었다. 그제야 뒤늦게, 자신이 접이식 칼을 들고 있다는 사실을 깨달았다. 아, 멍청한 자식. 승혁은 황급히 칼을 접어 주머니에 쑤셔 넣었다. 다시 은주를 보았다. 칼이 없어졌기 때문인지 방금 전보다 약간은 진정한 듯 보였다.

"백 집사랑 집에 가는 길 아니었어요? 대체 여긴 왜……."

승혁이 물었다. 은주는 입을 뻐끔거리며 뭔가를 말하려다 말다가를 반복하다, 간신히 한마디를 토해 냈다.

"그게…… 가는 길이었는데……."

"네."

"집사님이……."

은주의 눈에 눈물이 차올랐다.

"……집사님이 갑자기 절벽 같은 곳에 차를 멈추더니…… 돌변해서는…… 나한테 막 덤벼들었어요. 너무 무서워서, 차에 타서 다시 출발했는데…… 정신을 차리니까……."

"잠깐만요, 집사님이 진짜 그랬다고요?"

승혁은 눈을 크게 뜨고 되물었다. 속으로는 욕을 씹어 뱉으면서. 덤벼들었다니, 대체 왜? 평소에는 주사기나 그런 걸 자주 쓰지 않았나? 한 방에 깔끔하게 나가떨어뜨리는 게 그녀의 스타일이었는데, 왜 갑자기 오늘 와서 바꾼 거지? 백 집사를 원망하는 마음이 가슴속에 차올랐지만, 은주를 보는 순간 아무래도 상관없어졌다. 눈물을 줄줄 흘리면서 훌쩍이는 그녀의 모습을 보니 가슴이 따뜻해졌다. 사랑스러운 은주 씨. 그녀를 안아 주고 싶었다. 위로해 주면서, 이제 그런 일은 다신 없을 거라고 중얼거리고 싶었다. 하지만…….

뭔가 이상했다.

무언가 잘못되어 가고 있다, 그런 불쾌한 느낌이 자꾸만 가슴속을 슬금슬금 기어다녔다.

"저기, 근데 칼은……?"

은주가 물었다. 승혁은 아, 하면서 미소 지었다.

"들어올 때 문이 열려 있길래. 혹시 강도가 들었나 해서요."

거짓말이다. 문은 열려 있지 않았다. 칼을 뽑아 든 건, 백 집사의 대답이 없었기 때문이었다. 그녀는—좋게 말해—충견 같은 존재였다. 자신이 마당에 나서면 언제나 해맑게 웃으며 자신을 반겨 주었다. 스스로 그것을 의무이자 행복으로 생각하는, 가장 이상적인 '가정부'.

그런데 그 가정부가 오늘은 나타나지 않았다…….

……왜?

그제야 불쾌한 느낌이 확신으로 변했다.

지금까지 느낀 '뭔가 잘못되어 가고 있는' 느낌의 정체.

그것은, 은주였다.

백 집사는 결코 실수를 하지 않는 인간이다. 스타일을 갑자기 하루 만에 바꾸는 인간도 아니다. 그녀에게 '문제'가 생기지 않는 이상. 게다가 은주의 말을 자세히 들어 보면, 은주는 '차를 뺏어 타고' 온 것이 분명했다. 차를 타고 저택 진입로에 들어설 때 백 집사의 차가 어중간하게 주차되어 있는 것을 보고 고개를 갸우뚱했던 기억이 났다. 그래, 거기까진 그렇다고 치자. 백 집사가 과연 차를 뺏기는 동안 가만히 있었을까? 백 집사에겐 무슨 일이 벌어진 걸까?

"백 집사는, 그래서, 지금 어딨어요?"

승혁이 물었다. 바지 속의 접이식 칼을 다시 의식했다.

"모르겠어요. 그냥, 그 사람이 덤벼들길래…… 차로 곧장……."

"……덤벼든 장소는요? 차 안에서, 아니면 밖에서?"

"……왜 그런 걸 물어봐요?"

"이상한 전화를 받았어요, 실은. 여기 오기 전에."

그렇다. 은주를 마주한 나머지 너무나 당연한 사실을 깜빡하고 있었다. 애초에 이 저택으로 미친 듯이 운전하게 된 이유. 백 집사의 핸드폰으로 걸려 온 한 통의 전화. [그래, 이렇게 죽은 거구나.] 그것은 분명, 백 퍼센트, 은주의 목소리였다.

승혁은 어금니를 꽉 악물었다. 만약 백 집사가 핸드폰과 자동차까지 뺏겼다고 가정한다면, 백 집사는 지금쯤 큰일에 처했다고 봐도 무방하다. 아니, 씨발, 아예 죽었을 수도 있다. 거기까지 생각하니 갑자기 분노가 솟았다. 아무리 은주가 '사랑하는 여자'라 하더라도 상관없었다. 백 집사를 건드리는 건 용서할 수 없었다. 감히 내 걸.

"당신 누구야?"

승혁이 중얼거렸다.

"네?"

은주는 깜짝 놀란 표정으로 되물었다. 평소라면 귀엽다고 생각했을 그 표정이, 지금은 가증스럽기 짝이 없었다. 통째로 잡아 버린 다음 쥐어뜯고 싶었다. 승혁은 분을 삭이며 침착하게 말했다.

"당신 누구냐고. 가면을 벗어."

정적.

은주는 긴 한숨을 쉬더니 천천히 고개를 들어 올렸다.

승혁은 숨을 집어삼켰다.

눈을 믿을 수 없다.

방금 전까지 겁에 질려 눈물 콧물을 쏟아 내던 은주가, 지금은, 자신의 앞에서 음흉한 미소를 짓고 있다. 사악하기 짝이 없는 미소. 마치 자신이 모든 것을 다 컨트롤하고 있다고 말하는 듯한.

승혁은 다급히 움직였다. 떨리는 손으로 바지 주머니에서 다시 접이식 칼을 꺼냈다. 버튼을 누르자 찰칵 소리와 함께 날이 빛을 발했다. 이상했다. 무기를 쥔 건 분명 자신인데, 어째선지 전혀 보호받는 느낌이 들지 않았다. 지금까지 가면을 쓰고 있는 사람은 자신뿐인 줄만 알았는데.

완벽하게 발가벗은 듯한 무방비 상태…….

오랜만에 느끼는 진정한 공포.

"원하는 게 뭐야?"

승혁이 말했다.

은주는 쯧 소리를 내더니 무심한 표정으로 근처의 의자에 풀썩 걸터앉았다.

"이미 찾았어, 내가 원하는 건."

"……뭔데, 그게?"

은주는 답하지 않았다. 그저 무표정한 얼굴로 승혁을 노려볼 뿐이었다. 그 시선에 짓눌리는 듯해 승혁은 침을 꿀꺽 삼켰다. 긴장하지 말자. 상황의 주도권은 자신에게 있다. 칼을 쥔 건 이쪽이다.

"그럼, 그런 건가? 처음부터 그 '원하는 걸' 찾으려고……."

은주가 그의 말을 끊었다.

"정확히는, '찾으려고' 온 게 아냐. 되찾으려고 온 거지."

승혁의 눈을 똑바로 쳐다보며 은주는 또박또박 말했다.

"사랑하는 사람을."

……사랑하는 사람이라고?

……무슨 개소리지?

"아니, 잠깐만. 당신이 사랑한 건 나였잖아."

"미안한데, 난 당신을 사랑한 적 없었어. 단 한 번도. ……설마 내 연기를 정말 믿은 거야?"

은주는 입꼬리를 비틀며 웃었다.

"바보처럼?"

         * * *

계획대로다. 승혁의 눈가가 붉게 물드는 것을 보며, 은주는 안도했다. 분명히 지금쯤 분노에 치를 떨고 있겠지. 하긴, '바보' 소리를 듣고 가만히 있을 사람은 없을 터였다. 승혁 같은 자존심 강한 나르시스트는 더더욱.

은주는 천천히 숨을 들이쉬고 내쉬었다. 그를 도발해야 했다. 계속. 그러면 어느 순간, 그가 흥분해 먼저 다가오리라. 바로 그 때를 노려야 했다. 자신이 모든 통제권을 쥐고 있으며, 이 여자의 목숨은 내 것이라고 놈이 착각하는 순간, 자신은 손을 뻗어 부지깽이를 잡는다. 그런 다음 승혁의 머리에 대고 휘두른다.

물론 지금, 부지깽이는 감추어 놓은 후다. 정확히는, 의자 뒤에 비스듬히 기대어 놓았다. 승혁이 볼 수 없을 정도로, 그러나 자신이 손을 뻗으면 쉽게 잡을 수 있도록.

은주는 승혁을 똑바로 노려보았다. 도발은 계속되어야 했다.

"그거 알아? 이 저택에 발을 들였을 때부터 나는 아무것도 믿지 않았어. 내 진짜 모습을 드러낼 생각은 더더욱 없었고."

피식 웃은 뒤 은주는 머리를 살짝 기울였다.

"대신, 너 같은 놈이 좋아할 만한 캐릭터를 만들고, 거기 맞춰서 행동했어. 순진한 캐릭터. 돈 없고, 세상 물정 모르고, 할 줄 아는 건 아무것도 없고, 개를 보면 무서워서 벌벌 떨고……."

승혁이 헛웃음을 터뜨렸다.

"……그러니까, 그 개 이야기도 거짓말이었다?"

"응. 나 강아지 존나 좋아해."

승혁의 눈가가 바르르 떨렸다. 그가 후우~ 한숨을 내뱉었다.

"그래, 그쪽도 연기하느라 재밌었겠네…… 아주?"

"아니. 너야 변태 새끼니까 장애인 연기하는 게 재미있었겠지만."

칼을 쥔 승혁의 손에 꽈악 힘이 들어가는 것이 보였다.

'타이밍'이 성큼 다가오고 있었다.

"그럼 그 일기장, 그것도……?"

"응. 처음엔 백 집사 때문이었어. 그 살벌한 여자, 그 여자가 뭔가를 빌미 삼아 날 내쫓을 거 같았거든. 그래서 일기를 썼어. 니들이 볼 거 같아서. ……솔직히, 헛짓거리 아닐까 의심하긴 했거든? 그래서 어느 날, 머리카락을 일기장 사이에 끼워 놨지. 근데 웬걸. 다음 날 확인해 보니 다른 곳에 떨어져 있더라. 그걸 보고 확신했지. 너희가 내 일기장을 잘 보고 있구나. 내 거짓말을 아주 곧이곧대로 믿고 있겠구나…….."

"잠깐만, 그럼 수지라는 기자는……?"

"미스디렉션. 네가 어딘가에 정신이 팔려 있어야 내가 수사를 계속할 수 있으니까. 덕분에 마음 놓고 저택을 돌아다닐 수 있었지. 네가 지어낸 이야기를 다 믿어 준 덕분에."

은주가 별안간 박수를 짝 치며 폭소했다.

"맞다, 그러고 보니 어떤 구절은 너무 좋아서 외웠다고 했잖아. 그거 어떤 구절이었어?"

"……닥쳐!"

슬쩍 봐도 이제 승혁은 폭발하기 직전이었다. 덥지도 않은데 비지땀을 줄줄 흘리고 있다. 조금만, 조금만 더 밀면 그는 폭발하리라. 은주는 심호흡을 하며 차분하게 말을 이었다.

"하여튼, 그렇게 연기에다 일기까지 써 대면서 개고생을 했지만…… 아무 의미도 없어졌어."

은주는 잠시 머뭇거리다 툭 내뱉었다.

"지은이가 죽은 걸 알게 됐거든. 정확히는…… 네가 죽인 걸."

배에 펀치를 맞은 듯 승혁의 얼굴이 순간적으로 굳었다. 충격을 삼킨 그가 간신히 중얼거렸다.

"증거 ……있어?"

"그걸 묻는다는 것 자체가 사실상의 자백처럼 들리는 건, 알지?"

"됐고, 없잖아. 있다면, 여기로 오는 게 아니라 경찰서로 갔겠지."

승혁은 억지 미소를 지었다. 그런 그를 보며 은주는 한숨을 쉬었다.

그의 말이 맞다. 자신은 증거를 손에 쥐지 못했다. 그저 심증만이 존재할 뿐이다. 상당히 강력한 심증이지만.

"그래, 맞아. 없어. 설령 있었다고 해도, 너의 그 망나니 친구들이 열심히 다 지워 놨겠지."

은주는 승혁의 얼굴에 약간의 안도감이 스치는 것을 보았다. 설마 지금 다행이라고 생각한 건 아니겠지? 아니, 승혁이라면, 저 인간이라면 충분히 그럴 수도 있다. 속에서 분노가 들끓었지만 뒤늦게 그 위에 물을 부었다. 안 된다. 침착해야 한다. 마지막까지 모든 상황을, 그리고 감정을 컨트롤해야 한다…….

승혁이 씨익 웃었다.

"그러니까, 그 고생을 했지만…… 결국 손에 쥔 건 없다, 이거잖아. 아주 장대하게 삽질한 거네, 결국?"

은주는 입술을 잘근 씹었다. 와, 이젠 저 자식도 도발을 하네. 솔직히 화가 치솟았지만 간신히 참았다. 뻔히 보이는 도발에 넘어갈 정도로 멍청하진 않다.

"아니, 소득이 없진 않아. 적어도 진실 하나는 알게 되었으니까."

"그 진실이 뭔데?"

"너 같은 악마 새끼들이 세상에 존재한다는 거. 지금 바로, 내 앞에."

승혁은 어이없다는 듯 웃음을 터뜨렸다.

잠시 정적이 흘렀다.

"그래, 그럼…… 그 악마 새끼한테 한번 죽어 봐."

그렇게 내뱉더니 승혁은 은주의 앞으로 빠르게 걸어갔다.

지금이다.

은주는 재빨리 손을 뻗었다.

차가운 부지깽이가 달라붙자마자 그것을 붙잡고 곧장 휘둘렀다.

"어?"

찰나의 순간이었다. 1초 정도 되었을까? 정신을 차리니 손에 있어야 할 묵직한 감촉이 이미 사라져 있었다. 부지깽이는 어느새 승혁의 손에 들려 있었다.

뺏겼다.

순식간에.

"귀엽네, 이런 것도 준비하고……."

은주가 뭐라 말하기도 전에, 승혁은 곧장 뺏은 부지깽이를 그녀의 왼쪽 팔 위로 내리쳤다. 바닥에 피가 투두둑 흩어졌다. 은주의 입에서 비명이 터져 나왔다. 참을 수 없는 고통이 팔을 타고 어깨까지 찌르르 전해졌다. 팔이 뜯어져 나간 게 아닐까 싶을 만큼 엄청난 고통. 하지만 왼팔을 보니 아직 몸에 붙어 있긴 했다. 다만 부지깽이에 맞은 부분이 피로 물들어 있었다. 고통을 참으려 안간힘을 썼지만, 결국 바닥에 힘없이 쓰러졌다.

승혁은 주저앉은 은주를 보며 피식거렸다.

"도발하면 뭐, 내가 생각 없이 공격할 줄 알았어? 그렇게 믿은 건 아니지? '바보'처럼?"

"……엿 먹어."

"그래, 끝까지 발악해 봐. 그럴수록 더 흥분되거든."

승혁은 부지깽이를 한쪽에 집어 던지곤 목을 스트레칭했다.

"지금부터 비명 지르고 싶으면 실컷 질러. 어차피 아무도 못 들으니까."

그는 실실 웃더니 은주의 배를 무릎으로 짓눌렀다. 갑작스런 압박. 입에서 컥 소리가 터져 나왔다. 승혁은 다시 접이식 칼을 집어 들고는 은주의 목젖 위로 흔들었다.

"그동안 재미있었어, 은주 씨."

그리고…….

꽂혔다.

승혁의 얼굴에 잔뜩 흥분한 웃음이 어렸다. 그 웃음이 곧 당황과 분노로 바뀐 것은 얼마 지나지 않아서였다. 승혁은 다른 손으로 자신의 목을 어루만졌다. 목에는 방금 전까지 그곳에 존재하지 않았던 뭔가가 덜렁거리고 있었다. 주사기였다.

스코폴아민.

은주는 정원에서 직접 따 온 독초에서 스코폴아민을 추출했다. 미리 준비한 에탄올, 비커, 증류기를 이용하니 충분한 양이 나왔다. 이 물질은 항멀미제로 사용되기도 하지만, 약효가 워낙 세서 수술 전 진정제로 자주 사용된다. 그리고 지금, 은주가 승혁의 목에 꽂아 넣은 양은, 평범한 성인이라면 곧장 기절할 정도였다.

당연하지만, '평범한 성인'인 승혁의 눈은 곧장 뒤집어졌다. 그의 손에서 힘이 풀리며 접이식 칼이 빙글 허공을 돌았다. 은주는 간신히 몸을 돌려 그것을 피했다. 칼날은 타일에 떨어지더니 턱 소리를 내며 수직으로 꽂혔다.

해냈다.

자유의 몸이 된 은주는 재빨리 움직였다. 침대에 놓인 베개의 커버를 벗겨 자신의 팔을 지혈했다. 아팠지만, 지금까지 겪은 심리적 고문에 비하면 살짝 가려운 정도에 불과했다. 흘끔 승혁을 보았다. 바닥에 널브러진 그는 여전히 이맛살을 찌푸리며 눈을 끔뻑거리고 있었다. 아직도 자신에게 무슨 일이 벌어졌는지 영문을 모르겠다는 듯. 회가 떠지기 직전의 물고기처럼. 은주는 쓴웃음을 흘렸다.

저 강한 약을, 저렇게 정신력으로 버틸 수 있다고? 그래. 뭐, 의지력은 인정해 줘야겠다. 그래 봤자 10초 정도가 한계겠지만.

아, 맞다. 그러고 보니 승혁이 완전히 기절하기 전에 해 줄 말이 있었지.

"정원에서 흰독말풀을 키우고 있더라? 그 위험한 걸."

눈이 무거워지기 시작한 건지 승혁은 눈을 꿈벅거렸다. 은주는 승혁의 귀에 대고 속삭였다.

"그러게…… 잘 알고 키웠어야지."

승혁이 완전히 눈을 감기 전, 한마디 더 덧붙였다.

"……병신 새끼야."

* * *

두 시간 후.

승혁은 끄응 소리를 내며 간신히 눈꺼풀을 들어 올렸다. 여긴 어디지? 사방이 어두워 감조차 잡히지 않았다. 순간, 기절하기 직전까지의 기억이 하나둘 돌아왔다. 백 집사의 부재. 죽은 줄 알았던 은주의 등장…… 그리고 그녀의 고백. 그 빌어먹을 정도로 끔찍한 고백. 치밀한 계획에 억울하게 속아 버린 자신을, 은주는 '병신'이라 놀렸다. 젠장. 그 여자는 대체 지금 어디 있지?

"은주 씨…… 대체 어딨어요…… 예?"

몸을 움직이려 했지만 손발이 꼼짝도 하지 않았다. 무언가에 단단히 묶여 있었다. 이 익숙한 감촉. 보지 않아도 알 수 있었다.

자신이 대량 구매했고, 지금까지 몇 년 동안 애용해 온 물건이니까. 소형 플라스틱 수갑. 어젯밤, 은주를 묶었을 때 사용했던 물건이기도 하다. 지금 그걸 나한테 썼단 말인가? 저지른 것 그대로 당해 봐라, 뭐 그런 건가? 빌어먹을.

"서은주!"

승혁은 빽 소리쳤다.

"이거 풀어, 씨발!"

고함을 내지르고 헐떡이던 그때였다. 눈앞의 그림자 속에서 슬그머니 누군가가 나타났다. 서은주였다. 아니, 정확히는 자신이 '은주'라 믿던 '누군가'가. 손에는 조그만 가방이 들려 있었다. 공구함이 떠오를 정도로 묵직한 가방이다. 승혁은 다시 울먹이고 훌쩍거리기 시작했다.

"은주 씨, 다시 생각해 봐요. 이러지 않아도 방법이 있어요."

은주는 등을 돌렸다. 바닥에 가방을 내려놓더니 지퍼를 열고 뭔가를 주섬주섬 준비했다. 승혁은 핏발 선 눈으로 은주의 꿈틀거리는 등을 노려보았다. 덮치려면 지금이 기회인데. 하필이면 몸을 움직일 수 없다니. 하필이면.

"차라리 경찰서에 갈게요, 네? 아니면 아까 내가 말했던 거, 다시 얘기해 줄까요? 녹음해요. 녹음해서 경찰서에 보내면은 그럼……."

물론 녹음을 해 봤자 딥페이크라고 우기면 그만이다. 경찰에 신고를 해도 상관이 없다. 경찰 쪽도 어떻게 손을 써서 해결할 수 있는 친구들이 자신에겐 한가득이니까.

지금 승혁에게 가장 중요한 건 하나였다. 이 빌어먹을 상황에서 벗어나는 것. 설령 그 과정에서 어떤 말로 은주를 뒤흔들더라도. 그렇지만 은주는 더 이상 흔들릴 것 같지 않았다. 이미 들켜 버린 마술사의 허접한 트릭처럼, 자신의 말은 은주의 귀에조차 닿지 않는 것 같았다.

마침내 은주가 등을 돌렸다. 그녀의 손에는 주사기가 들려 있었다. 설마 또 마취제를 놓으려는 걸까? 그녀가 다가오자 승혁은 있는 힘껏 몸부림을 쳤지만, 의자는 꿈쩍도 하지 않았다. 이럴 줄 알았으면 평소에 근력 운동이라도 할걸. 그때였다. 은주가 승혁의 뒤로 향했다.

"가만있어. 잘못되면 더 아파."

그때 예상치 못한 통증이 느껴졌다. 승혁은 꽥 비명 질렀다. 솔직히 따끔, 하는 정도였지만 은주가 죄책감을 느낄 수 있도록 더 크게 신음을 흘렸다.

하지만 은주는 신경도 쓰지 않는 듯했다. 마치 막힌 배관을 수리하는 배관공처럼, 모든 행동 행동이 전부 기계적일 뿐이었다. 이윽고 '뭔가'를 마친 은주가 가방에서 또 다른 물건을 꺼냈다. 이번에는 작은 드릴 비슷한 물건이었다.

수술용 드릴인가? 대체 뭐지?

솔직히 주사기까지만 해도 그리 무섭진 않았지만 드릴은 아니었다. 대체 그걸 어디에 쓸지 감도 안 잡혔으니까. 머릿속에 온갖 끔찍한 상상이 휘몰아치자 승혁은 더욱더 절박하게 애원했다.

"제발요, 우리 쌓아 온 정이란 게 있잖아요. 그래, 설령 거짓이라고 해도 그래도……."

끼이이이이이이이이이이이이.

드릴이 작동되는 날카로운 소리.

"맞다. 이번에 가만 안 있으면 죽을 수도 있다?"

은주가 말했다. 그 말을 듣는 순간, 승혁의 온몸이 굳었다. 곧 압박감이 목 아래쪽을 관통했다. 온몸에 땀이 흘렀다. 뭐지? 움직이면 죽는다고 했다. 대체 왜? 뭘 하길래? 그러나 입도 벙긋할 수 없었다. 움직이면 죽는다고 했으니까. 입술을 움직이는 것도 움직이는 것에 포함되는 거 아닌가?

그때 모든 압박감이 사라졌다.

그리고…….

아무것도 느껴지지 않았다.

팔도, 손도, 다리도, 아무것도 느껴지지 않았다. 허공에 붕 떠 있는 듯 멍한 감각이 온몸을 지배할 뿐이었다. 승혁은 입을 벌려 뭔가 소리를 내려 했지만 그럴 수 없었다. 마치 가위에 눌린 느낌이었다. 하지만 가위는 오래 가지 않는다.

"느껴져? 이제 아무것도 느낄 수 없지?"

"으에에에에……."

승혁이 최대한 힘을 쥐어짜 소리를 내 봤지만 흘러나오는 건 그런 소리뿐이었다.

은주가 방긋 웃었다.

"제대로 됐네."

"에에으으으……."

은주는 승혁의 귓가에 대고 중얼거렸다.

"내가 방금 한 건 척수 차단 시술이야. 척추 마취가 아니라, 차단이라고. 이제부터 넌 죽을 때까지 느낄 수 없어. 걷는다는 감각, 배변의 감각, 심지어 단순한 쾌락의 감각조차…… 방금 10초간의 시술로 영원히 끝난 거야. 축하해. 그렇게 장애인 연기를 하더니, 진짜 장애인이 됐네."

승혁의 온몸에 화끈한 열이 치솟았다. 하지만 정말 느껴지지 않았다. 손도 팔도 이제 움찔조차 하지 않는다.

"에으으으으!"

승혁은 절규했지만, 입 밖으로 나오는 건 그런 소리뿐이었다. 은주는 해맑게 웃더니 그의 입에 손수건을 거칠게 쑤셔 넣었다.

"왜 이렇게 질질 짜? 이제 겨우 시작인데."

* * *

'정말 이 상태가 계속된다고? 영원히? 겁주려고 그런 거 아냐?'

이 상황을 믿을 수 없었다. 승혁은 갑자기 울고 싶어졌다. 이렇게 무력한 상황에 갇힌 자신이 너무 억울하고 불쌍하게 느껴져서. 슬픔은 곧 공포로 바뀌었다.

'잠깐, 방금 전 '이제 겨우 시작'이라고 했지? 그 말의 의미는 대체 뭘까. 빌어먹을. 이 정도가 시작이라면 도대체 지금부터 뭐가 기다리고 있단 거야?'

승혁은 온몸이 후끈후끈 달아올랐다.

'제발, 이제 그만 좀 해 줘. 부탁이야.'

승혁은 그런 감정을 잔뜩 실은 채 은주를 보았다. 그녀는 또다시 그 빌어먹을 가방 앞으로 가 있었다. 방금 전 사용했던 수술용 드릴을 집어넣더니 뭔가를 꺼냈다.

클리어 파일이었다.

은주는 파일에서 종이 두 장을 꺼내더니 승혁이 잘 볼 수 있도록 눈앞에 그것을 배치했다. 종이에는 사진이 있었는데, 솔직히 뭔지 짐작도 안 갔다.

하나는 컬러로 출력된 뇌 사진이었는데, 어느 특정한 부분에 빨간 펜으로 동그라미가 쳐져 있다. 바로 옆에는 흑백 사진이 있었다. 고개를 옆으로 돌린 남자의 해부도. 남자의 표정은 지독할 만큼 무덤덤했다. 누군가가 쥐고 있는 뾰족한 송곳이 자신의 콧구멍을 뚫고 눈꺼풀 위를 지나 뇌를 관통하고 있는데도. 뇌를 파고든 송곳에는 화살표 표시가 그려져 있었는데, 아무래도 이 '수술'을 하려는 의사들에게 도움이 되려는 의도인 듯했다.

"혹시 중세식 전두엽 수술에 대해 알아? 영어로는 로보토미라고 하는데."

승혁의 간담이 또다시 서늘해졌다.

"간단히 말하면, 잘 소독된 송곳으로 전두엽을 제거하는 수술이야. 에가스 모니즈라는 정신과 의사가 1930년대에 발견한 방법이지. 수술이 끝나면 환자들은 보통 폭력성이 없어지고 차분해져서, '인류를 위한 치료'라고 불리기도 했어. 당시에는 혁신적인 수술 취급을 받았지. 근데 실은…… 그저 사람들을 조용히 만들려는 잔인한 방법에 불과했어. 수술 후에는 더 이상 웃지도 울지도 못하고, 감정이란 감정은 모두 사라지니까. 심지어, 이 비인간적인 수술을 고안한 인간은 그 공로로 노벨상까지 받았어. 믿겨?"

승혁은 어이가 없었지만 할 수 있는 건 멍하니 듣는 것뿐이었다. 빌어먹을. 빌어먹을.

은주가 승혁을 보며 싱긋 웃었다.

"사실, 전두엽이 뇌에서 어떤 부분을 담당하는 줄 알아? 인지능력과 판단력이야. 사람의 성격, 감정, 그리고 복잡한 생각들을 조절하는 중요한 부분이지. 그런데 이 부분을 없애면 어떻게 될까? 아무것도 판단할 수 없게 돼. 자신이 어디에 있는지는 물론

이고, 자기 자신이 누구인지조차 전부 잊어버리는 거야. 세상과 연결된 모든 끈이 끊어진 채, 생각할 수 있는 능력마저 사라지게 되는 거지. 이 수술을 받은 사람은, 간단히 말하면……."

은주는 서늘한 미소를 지으며 승혁의 눈을 똑바로 바라보았다.

"자아를 완전히 잃어버리게 되는 거야, 그저 빈 껍데기처럼."

'안 돼! 그렇게 되는 건 죽어도 싫어!'

은주가 싱긋 웃었다.

"걱정하지 마, 나 이래 봬도 의대생이거든. 물론 의대 다니다 휴학하긴 했지만. 그래도 바보 같은 실수는 안 할 거야. 물론, 당신이 움직이지만 않으면."

승혁은 애원하기 위해 입을 열었지만, 나오는 소리라곤 맥없는 "에에에." 소리뿐이었다. 눈물과 콧물을 흘리며 안면 근육을 필사적으로 꿈틀거렸다. 발버둥도 쳐 보려 했지만, 발이 느껴지지 않는데 그게 가능할 리 없었다.

'정말 이렇게 끝인가?'

그때 승혁은 앞을 보았다.

방긋 웃고 있는 은주의 얼굴.

마치 극장에서 그럭저럭 재미있는 코미디 영화를 보고 있는 듯한.

승혁은 공포에 숨조차 쉴 수 없었다.

'이 여자는 악마다.'

"우우우ㅇㅇㅇㅇ!"

승혁이 괴성을 지른 그때였다. 은주가 다가와 승혁의 머리를 쓰다듬었다.

"좋아. 알았어. 선택권을 줄게."

'선택권? 빌어먹을 선택권? 나를 이렇게까지 만들어 놓고, 이제 와서 선택권을 주겠다고? 이거 정말 고맙습니다 해야 하냐, 이 씨발년아?'

치밀어 오르는 분노를 억누르며 승혁은 심호흡했다. 있는 힘껏 고개를 끄덕이자 은주가 입을 열었다.

"자, 선택권은 이거야. 하나, 친구들을 전부 여기로 불러. 아니면 둘, 순순히 수술을 받든가."

"ㅇㅇㅇㅇㅇ."

승혁은 울먹였다. 안절부절못하며 시종일관 훌쩍거렸다.

하지만 속으로는 안도했다. 솔직히 친구들은 어떻게 되든 상관없었다. 자신보다 더한 쓰레기 새끼들이니까. 그들과는 그저 같은 취향을 공유할 뿐, 끈끈한 우정으로 맺어진 관계는 절대 아니다. 하지만 이 사실을 굳이 드러낼 필요는 없다. 은주의 눈에는 자신이 일생일대의 결단을 내리는 것처럼 보여야 했다. 그래야 거래가 성립된다.

"결정했어?"

승혁은 고심하는 척을 한 다음, 천천히 고개를 끄덕였다. 방금 전까지는 절망의 늪을 허덕이는 느낌이었는데, 지금에서야 약간 희망이 보였다. 수술을 피할 수 있다면 다시 말해 기회가 생긴다는 거고, 그 말인즉슨 아직 정신이 멀쩡한 상태로 이 미러하우스에서 나갈 수 있단 이야기니까.

'조금만 기다려라, 쌍년아. 받은 것의 백배, 천 배를 되갚아 줄 테니.'

그때 은주가 뭔가를 가져왔다. 승혁의 핸드폰이었다.

"홍채 인식, 풀어."

순순히 은주의 말을 따랐다. 눈을 크게 떠서 잠금을 풀었다. 찰카닥 소리와 함께 핸드폰의 잠금이 풀리자, 곧 그녀는 휴대폰을 만지작거리며 뭔가를 하기 시작했다. 승혁은 궁금했다. 지금 뭘 하고 있는 걸까. 친구들에게 메시지라도 보내는 걸까? 아마 그러겠지. 하지만 그렇게 해서, 뭘 어쩔 거란 말인가?

이 여자의 '계획'은 대체 어디까지 세워져 있는 걸까.

그리고 그 종착지에 자신은 과연 살아 있는 상태인 걸까.

승혁은 무서워 울 것만 같았다.

* * *

새로운 타깃 등장

은주는 제목을 그렇게 쓴 뒤 단톡방에 메시지를 보냈다. 첨부파일로 사진 한 장을 첨부했다. 아이돌 뺨치게 생긴, 아름다운 외모의 여자 사진이었다. 얼마 지나지 않아 반응이 하나둘 올라왔다. '개꼴' 같은 음담패설적인 말부터 'ㅇㅋ 지금 간다'는 말까지. 은주가 대충 추산해 봐도 벌써 다섯 명 정도가 이곳으로 오고 있었다. 정말이지 잘도 낚이는구나, 중얼거렸다.

첨부한 사진은 AI 어플로 만든 가짜다. 물론 랜덤으로 생성하진 않았다. 자신의 얼굴을 베이스로 다섯 개의 AI 합성 사진을 만들었고, 그중 가장 동떨어져 보이는 것을 골랐다. 가짜 자신. 가짜 시나리오를 좋아하는 가짜 성애자들에게는, 여자도 가짜가 어울리는 법이다.

은주는 메시지로 한마디 덧붙였다.

볼 거면 3시간 안에 모여, 얘 빨리 잠

* * *

두 시간 정도 흘렀다. 테라스에 가만히 앉아 있던 은주의 귀에 차 소리가 들려왔다. 타이어가 흙을 긁는 소리, 잠금장치가 삑삑거리는 소리. 차들은 들어오고 계속 들어왔다.

한참 조용하던 승혁의 핸드폰이 마침내 진동했다.

도착, 어디로 가면 됨?

은주는 혓바닥으로 입술을 축인 다음 메시지를 보냈다.

컨트롤 룸, 여자 지금 정원 투어 중. 나는 2층에서 잠든 척. 지금이 기회니까 후딱 들어가, 가능하면 다 같이. 따로따로 들어갔다가 병신처럼 걸리지 말고.

가끔 튀어나오는 욕설은, 지금까지 승혁이 보낸 메시지의 말투를 참고했다. 은주는 숨을 참고 화면에 집중했다. 잠시 상대가 타자를 치고 있다는…… 표시가 뜨다가.

오케이 렛츠 고

은주는 후우, 하고 한숨을 내쉬었다.
'됐다.'
승혁은 미리 그의 방 침대 위에 '놓아둔' 상태다. 혹시나 어딜 가진 않을까 약간 걱정했지만, 곧 쓸데없는 고민이라는 사실을 깨달았다. 척수 차단 수술을 받은 만큼 몸 자체를 움직일 수 없는 상황이다. 대체 어딜 갈 수 있단 말인가.
쏴아아, 바닷바람의 짠 내음을 음미하며, 은주는 승혁의 핸드폰을 다시 뒤적거렸다. 어플이 있었다. 그것을 누르자 '미러하우스' 내부에 설치된 모든 CCTV 화면이 보였다. 그중 한 화면을 클릭했다. 컨트롤 룸이었다. 안에는 벌써 승혁의 친구들이 바글 거렸다. 예상대로 정확히 다섯 명이었다.

승혁의 친구들, 그중에서도 '단골'들에 속하는 놈들이겠지.

은주는 핸드폰을 주머니에 쑤셔 넣고 옆에 놓아둔 물건을 집 어 들었다.

잠시 후, 서재. 은주는 컨트롤 룸으로 향하는 비밀 장치 앞으 로 향했다. 자신이 마지막으로 체크했을 때, '컨트롤 룸'에서 바 깥으로 나갈 수 있는 문은 오로지 여기 하나뿐이었다. 은주는 책 장 뒤편으로 가서 벽면을 뒤적거렸다.

뭔가가 손에 잡혔다.

빙고.

은주는 휘파람을 불며 그것을 꽉 잡고 옆으로 확 잡아당겼다.

손에 팍 뽑혀 나온 것은 먼지 쌓인 플러그였다. 그것을 구석에 집어 던진 뒤, 은주는 시험 삼아 튀어나온 책을 건드려 봤다. 꿈 쩍도 하지 않았다. 완벽했다. 이제 이 문은 굳게 잠겨 있는 것이 나 마찬가지였다. 은주는 미소 지었다.

자, 이제 너희도 구경거리가 되는 기분이 어떤지, 지금부터 차 근차근 알아 가 봐.

* * *

은주는 승혁을 침대에서 꺼내 다시 의자에 앉혔다. 그동안 승혁은 계속해서 울먹였다. 은주의 동정심을, 그 개미 좆물만큼 남은 동정심을 조금이라도 자극하기 위해서였지만 통하지 않았다. 자신을 쳐다보는 은주의 시선은 마치 고물 냉장고를 대하듯 무감각했다. 무감정 그 자체였다. 절망에 빠져 고개를 푹 숙인 그때, 갑자기 뺨에 따뜻한 기운이 느껴졌다. 승혁이 몸을 움찔하며 얼굴을 들었다. 은주가 손으로 자신의 뺨을 쓰다듬은 것이다.

　"거의 다 끝났어."

　그 말에 승혁은 속으로 안도의 한숨을 쉬었다.

　"딱 하나만 빼고."

　그녀는 돌연 구석에 놓여 있던 전신 거울을 질질 끌고 오더니 승혁의 앞에 놓았다.

　'뭐 하는 거지?'

　거울에 자신의 모습이 선명하게 비쳤다. 무력하기 짝이 없는 자신. 시체처럼 축 늘어진 몸을 의자와 수갑이 간신히 지탱하고 있다. 시선을 옆으로 옮긴 승혁의 심장이 철렁 내려앉았다. 은주가 있었다. 손에 송곳을 들고…….

　"으우우우. 아우우우우."

　승혁이 비명을 질렀다. 온몸을 버둥대기 시작했지만 그래 봤자 지렁이의 꿈틀거림처럼 빈약하기 짝이 없었다. 은주는 승혁 앞에 무릎을 꿇더니 조용히 속삭였다.

"그런 말을 하고 싶은 거지? 선택권을 줬는데 왜 이러는 거냐고⋯⋯."

승혁은 글썽이는 눈으로 고개를 끄덕였다.

"기억 안 나?"

은주는 송곳을 집어 들고 방긋 웃었다.

"너도 알잖아, 지은이에게도 선택권 따위 없었다는 거."

"이이이이이익!"

"너도 마찬가지야."

은주는 승혁의 옆으로 다가갔다. 손을 뻗어 머리채를 꽉 잡은 뒤, 무를 뽑듯 위로 번쩍 들어 올렸다. 승혁은 이제 꼼짝도 할 수 없었다. 은주는 한 손으로 승혁의 머리를 고정한 채, 다른 손으로 송곳을 집어 들었다. 무시무시할 정도로 날카로운 송곳이, 서서히 승혁의 코 안쪽으로 비집고 빙그르르 들어갔다.

"똑똑히 봐, 자신이 천천히 사라지는 걸."

* * *

화장실. 찐득하고 검붉은 물질이 적잖이 달라붙은 송곳을 알코올 솜으로 깔끔하게 소독한 다음, 은주는 다시 승혁의 방으로 돌아왔다. 수술이 끝난 지 5분. 지금 승혁은 텅 빈 눈으로 멍하니 허공만을 응시하고 있었다. 저건 승혁이라고 해야 할까, 아니면 그냥 껍데기라고 해야 할까.

쾅.

갑작스런 소리에 은주는 소스라치게 놀랐다. 곧이어 쾅쾅쾅 소리가 연달아 저택 곳곳에서 울려 퍼졌다. 은주는 핸드폰을 꺼내 CCTV를 체크했다.

슬슬 눈치챘구나.

컨트롤 룸에서는 그야말로 난장판이 벌어지고 있었다. 다들 입구 문을 부수려고 발로 치는가 하면 안절부절못하고 있었다. 마침내 깨달은 것이다. 자신들이 나갈 수 있는 유일한 문이 잠겼다는 사실을. 이미 늦었다. 놈들은 파리지옥에 빠진 파리와 마찬가지였다. 한번 발을 들인 이상 나갈 방법 따위 없었다. 놈들이 만든 이 빌어먹을 미러하우스와 마찬가지로.

은주는 그 저택을 나가기 위해 발걸음을 옮겼다.

이제 정말 끝이었다.

10분 후.

은주는 지하 창고에 있던 기름통을 꺼내 와 그것을 미러하우스 내부 곳곳에 골고루 뿌렸다. 원래라면 2층까지 전부 기름칠을 할 작정이었지만 체력적으로 무리였다. 역시 1층만 하고 나머지는 불에 맡기는 것이 나으리라.

어느 정도 일을 마친 후, 은주는 잠시 계단참에 앉아 땀을 휴지로 닦았다. 아까부터 '쾅쾅'거리던 소리는 이제 기세를 잃고 그치다 말다를 반복하고 있었다. 지금도 여전히 두드리는 소리가 들리긴 했지만 아까보다는 덜 시끄러웠다. 근성이 없네, 근성이. 은주는 그렇게 중얼거리며 피식 웃었다.

은주는 땀을 닦으며 창문 밖을 슬쩍 보았다. 아까 자신이 끌고 온 백 집사의 차가 저 멀리 울타리 근처에 주차되어 있었다. 자신이 끌고 온 그대로였다.

은주는 뭔가 이상하다는 생각에 다시 그곳으로 시선을 옮겼다. 자세히 보니 뒷좌석 문이 활짝 열려 있었다. 처음에는 승혁이 연 건가 싶었지만, 그럴 경우 저택에 들어와 '백 집사'를 부르며 찾아다닌 것이 설명되지 않았다. 뒷좌석에서 백 집사의 시신을 찾았을 테니까. 그러면 승혁의 친구들? 아니, 시체를 발견했으면 곧장 승혁에게 연락했으리라. 아니면 도망쳤거나. 가설들을 하나둘 제거하니 남은 가능성은 섬뜩한 한 가지였다. 백 집사 본인이었다. 그녀가 차 밖으로 나온 것이다.

은주는 온몸이 부들부들 떨렸다. 조심스럽게 시선을 옮겼다. 거울에 비친 사람을 보고 반사적으로 몸을 돌리니 뒤에 백 집사가 서 있었다. 광기와 분노가 가득 차오른 얼굴로.

그녀의 손에는 아까 전, 자신이 정성껏 씻어 놓은 송곳이 들려 있었다.

* * *

몇 분 전, 정신이 든 백 집사는 공기를 허겁지겁 허파 속에 한 가득 채워 넣으며 차 밖으로 몸을 내밀었다. 눈앞에 미러하우스가 있었다. 바로 은주가 떠올랐다. 차가 여기 있다는 말은 은주도 이곳에 있다는 얘기다.

'대체 무슨 생각으로 여길 온 거지?'

백 집사는 가슴이 철렁했다.

'도련님, 도련님은 괜찮으실까? 설마 그 여자에게 당한 건 아니겠지?'

백 집사는 허겁지겁 1층으로 향했다. "도련님!" 하고 소리쳐 부르고 싶었지만 그 여자가 들을 것 같았다. 그때 위층에서 괴상한 소리가 들렸다.

"으에엑……."

알아들을 수 없는 소리였지만 승혁이 어릴 때부터 곁에 있었던 백 집사는 저 목소리의 주인이 누군지 바로 알 수 있었다. 급히 계단을 뛰어 올라갔다. 또다시 "으에에." 하는 소리가 들렸다. 승혁의 방 쪽이었다. 벌컥 문을 열고 안으로 들어갔다. 승혁이 방 한가운데에 있었다. 의자에 멍하니 앉아 있다.

"도련님!"

백 집사의 입에서 안도의 한숨이 터져 나왔다. 최악의 상황을

314

상정한 만큼, 살아 있는 승혁을 본 것만으로도 온몸에서 힘이 쭉 빠질 것 같았다.

"도련님, 괜찮아요? 어디 다친 데는……."

문득 말문이 턱 막혔다. 어딘가 이상했다.

'멍한 눈. 약에라도 취한 걸까? 아니면…….'

그때 백 집사는 땅에 떨어진 무언가를 보았다. 종이였다. 불현 듯 불길한 예감이 들었다. 종이를 보면 안 된다. 보면 돌이킬 수 없게 된다. 하지만 몸은 어느새 행동하고 있었다. 백 집사는 떨리는 손으로 그것을 집어 들고, 읽었다. 위에 그려진 그림들을 백 집사는 차례차례 보았다. 송곳이 뇌를 파고드는 그림. 뇌 사진. 옆에 붉은 글씨로 동그라미가 쳐진 곳엔 작은 글씨로 이렇게 쓰여 있었다.

전두엽

백 집사는 입을 멍하니 벌린 채 다시 승혁을 바라보았다. 동공이 풀린 눈으로, 어린아이처럼 천진하게 자신을 바라보는 승혁.

"아아……."

손에서 힘이 빠져나갔다.

종이가 팔랑거리며 바닥에 떨어졌다.

"아아……!"

백 집사는 치솟는 울분을 억누르며 비틀비틀 다가가 훌쩍거리면서 승혁을 품에 안았다. 승혁은 움찔했지만 그뿐이었다. 차오르는 슬픔에 백 집사는 꺽꺽거리며 흐느꼈다.

"이러면 안 되는데. 이러면 안 되는데……."

그때 1층에서 인기척이 느껴졌다.

"서은주!"

눈을 번뜩인 백 집사는 승혁에게서 천천히 몸을 뗐다. 심호흡을 하며 마음을 진정시켰다. 무기로 쓸 만한 것이 없나 주변을 살펴보다 바닥에 놓인 송곳을 집어 들었다. 그리고 손에 힘을 꽉주었다. 분노에 송곳 끝이 부들부들 떨렸다.

* * *

"어?"

은주는 피하려 했지만 백 집사가 한발 빨랐다.

푸욱.

날카로운 통증이 어깨를 깊숙이 관통했다.

비명이 입에서 절로 터져 나왔다.

오늘 은주는 별의별 고통을 다 겪었다. 손톱에 긁히고 부지깽이에 맞기까지 했지만 지금 마주한 고통은 차원이 달랐다. 뼛속까지 파고드는 고통. 죽음이 코앞에 닥쳤음을 실감하는, 그런 류의 고통이었다.

백 집사가 송곳을 비틀어 은주의 몸에서 뽑았다. 찔린 부위에서 피가 흘러나왔다.

"아파? 아프지?"

백 집사는 피가 뚝뚝 떨어지는 송곳을 다시 한번 휘둘렀다.

이번에는 간신히 피했다. 은주는 반대 방향으로 몸을 던졌다. 계단 낭떠러지를 거칠게 굴러 바닥에 넘어졌다. 몸이 욱신거렸지만 이를 악물고 가까스로 일어섰다. 움직이기 위해 다리에 힘을 줬으나 할 수 있는 거라곤 반쯤 비틀거리며 걷는 게 최선이었다. 바람 빠진 풍선처럼 온몸이 쪼그라든 기분. 피 묻은 손으로 벽을 짚으며 복도를 절뚝절뚝 가로질렀다. 앞이 보이지 않았다. 저택 1층의 불이 꺼져 있었다.

"어디 가, 은주 씨?"

황급히 방향을 오른쪽으로 꺾었다. 백 집사의 목소리가 들리는 곳의 반대 방향으로.

"도망가 봤자 더 아프기만 할 거야……."

숨이 벅차올랐다. 숨쉬기가 점차 힘들어지고 걷는 것 자체가 고역이었다. 패닉에 빠진 탓인지, 시야가 하얘졌다가 다시 또렷해지기를 반복했다. 은주는 방을 향해 이동했다. 팔을 허공에 허우적거리길 몇 번, 간신히 손에 뭔가가 걸렸다. 손잡이였다.

'제발, 이 문이 현관문이길. 밖으로 향하는 탈출구이길.'

간절한 마음으로 벌컥 문을 열었다. 산들바람이 자신을 맞이해 주길 기대했지만 돌아온 것은 차갑고 동적인 공기였다. 익숙한 냄새가 느껴졌다. 톡 쏘는 소독제의 짙은 향기.

여긴…… 면접장이었다. 백 집사를 처음 만났던 바로 그 장소.

숨을 장소로는 최악이다. 여긴 무기로 쓸 만한 것도, 숨을 곳도 없다. 그저 텅 빈 공간만 있을 뿐. 어서 나가자. 서둘러 고개를 돌리려는데 복도 저편에서 달려오는 듯한 발소리가 들렸다. 백 집사였다. 은주는 기겁하며 문을 쾅 닫았다. 잠금장치를 돌려 문을 잠그려 해 봤지만 손은 허공을 의미 없이 휘저을 뿐이었다.

순간, 발소리가 문 앞에서 멈췄다. 은주는 면접장 안쪽으로 깊숙이 몸을 밀어 넣었다. 최대한 소리를 감추려고 애썼지만 이미 위치를 들켜 버린 이상 소용없다는 걸 깨달았다.

끼이익.

문이 열리는 동시에, 은주의 눈이 어둠에 익숙해지며 그림자가 보였다. 모든 것이 어둠의 장막에 덮여 있었지만, 백 집사의 짙고 무거운 그림자는 그 어둠마저 삼켜 버리는 듯 새카맸다. 검고 거대한 그림자가 방 한가운데로 저벅저벅 걸어 들어왔다.

"은주 씨, 거기 있지?"

피 묻은 손으로 자신의 입을 틀어막았다. 찍 소리도 내선 안 된다. 숨이라도 쉬었다간 위치를 들켜 버린다.

"그래, 쥐새끼처럼 가만히 있어. 거기 그냥, 조용히."

백 집사가 중얼거렸다.

쾅, 문이 닫히는 소리와 함께 주변에 완벽한 어둠이 자리 잡았다. 이어 잠금장치를 거는 소리가 들렸다. 은주는 착잡해졌다. 이 여자는 자신과 끝장을 볼 작정이라는 생각이 들었다. 다시 말하면, 이 공간에서 살아 나갈 수 있는 사람은 오로지 한 명뿐이라는 의미다.

정적이 흘렀다. 우주 공간에 둥둥 떠 있는 게 아닐까 착각할 정도로 완벽한 정적.

소름 끼치는 침묵 속에서, 은주는 조용히 출구 쪽으로 발걸음을 옮겼다. 귀를 쫑긋 세웠다. 하다못해 약간의 인기척이라도 들으려 애썼지만 아무런 소리도 들리지 않았다. 심장이 미칠 듯이 두근거렸다. 그녀는 어디에나 있을 수 있었다. 당장 눈앞에 나타날 수도 있었다.

그때 머릿속에 아이디어가 번뜩였다.

은주는 조심스럽게 손목의 팔찌를 풀었다.

저쪽 바닥으로 던졌다.

덜그럭.

팔찌가 바닥에 닿자마자 곧장 타다닥 하는 발걸음 소리가 들렸다. 소름이 주욱 끼쳤다. 역시, 백 집사는 지금까지 줄곧 입구 쪽에서 대기하고 있었던 것이다. 하지만 지금이 기회다. 탈출을 할 수 있는 유일한 타이밍. 은주는 숨을 몰아쉬며 출구 쪽으로 뛰어들었다.

그때 눈앞이 하얗게 번쩍였다. 불이 켜졌다. 백 집사는 팔찌가 아닌 방 스위치로 향했다.

"내가 속을 줄 알았어?"

백 집사는 싱글싱글 웃으며 송곳을 치켜들었다.

은주는 다급히 출구 손잡이를 잡았지만 열리지 않았다. 당연한 일이었다. 백 집사가 잠금장치를 걸어 놨으니까. 스스로의 멍청함을 욕하며 몸을 돌린 순간, 눈앞에 백 집사가 보였다. 자신을 향해 엄청난 기세로 달려오고 있었다.

퍽.

백 집사가 무게를 실어 몸을 내던졌다. 은주는 바닥에 나뒹굴었다. 머리를 바닥에 세게 부딪힘과 동시에 눈앞이 또다시 번쩍였다. 정신이 몽롱해졌다. 백 집사는 온몸의 무게를 실으며 은주의 폐를 짓눌렀다. 눈앞이 서서히 검은색으로 물들었다.

아무것도 할 수 없었다. 아무것도.

눈이 서서히 감겨 갔다. 흐릿한 시야 사이로 보이는 것은, 광기 어린 백 집사의 미소.

그녀는 무언가를 번쩍 허공으로 쳐들고 있었다.

송곳이었다. 자신의 피로 범벅이 되어 지금은 검붉게 변색된, 송곳.

'안 돼. 안 돼. 안 돼.'

은주는 팔을 뻗어 바닥을 다급히 손으로 더듬었다.

그때 손에 뭔가가 잡혔다. 면접장 테이블 밑에 놓여 있던 카메라였다. 맨 처음 면접장에 왔을 때 백 집사가 테이블에 놓았던 바로 그 물건.

백 집사가 다시 송곳을 휘두르려는 순간, 은주는 비명을 지르며 몸을 한 바퀴 돌렸다.

온 힘을 다해 카메라를 쥔 팔을 휘둘렀다.

카메라가 백 집사의 머리를 정통으로 강타했다.

"아아악!"

땡그랑, 소리와 함께 백 집사가 놓친 송곳이 바닥에 떨어졌다.

은주는 온 힘을 쥐어짰다. 다시 한번 카메라를 들고 휘둘렀다. 방금 전까지 고통에 비명을 지르던 백 집사의 머리에, 카메라는 묵직한 소리를 내며 꽂혔다.

비명은 3초 전에 멈췄지만, 은주는 멈추고 싶지 않았다. 확실히 하고 싶었다. 아까처럼 실수를 하지 않기 위해. 그녀는 비명을 지르며 카메라를 다시 휘둘렀다.

한 번.

두 번.

세 번.

네 번.

다섯 번.

은주는 헐떡거리며 반쯤 부서진 카메라를 바닥에 내던졌다. 백 집사는 미동도 하지 않았다. 그녀의 얼굴은, 아니 머리는 바닥에 떨어트린 수박처럼 완전히 으깨져 있었다. 사방이 피범벅이었다. 숨을 헐떡이며, 은주는 천천히 일어섰다.

앞을 보았다. 거울에 공포 영화의 한 장면이 비치고 있었다. 하얗고 거울로 가득 찬 방 안에 서 있는 붉은 여자. 피범벅이 된 자신의 몸에서 하얀 부분이라곤 오로지 눈뿐이다.

은주는 눈을 질끈 감았다. 얼른 나가자고 생각했다. 여기 있다간 정신이 완전히 이상해져 버릴 것 같았다. 서둘러 나가려고 등을 돌리려던 그때였다.

"어."

바닥에 피투성이가 되어 나뒹구는 무언가가 은주의 눈에 들어왔다. 허겁지겁 달려가 그것을 주워 들었다. 팔찌였다. 지은이와 여행 중 맞춘 소중한 물건.

은주는 떨리는 손으로 그것을 조심스레 손목에 다시 걸었다. 익숙한 감촉에, 은주는 어렴풋이 미소를 지었다.

* * *

미러하우스 바깥으로, 은주는 걸어 나왔다. 커튼을 찢어서 송곳에 찔린 어깨를 지혈하고 버팀대 형태로 팔에 묶었다.

고개를 들어 저택을 바라보았다. 처음 왔을 때는 을씨년스런 분위기에 압도당했지만 비밀이 전부 밝혀진 지금, 공포스럽기보단 쓸쓸했다. 건축가의 일기도 승혁의 거짓말과 마찬가지로 완전히 거짓말이었던 걸까. 설령 그렇다고 해도 누군가는 이 건축물을 지었으리라. 열과 성을 다해서. 그는 지으면서 알았을까? 자신이 지은 건물이 관음 놀이터가 될 거란 사실을?

은주는 숨을 죽였다. 간헐적인 '쿵쿵' 소리가 바람을 타고 흐릿하게 들려왔다. 승혁의 친구들은 여전히 저 안에 갇혀 있다. 여전히 탈출의 희망을 버리지 못한 걸까. 은주는 희미한 미소를 지었다. 잠시 심호흡을 한 후, 주머니에서 라이터를 꺼내 들었다. 승혁과 마찬가지로, 그들도 벌을 받아야만 했다. 자신들이 한 짓에 대한 대가를 치러야 하는 것이다.

은주는 라이터에 불을 붙인 후, 기름 위로 떨어뜨렸다. 화악, 불이 시원하게 옮겨붙었다. 불길은 서서히 몸집을 키워 가며 맹렬하게 저택 안으로 돌진했다. 저택 구석구석을 붉은빛으로 휘감았다. 창 바깥으로 혀를 날름거리고, 곧이어 저택을 완전히 집어삼켰다.

집 안에서는 끔찍한 비명 소리들이 새어 나왔다. 은주는 멍하니 불길에 싸인 미러하우스를 보았다. 비명 소리도 얼마 안 가 사라졌다.

'그래, 이제 다 끝났다. 계획의 마지막까지. 후련하다. 아니,

정말 후련한 건가? 그래 봤자 지은이는 돌아오지 않는데?'

은주는 허탈함을 느꼈지만, 자신이 할 수 있는 건 여기까지라는 걸 알고 있었다.

몸을 돌려 몇 걸음 가다가 흘끔 뒤돌아 저택을 바라보았다. 화마가 휘감은 저택은 본래의 형체를 잃어 가고 있었다. 그것을 무표정하게 보던 중, 은주는 문득 놀란 표정을 지었다. 1층 창가 근처에 누군가 서 있는 것을 본 것이다. 하지만 눈을 깜빡이자 그 그림자는 보이지 않았다. 은주는 고개를 젓고 천천히 몸을 돌렸다.

* * *

차에 오르기 전, 해야 할 일이 있었다. 은주는 정원으로 향했다. 손목에 건 팔찌를 풀어 조심스럽게 정원의 물에 담갔다. 검붉은 핏물이 물 위를 천천히 퍼져 나갔다.

"미안해, 너무 늦게 와서."

은주가 낮게 속삭였다. 차오르는 감정을 억누르려 애썼지만, 마음 깊은 곳에서 밀려오는 슬픔을 막을 수 없었다. 둑이 터지듯 모든 감정이 한 번에 터져 나왔다. 은주는 오열했다. 온몸이 타오르는 듯한, 숨이 막힐 듯한 고통. 그것을 토해 내고, 또 토해 냈다. 마침내 자신이 껍데기만 남았다는 생각이 들 때까지.

시간이 흘렀다.

눈물을 닦은 다음, 은주는 고개를 들었다. 깨끗하게 닦인 팔찌는 다시 반짝이고 있었다. 그것을 다시 손목에 채운 뒤 비틀거리며 일어섰다.

* * *

차에 올라타던 은주는 등 뒤에서 뭔가 움직이는 것을 느꼈다. 설마 승혁의 친구들 중 누구인가, 하고 놀랐지만 다음 순간 은주의 표정은 미소로 바뀌었다.

"……렉스."

은주는 알고 있었다. '렉스' 역시 승혁의 치밀한 무대 장치에 불과하다는 사실을. 유기견이 아닌 승혁의 애완견이라고 확신하게 된 계기는 녀석의 행동이었다. '렉스'라는 말을 듣자 꼬리를 붕붕 흔드는 것을 보고 알아챘다.

"너였구나, 렉스."

은주는 쓸쓸한 미소를 흘렸다. 솔직히 말하면, 렉스가 측은했다. 녀석의 주인, 승혁은 분명 끔찍한 인간이었다. 하지만 렉스에게 있어서는 그저 자신의 주인에 불과했겠지. 그리고 지금 렉스는 그 주인을, 사랑하는 이를 영영 잃었다. 자신처럼.

은주는 흘끔 렉스를 보았다.

"렉스, 나랑 같이 가고 싶어?"

렉스는 그저 눈을 끔뻑거리기만 했다. 그렇지만 은주의 눈에는 응, 이라고 답하는 것처럼 보였다. 이대로 놔둔다면 정말 유기견이 될 것이다. 은주는 도저히 그렇게 둘 수 없다고 생각했다.

"그래, 누나랑 가자, 그럼."

은주는 시동을 걸고 차를 출발시켰다. 차가 달리는 동안 렉스는 고개를 비죽 내밀고 열린 차창 바깥 풍경을 바라보았다. 순수한 호기심이 담긴 초롱초롱한 눈빛 위로 푸르른 나무들이 빠르게 스쳐 지나갔다.

은주는 크게 심호흡했다. 차 안으로 스며든 시원한 바람은, 마음속의 묵직한 답답함을 조금씩 지워 나갔다. 카오디오를 켜자 음악이 흘러나왔다. 라디오 헤드의 〈카르마 폴리스(Karma Police)〉.

은주는 희미한 미소를 지었다. 차창 밖의 하늘을 보았다.

지은아, 보고 있지?

은주는 액셀 위로 올린 발에 더욱더 힘을 주었다.

미러하우스

초판 1쇄 인쇄 2024년 11월 26일
초판 1쇄 발행 2024년 11월 26일

지은이 이성민
편집 주자덕
윤문 및 교정 김미숙
발행인 주자덕
인쇄 미래피엔피
펴낸 곳 아프로스미디어
출판등록 제 2016-000073호
주소 서울특별시 성동구 금호로 173, 101동 904호
전화 02-6352-5133
팩스 02-6455-5891
홈페이지 www.aphrosmedia.com
전자우편 spitz70@aphrosmedia.com
ISBN 979-11-89770-55-6 (03810)